出身成分

松岡圭祐

角川文庫
23006

本書は脱北者の方々による、多岐にわたる証言に基づいている。

マスコミに登場する北朝鮮は、首都平壌にかぎられる。だがこの物語は、郊外におけるごくふつうの殺人事件とその捜査を、初めて描いている。

ここに書かれた顚末に、非常に近いできごとが現実に報告されている。

事実を踏まえているため、地味で複雑な内容であるが、結末に至るまでに、その背景に潜む真相にお気づきになるだろうか。

貴方が北朝鮮に生まれていたら、この物語は貴方の人生である。

目次

単行本刊行時、取材対象者の要望により一部登場人物名に、北朝鮮では習慣的・発音的にけっしてありえない（誰にも該当しない）仮名が創作された。

文庫化にあたり、承諾を得られた範囲においては、実際にありうる登場人物名に変更している（左ページ参照）。ただしなおも、実在の人物とは混同されにくい独特な仮名を、作中にいくつか残している。

主な登場人物

クム・ヨンイル　人民保安省保安署員
スンヒョン　ヨンイルの妻。化粧品店勤務
クム・ミンチェ　ヨンイルの娘。高級中学三年
クム・ドゥジン　ヨンイルの父。元保安署嘱託医
イ・ベオク　「ペク家事件」容疑者
ペク・グァンホ　衛生班長。十一年前に刺殺された
ウンギョ　グァンホの妻。十八年前に自殺
ペク・チョヒ　グァンホの娘
カン・ポドン　保安署員。ヨンイルの同僚
コク・サンハク　ヨンイルの上司。課長
ソ・ダロ　ヨンイルの上司。班長
ピ・ゴンチョル　元平安南道人民委員会委員長
ピン・ブギル　人民保安局管理官。少佐
ミョ・インジャ　人民保安局理事官。中佐

1

破裂に似た音とともに、ふいの衝撃が車体を揺るがす。とっさにブレーキを踏んだ。慣性の力で前のめりになる。制動距離が延びていく。甲高くきしむノイズとともに急停車した。人を撥ねたかに感じられたが、もう事故ではないとわかっていた。

フロントガラスを豪雨がしきりに洗い、視野は歪に波うつ。国産の古い小型セダン、フィパラムのワイパーは動作も緩慢だ。滝のような激流をぬぐいきれるものではない。ヘッドライトの光量も足りてはいなかった。黄昏どきに見まごうほどの暗さだった。

それでもクム・ヨンイルは現認した。やはり衝突事故ではない。粗末なシャツに半ズボンの少年が、雑草の茂る道端から飛びだし、みずからボンネット上に身を投げてきた。無謀なひとり芝居を、ヨンイルはたしかにまのあたりにした。

やせ細った少年はさも痛そうにうずくまり、クルマの前方へと転げ落ちていった。辺りにひとけはなかったはずが、草むらから三人が姿を現した。やはり少年がふたりと、保護者らしき大人の男がひとり。体型はみなモヤシ、揃って貧相だった。十月の肌寒い日というのに、薄着なのも共通している。傘もささず全身ずぶ濡れのまま、そそくさと路上に繰りだしてきた。

ヨンイルは自分のため息をきいた。運転席のドアを開け放ち、車外に降り立つ。靴がぬかるんだ地面にめりこむ、独特の不快な感触があった。

近づきつつあった男が、ぎょっとした顔で足をとめた。人民保安省のバッジと、保安署員の腕章に気づいたらしい。泡を食ったように身を翻した。

「やべえ」男が少年らに怒鳴った。「ずらかれ」

家族にちがいない。あたふたと腕を振りまわし逃走に転ずるさまが、三人とも似通っている。いや四人だ。クルマの前方、泥まみれで横たわっていた少年も、ただちに跳ね起きた。汚水をたっぷり吸ったシャツが背に貼りつく。ひきずった片脚は芝居ではないようだ。日に何度も身体を張るうち、本当に負傷したのかもしれない。

かすかに金属音が響いた。少年の尻のポケットから、数枚の硬貨がこぼれ落ちていた。

はっとする反応をしめし、少年が立ちどまった。水たまりに這いつくばり、必死に硬貨をかき集める。その視線があがった。憂いのまなざしがヨンイルを見つめてくる。

二枚はヨンイルの足もとに転がっていた。

ヨンイルは泥に埋もれた硬貨を拾いあげた。十チョン、それに五チョン。百チョンで一ウォンだが、インフレが急速に進んだいま、石ころほどの価値もない。それでも少年にとっては大事な稼ぎの一部なのだろう。ヨンイルは黙って硬貨二枚を差しだした。

少年はびくつきながらも近寄ってきた。彼の財産をつかみとると、たちまち遠ざかっていった。

ヨンイルはなにも感じなかった。当たり屋にいちいち驚いてはいられない。炭鉱と田畑しかない价川(ケチヨン)市では日常の風景だろう。未舗装の路面なら、ボンネットから転落しても怪我はない。ぬかるんでいればなおさらだった。

中央放送によれば、アスファルトの道路が増え、国土の一割近くに達したという。とても実感が湧かなかった。たぶん平壌にかぎった話だ。

ボンネットの凹(へこ)みが気になったものの、どうせ自分のクルマではない、そう思った。課長が手配してくれた保安署の車両だ。この国には本来、個人の所有物などありはしない。

物憂げな気分とともに、ヨンイルは運転席に戻った。シートに身をあずけ、天井を仰ぎながらひと息つく。

頭に血が昇らなかったのは、ただ歳のせいかもしれない。四十代になると分別がついてくる。ひと晩の食糧を求め、死にものぐるいの餓えたる民に、いちいち嚙(か)みついてはいられない。誰もが運命を等しくしている。配給が慢性的に滞る世のなかで、ろくに給料すら受けとれず、法の番人を気どるなど滑稽(こっけい)でしかない。いったい誰を断罪しうるというのか。

別の当たり屋に遭遇したくはない。グローブボックスを開けた。保安署の車両をしめす国章いりのプレートをとりだす。赤い星に白頭山(ペクトウサン)と水豊(スプン)ダムを、リボンで束ねた稲穂が縁どる、そんな図柄だった。ダッシュボードの上に立てた。周囲がどんなに暗くとも、みなフロントガラスのなかのプレートには気づくものだ。管轄ちがいだが、かまいはしない。

グローブボックスを閉めようとして、ふとメモ用紙が入っているのに気づいた。鉛筆書きだった。馴染(なじ)みのない事件の概要ばかりが並んでいる。日付はいずれもだいぶむかしだが、それでも二十一世紀に入ってからだ。

主体九二年十一月二十八日、薬田里(ヤクチョンニ)にて自転車窃盗。同年十二月十八日、雲井里(ウンジョンニ)の民家物置にて雪駄(せった)窃盗。主体九三年四月六日、興五里(フンオリ)の畑にてトウモロコシの種窃盗。

同年五月十八日、興五里の別集落にて食用犬窃盗、一キロ離れた山林で焼かれた犬の骨発見。同年九月七日、金豊里にて農家が収穫後の松茸、籠一杯ぶん窃盗。主体九四年六月十九日、南陽労働者区の路上にてカバンのひったくり、現金被害額八千二百ウォン。主体九五年三月二十日、七里の民家にて空き巣、食糧窃盗。同年八月十八日、蛇山里の民家に押しこみ強盗、壺ふたつと野菜、米など奪取。主体九六年四月三日、新豊里にて婦女暴行、被害者が携帯していた農具奪取。同年七月二十六日、薬田里にて強姦、金品強奪。

　誰かがメモを忘れていったのだろうか。粛川郡のなかばかりだが、大半はほかの地域署の管轄になる。郡人民保安部の職員も、こんなボロクルマを借りているらしい。不況のきわみだった。

　メモ用紙をグローブボックスに戻した。蓋がちゃんと閉まらず、何度も叩きつけた。

　ふたたびクルマを発進させる。

　満浦線の駅が近いせいか、自転車に乗った女学生と頻繁にすれちがう。左手に傘をさし、右手でハンドルを操作していた。こちらを一瞥すると、迷惑げな顔で自転車を降りる。

　スカート姿の女性が自転車に乗っていれば、公序良俗に反する。最近になり法令が解除されたとの報道があったが、やはり平壌やいくつかの都市のみが対象だった。この辺りでは依然、地域の保安員により警告がなされる。ただし自転車を手で押して歩くぶんにはかまわない。理不尽なルールながら、女学生たちはうわべだけでも従っている。

国じゅうどこでもそうだ。かつては恐怖そのものだった法が、しだいに骨抜きにされていく。もはや人民にとって最大の脅威ではない。髪を長く伸ばすのは、平壌在住の女性のみに許される特権だが、ここの女学生たちも同様にしている。一見めだたないのは、髪を後ろでまとめているからだった。韓流ドラマの海賊版ソフトがでまわっている昨今、髪型ぐらい若者らの好きにさせればいい、誰もがそう思っている。

時代が変わり、価値観も以前と同じではなくなった。けれども新たな価値観とはなんだろう。わからない。目の前で揺れるワイパー、負けじと降りかかる無数の雨粒、泥水の川と化した悪路。なにもかも同じだ。子供のころから進歩がない、発展もない。なのに見えないふたしかななにかが変わっていく。

ぼんやりとした思いだけが胸に疼(うず)いた。家族か仕事か。どちらに重きを置けばいい。ずっと国家第一と教わってきた。こんな天秤(てんびん)の使い方には、まだ順応できていない。仕事のみに目を向けようと、そこにはもうひとつの天秤がある。職務を国のためと信ずるのはたやすかった。だが片方には別の錘が載せられている。個人の尊厳と権利だった。いまはもう無視できない、時代が求めている。

2

价川教化所は人里離れた雑木林の奥にある。被収容者は三千人弱、専用の農耕地や果樹園を有する。近隣の工場や鉱山へもバスが往復している。

充分な食事も与えず、一日十六時間の過酷な労働を強いる監獄だった。建物の外壁は塗り直したばかりらしい。敷地内の道路も舗装ずみで、財務体質はいいようだ。ここにかぎった話ではない。教化所や管理所の工業製品や農作物の売り上げが、国の経済をごく一部だが支えている。ささいな犯罪や規律違反でも教化所送りになる風潮は、体制維持のためばかりでない。労働力の確保という至上命題からの要請でもある。

ほの暗く異臭がする。換気が悪いうえ、壁も床もコンクリートのせいか湿度が高い。医療室まで不衛生だろうか、ふとそんな思いが頭をかすめた。父の影響かもしれない。深く考えまいとした。いまは仕事に集中すべきだ。

ヨンイルが通された狭い部屋は、鉄格子の嵌まった小さな窓ひとつを備えるのみだった。薄日が差すものの、雨はいっこうにやむ気配がない。庇から滴下する雫の音が断続的に響く。照明が気まぐれに明度を変える。この地域も電力が安定しない。もっとも停電は起きにくいと思われた。電力不足の折には、近隣の行政区域のほうが先に真っ暗になる。

事務机に座ってまつこと数分、監視官の制服が、くだんの男を連行してきた。にわかに強烈な体臭が鼻をつく。

坊主頭のうえ、やせこけた顔に髭はない。栄養失調で骨と皮ばかりの被収容者ぞろいだ、髪と髭まで伸び放題にさせたのでは、いよいよもって識別がつかなくなる。よってどちらも剃る義務がある。

年齢は五十二だが、十歳以上は老けて見えた。ぼろぼろになった薄手のパジャマがかろうじて痩身を覆う。受刑者服や獄衣は支給されない。毛布や靴、歯ブラシ、石鹸と同じく、自宅にあった生活用品を届けてもらうしかない。

ごく少量だが私物が持ちこめるため、食糧も隠せるのではと考える連中もいる。だがどんなに手を尽くそうと、ネズミの餌一回ぶんが限度だ。衣類は一着のみときまっている。彼は十一年ものあいだ、労働から就寝まで、このパジャマ姿で過ごしてきた。

足もとがおぼつかないものの、監視官は手を貸そうとしない。イ・ベオクはふらつきながら、机の向こう側に歩み寄ってきた。腰を曲げるのに難儀するらしい、椅子に座るまでたっぷり時間を要した。

手錠が重そうだった。背を丸めたベオクの視線は、机の上におちている。憔悴しきっていた。なぜ呼びだされたかと詮索する素振りさえない。

保安員なのはバッジと腕章でわかるだろう。ヨンイルは自己紹介を省いていった。

「政治犯でもないのに、十一年も娑婆の空気を吸えないままか」

沈黙がかえってくるかと思いきや、喉に絡む声ながら、はっきりした物言いでベオクが応じた。「運が悪かった」

「運ってのは?」

「貨幣改革のあとだったらな」

監視官が目を怒らせ、ベオクに詰め寄る気配をしめした。

ため息が漏れる。いまは水を差してほしくない。ヨンイルは紙幣を一枚取りだし、指先につまんでみせた。監視官の動きがとまった。その手が紙幣を握りとり、ポケットにねじこむ。監視官は踵をかえした。廊下へと立ち去っていく。片時も目を離してはならない、そう厳命されているはずが、監視官は黙って後ろ手に扉を閉めた。

この国の常識だった。頼みごとには賄賂。少額すぎる場合を除き、取引を拒絶する者はまずいない。欧米のチップと同様、重要な生活の糧となる。

静寂のなか、ベオクがかすかに鼻を鳴らした。「ひところは紙くずだったよな。価値を持ち直したか」

「体制批判はよせ。特に監視官の前ではな。教化所暮らしを長びかせたいのか」

「事実を口にしたまでだ」ベオクは悪びれたようすもなくつぶやいた。「あと二年遅けりゃ、こうはならなかった」

ベオクの主張はあながち的はずれでもない。貨幣改革は何度かあったが、主体九八年の話だろう。西暦でいえば二〇〇九年。無茶なデノミ政策のせいで国じゅうが混乱した。

旧ウォンを新ウォンに百対一で交換。交換額の上限は一世帯あたり十万旧ウォン、多少ゆとりある市民ひと月ぶんの生活費にすぎなかった。それ以外の旧貨幣は、いくら貯めこんでいようが、布告の翌月には無価値となる運命だった。

社会主義体制下では個人の貯蓄が禁じられているが、ひそかに財産を築きあげた連中は少なからずいた。貨幣改革を機に、みな破産に追いこまれた。商売も事実上禁止だったが、配給の滞った食糧を確保するため、誰もが闇市場で私物を売りさばいてきた。そういう副業もすべて淘汰された。

富裕層の騒乱をせせら笑っていた貧困層にとっても、他人ごとではなかった。デノミにつづき超インフレが発生、異常なほどの物価高につながり、餓えたる民はいっそう餓えた。自殺や殺人が頻発し、市街地の道端にホームレスがあふれた。

主体八四年に始まる大飢饉を、なんとか乗りきった生存者らは、当然ながら体制への強い不満を抱えていた。それから十四年後、今度は貨幣改革の失敗に直面した。少年団に入る前から忠誠を誓わされた国家への幻想が、もろくも崩れ去った。もはや限界だった。誰もが憤りを爆発させた。保安署どころか保衛省までが影響力を失い、大衆の反発を抑えきれなくなった。いつしか闇市場が復活し、半ば公然と商取引が再開された。なし崩しに国営以外の商店が建ち並んでいった。ささいな倫理違反で強制移住を命ずる権力行使は、いまや時代遅れの蛮行と見なされつつある。

ヨンイルはベオクを見つめた。「知ってるか。副業禁止の原則を頑なに守り、国営農場に生涯を捧げた朝鮮労働党員は、市場経済化に乗り遅れた。そんな極貧夫婦のひとり息子が、暮らしぶりに不満を募らせ、商人のスマートフォンを盗んだ。つい半年前のことだ」

「スマートフォンか。便利だってな」ベオクが軽い口調でたずねてきた。「あんた持ってるか」

「いや。緊急時のみ支給される。常時携帯を許されてるのは、いまだに上層部だけだ」

「外国のネットにつながるのか」

「わが国の言語のみ、検閲ずみのサイトにかぎられる」

「だろうな」

「そのスマホ泥棒だが、じつは兵役帰りの青年だった。駆けつけた保安員にまで暴力を振るったため、教化刑八年がいいわたされた」

「八年？　ずいぶん生ぬるいな」

「ところが近所の住民から抗議の声があがった。たかが泥棒と暴力で八年は長すぎると」

「耳を疑うぜ」ベオクのまなざしは醒めきっていた。「そこまでやって八年じゃ短いほうだ。しかも公然と文句をいえる連中がいるなんてな。以前なら家族も含め教化所送りだ」

「一部は連行された。それでも抵抗はやまない」

「馬鹿なやつらだ。不満を叫ぶより、もっといい方法があるだろうが」

袖の下、そういう意味だろう。ヨンイルは首を横に振った。「青年の両親に余裕はない。差しいれもトウモロコシの粉だが、それすら滞りがちだ」

「親近感が湧く。ここも飯はひと握りの飼料用トウモロコシ、飲み物は塩水だけときてるんでな」

「暴行罪なら最高刑でも一年の労働鍛錬刑ですむ。だが被害者が重傷を負ったり死んだりしたら、五年以上十年以下の労働教化刑になる。青年に殴られた保安員はそこまでの怪我じゃなかった。よって住民は五年以下の労働鍛錬刑を求めてる」

「笑わせてくれる。どういう風の吹きまわしだよ。いまさら法令を遵守する方針に転換したってのか。俺はどうなる」

「あんたは人を殺しちゃいない。負傷させてもいない。だが何者かによる強姦と殺人を黙認し、虚偽の証言をおこなった」

「黙認も虚偽もおぼえがない」

「教化所送りになった理由として、出身成分と素行の悪さが指摘されているが、それでも処分が重すぎる」

「ああ。俺はもともと悪いことをしちゃいねえからな」

「その主張も含め、再度吟味すべしとの命が下った」

ベオクの死んだ目に、鈍りがちな脆い光が宿った。「一介の保安署員ごときが、いまさら俺を助けようってのか」

ふいに嫌気がさした。きょう初めて会ったばかりの、薄汚い身なりの反抗的な輩を救う、そんな義理がどこにある。骸骨も同然の外見に、口臭もひどい。薄毛に肌荒れ。対面しているだけでも吐き気がこみあげてくる。

ヨンイルは腰を浮かせた。「邪魔したな」

「まちなよ」ベオクがあわてぎみに引き留めた。しばし無言でヨンイルを見つめたのち、ふいにベオクは口もとをゆがめた。「俺みたいなやつの処遇まで気にかけるなんて、よっぽどトランプが怖いのか。お偉方、脅されてびびってんだろ？　まともな国になれとせっつかれてるんだよな？」

「まともな国だからこそ、俺があんたの言いぶんをききにきてる」

ベオクが失望のいろを漂わせた。「ああ。あんた、そっち側の人間だったんだったな。忘れてた」

「あまり調子に乗るな。どこの国だって、こういう時代を経てる。たかが一世紀の差だ」

「保安署勤めのあんたが、いまは混迷の時代だって認めるのかよ」

「成長前の過渡期だ」ヨンイルは居ずまいを正した。「本当はそんなこと頭にないだろ？　みんなそうだ。明日は食えるのか生きられるのか、関心ごとはそれだけだからな。本気で党を恨んでもいない。いまさらいっても始まらないってあきらめが半分と、いいこともあったと懐かしむ気持ちが半分と」

「どうあっても反体制の存在を認めねえんだな」

「俺はな、あんたに正直になってほしいだけだ」ヨンイルは身を乗りだした。「時代は迷いながらも前に進んでる。人民が耐えしのびながら望んだ夜明けが、すぐそこまできてるのかもしれない。だから正確を期したい」

「泣ける演説だな」

「全保安署に、疑わしき過去の事例を洗い直すよう通達があった。せっかくの機会を棒に振るのか。ろくに成果があがらなきゃ、それを理由にまた近代化への道が閉ざされちまう」

「そんなことといって、真実に行き着いたところで、誰かの賄賂で元の木阿弥（もくあみ）じゃないのか」

「いや。袖の下なんか受けとらない。悪しき習慣に染まったままじゃ過去から抜けだせない」

「本気でそう考えてるんだとしたら、あんたって人は本当に変わってるな」ベオクが真顔になった。「正気を疑うよ。この国の保安員としてはな」

被収容者の大半は、公式に逮捕されていない。人民保安省か国家保衛省による強制連行ののち、名ばかりの裁判を受け、教化所や管理所へ移送されるのが常だった。イ・ベオクの場合、裁判を受けた記録すら見あたらないが、そういう被収容者もけっして稀ではない。

このところ人権という言葉を市民が知るようになった。誰もがこっそり南のラジオをきいているからだ。政府が国際社会から圧力をかけられていることも承知ずみだった。

裁判のやり直しなどない。弁護士を立てさせたりもしない。投獄が誤りだったと認めることになってしまう。よって水面下で再調査を実施し、人権侵害を最小限に留める。それがいま保安員に課せられた使命でもある。

同情を掻き立てるような被収容者との出会いを、ヨンイルはひそかに期待してきた。だがいま目の前にいるのは、不快きわまりないひねくれ者でしかない。長い獄中生活のせいで、やむをえないのかもしれないが、外見上の生理的な嫌悪もあった。意識しまいとしても糞尿のにおいに息が詰まりそうになる。

すぐに断るべきだった、ヨンイルはそう思った。

保安署ではずっと絶対服従が原則だった。ところがここ数年、命令拒否が許されるようになった。食糧配給が途絶えがちな代償として、副業を黙認するための処置でもある。ただし拒否できるのは、命令が下ったその場だけだ。保安員が署をでて動きだせば、命令を承諾したとみなされる。いちど乗りかかった船は、今度こそ降りられない。職務を果たさねば厳罰に処せられてしまう。

もう放棄はできない。ヨンイルは内ポケットから四つ折りの紙をとりだした。たった一枚の書面が捜査記録のすべてだった。写真の添付もない。あきれたことに、当時の捜査担当者の名すら記されていなかった。日付は主体九六年九月十八日。

ヨンイルは書面を読みあげた。「イ・ベオク、四十一歳。これは当時の年齢だな。いまは五十二歳か。平安南道（ピョンアンナムド）の肅川郡、平山里（ピョンサンニ）、春燮（チュンソプ）集落在住。出身成分は動揺階層」

「いきなり差別かよ」

「区別だ。当局が素性をどう見定めてるか」

出身成分とは俗語ではない。この国では住民登録上の専門用語になる。家系票には出身成分決定の参考となる、父親の労務関係について記入する欄がある。母親の過去は記入欄そのものが存在しない。出身成分は父親のみ取り沙汰(ざた)される。

ベオクの父は若いころ横領を働き、朝鮮労働党を除名になっていた。党員であれば核心階層として優遇されるが、ベオクの出身成分は、それより忠誠度の劣る動揺階層と区分された。

動揺階層は全人口の半分を占めるものの、よほど特別な許可がなければ平壌に足を踏みいれられない。もともと人民に住居選択や旅行の自由はないが、動揺階層には首都の空気を吸う機会も与えられない。万景台(マンギョンデ)からの眺望も目にせず、一生を地方で過ごす運命となる。

なぜ父親のせいで子供の人生がきまるのか。簡単なことだった。遺伝子から思想まで、すべては父から受け継がれる。生活環境もだ。蛙の子は蛙、知識人の子は知識人、反体制派の子は反体制派。なら社会でのあつかいも父と同じにしておくのが適切、そういう考え方だった。

ただし出身成分は、その家系に永遠に継承されるわけではない。父の不始末、息子の始末。そんなことわざがある。息子は父の誤った思想をあらため、名誉挽回(ばんかい)に努めるべし。社会はそのように求めてくる。功績しだいで、孫の代よりあとには出身成分が回復する可能性がある。あくまで役所がそう見なしてくれればの話だが。

ヨンイルは資料を読み進めながらつぶやいた。「生活総和では、人民班の規律を乱しがちだったとあるが」

「班長と反りがあわなかっただけだ。嫌われ者は生活総和で吊しあげられる運命さ。いったん目をつけられた以上、賄賂を払えなきゃ延々と袋だたきだ」

三十世帯ほどでひとつの人民班が構成される。月にいちどの集会を生活総和と呼ぶが、実態は互いを批判しあうばかりの告発合戦だった。本来は反省のためとされ、自己批判もすすんでおこなう場のはずが、単なる足のひっぱりあいと化す。やりとりは班長から保衛員に報告される。ベオクはしょっちゅう標的にされていた。

読めば読むほどため息が漏れる。ヨンイルは顔をあげた。「班内の評判は散々だな」

「だからここにいる。それでもましなほうだ。貨幣改革の前だったが、飢饉よりはあとだ、もうだいぶ厳格じゃなくなってた。ずっと昔なら公開処刑だった」

「教化所でも問題ばかり起こしてるらしいな。潔くしてれば数ヵ月で家に帰れただろうに」

「俺は誰も匿ってないし嘘もついてない。そういいつづけてたら、このざまだ」

「あんたはちっぽけな家でひとり暮らしだった。日没後、帰宅してほどなく、騒音と女の悲鳴がきこえた。四十五歳男性ペク・グァンホの家からだとわかった。あんたはひとりで駆けつけた。ペク家に踏みこむと、グァンホは刺殺されていた。彼の娘、当時十七歳のチョヒも床に倒れていたが、こっちは失神したのみで命に別状はなかった。ただしほとんど裸にされていた。病院に運び検査した結果、チョヒは強姦されたとわかった」

「そのとおりだ」

「チョヒの膣内から、犯人の精液が検出された。被害者との混合DNAとはならず、幸いにも単独で解析可能だった」

「ろくな設備もない病院で、奇跡的だときいたな」

「DNAはチョヒの父グァンホのものではなかった。第一発見者イ・ベオクも検査した結果……」

ベオクがにわかに憤然と息巻いた。「あいつら、無理やり俺を病院に連行しやがった。唾液やら血液やら汗やら、いろいろ採取するとかいってよ。ああ、断っとくが、精液をだせとはいわれてねえ。頼まれても応じるかよ」

「知ってる。精液を見くらべなくても、DNA検査だけで充分だ」

「へえ。物知りだな。あんた医者の息子かなにかか」

反射的にベオクを見つめた。よほど硬い顔をしていたのかもしれない、ベオクは臆したようにつぶやいた。「冗談だよ」

　ただ皮肉を口にしたつもりだったのだろう。身の上を知るはずもない。

　ヨンイルは紙を折りたたんだ。「犯人はあんたでもなく、第三者のしわざとあきらかになった。問題はあんたの証言だ。チョヒの悲鳴と騒音をきいたのは、人民班のなかであんたひとりだった」

「閑散とした集落だ。家と家のあいだも離れてる」

「あんたの家から犯行現場のペク家までは、一本道だそうだな。しかもペク家は袋小路にあったとか。犯人の逃走経路はほかにない。あんたは悲鳴と騒音を耳にし、ただちに外へ飛びだしたといった。なのに誰ともすれちがわなかった」

「一本道だ袋小路だといっても、やりすごせないわけじゃねえんだ。なんとかほかに逃れる手もある」

「記録によれば不可能だそうだ」

「現場を見てないのかよ」

「話をきくのが先だと思った。自分の手を汚す代わりに、誰かをけしかけたのか」

「ムン班長の証言を鵜呑みにするのかよ。あいつ、あることないこと監察保安員にぶちまけやがった。俺がふだんからペク・グァンホを憎んでたとか」

「事実なのか？」

沈黙が生じた。自然と意識から締めだされていた雨音が、またヨンイルの耳もとに忍びいってきた。

ベオクはうつむき、唸るような声を響かせた。「グァンホは衛生班長だった。集落をきれいにしようと躍起だったが、俺にいわせりゃ行きすぎてた。がみがみと口うるさくてな。集団清掃に五分遅れりゃ石を投げてくる。どれだけ嫌なやつだったか、その目で見てこいといいたいが、無理な相談だ。もう死んじまったんだから」

「娘のほうはどうだ。チョヒも父親同様に憎んでたのか」

「とんでもない。ありゃいい女だった。裸を見れたのも幸運だった。十七だが、身体はすっかり大人でよ」

「そんな言いぐさは、疑惑を強めるだけでしかない」

「ああ。グァンホもふだんから、俺のチョヒを見る目に気づいてた。娘の身が危ないってんで、ムン班長に告げ口してあったんだろう。事件後ムンは、俺がチョヒを強姦したときめつけ、保安員にもそういったらしい。検査結果をきいて、ムンのやつ泡を食っただろうよ。でたらめな告発は罪に問われるからな」

「知ってるだろ。この国ではな、偽証による告発も十年経てば罪に問われない。疑われるようなところがあったうえ、十年も潔白を証明できなかった者の責任だ。そう解釈される」

「糞(くそ)みたいな法律だ。教化所暮らしでどうやって潔白を証明しろってんだ、え?」

別人による暴行が立証されている。だがベオクは本当に無関係なのか。一本道で犯人にでくわさなかった。そこに説明がつけられるだろうか。

ヨンイルはぼんやりと虚空を眺めた。憂鬱(ゆううつ)な気分に浸る。真実の究明か。保安員には荷が重い。経験に乏しいからだった。

3

長く降りつづいた雨がやんだものの、なおも暗雲が空を覆いつづける。平壌から四十キロメートルしか離れていない粛川郡だが、平山里にある春燮集落となると、地方の村巷(そんこう)そのものだった。稲の実らない荒れた田んぼと、枯れたポプラやキリの木ばかりが目につく。人の営みといえば、小ぶりで粗末な平屋が点在するのみだ。橙(だいだい)いろの丸瓦(まるがわら)をふいた屋根に、抹茶いろの壁。本来は白壁だったが、人民班ごとに指定されたいろを塗るきまりがある。窓は家一軒にひとつずつ、ガラスがないためビニール膜を張ってあった。勝手な改築は禁じられている。

殺風景な眺めだった。人の姿も見かけない。めずらしくもなかった。全国どこへいこうと、こんな不毛の大地がひろがっている。住居環境は緑地化されないのがふつうだ。庭には一輪の花もない。

土の質が悪く、雨あがりの地面は液状化に等しい。自転車のハンドルをしきりにとられる。ヨンイルは冷や汗をかきながらペダルを漕いだ。タイヤが異様なほど太くなっているのは、こびりついた泥のせいだ。

价川への往復には、保安署のクルマを借りられた。近場なら自転車で行くのがふつうだった。平壌ですら自動車となると、一部の特権階級に認められた贅沢品になる。汚染されていない大気は、国が誇りたがる数少ない長所のひとつでもある。

簡単に描かれた地図を見ただけだったが、道に迷う心配はなかった。視界は終始開けていて、かなり遠方まで見通せる。道の行く手にひとりの男性が立っていた。やせ細った人間にばかり会っているせいか、ふくよかな顔に感じられる。六十七歳というのに、教化所暮らしで老けこんだ五十二歳のイ・ベオクより、ずっと若々しかった。禿げあがった額に刻まれた皺の数が、かろうじて実年齢をうかがわせる。

ヨンイルが自転車で接近すると、男性は声をかけてきた。「よく蛇がいますから、気をつけてください。保安員のかたですか」

「そうです」ヨンイルは停止した。「前もって連絡を差しあげたクム・ヨンイルといいます。ムン・デウィ同志ですね」

人民班長のデウィは真顔でうなずいた。初対面で笑いを浮かべる者はまずいない。尖(とが)った目さえなければ、警戒を解いているとわかる。デウィはくつろいだ態度をしめしていた。

地元の治安維持に努める保安員は、政治犯を取り締まる保衛員より格下のあつかいだった。班長はふだんから保衛員とつきあいがある。四十一歳の保安員を前に、いまさら緊張もしないのだろう。

デウィが穏やかにいった。「わざわざご足労さまです。正直驚きましたよ。十一年も前のことでおいでになるときいて」

自転車のキックスタンドを立て、泥の上にかろうじて安定させた。運転に難儀した乗り物から、ヨンイルはようやく解放された。「ご協力いただき感謝します」

「ここですよ」デウィは道端の家を指さした。「イ・ベオクの住居でした。いまは空き家で、共同の物置に使ってます」

肥やしのにおいが漂っているのはそのせいか。ヨンイルはきいた。「ひとり暮らしだったんですよね？　ふつう家族のいない者は、複数での同居を義務づけられると思いますが」

「そりゃ事件の直前まで、あの男は妻子持ちでしたからな」

「結婚してた？」ヨンイルは面食らった。

「ご存じない？　夫婦仲が悪くてね。このご時世、旦那は国営工場勤めでほぼ無給だし、奥さんのほうは商売でそれなりに稼いでる。なのに夫がいばっているせいで、妻の不満が爆発して……」

「ああ。よくきく話ですね」

「口喧嘩になって、ベオクが手をあげたらしい。妻は裁判所に離婚を申し立てたんです。でも夫の暴力だけじゃ、別れる理由にならないとされて」

　それも判例がある。外国では協議離婚が可能のようだが、この国においては裁判でしか離婚は成立しない。デウィのいうとおり、夫が妻を何発か殴っただけでは、離婚もかなわない世のなかだった。関係を解消するには、殺人未遂や命にかかわる性病、夫に起因する出身成分の悪化など、よほどの理由が必要とされる。

　デウィがつづけた。「妻は裁判所の判断に腹を立て、勝手に行方をくらましてしまってね。子供たちも連れていった。帰ってくるかもしれないとベオクがいい張るんで、ほかの者との同居を勧められなかったんです」

事件の記録には、ひとり暮らしとしか書かれていなかった。紙一枚にすべてをまとめようとすれば、当然載せきれない事実もでてくる。保安署の資料などそんなものだった。先が思いやられる。

家に歩み寄り、半開きの扉からなかをのぞく。靴脱ぎ場の向こうは板の間だが、いまは泥だらけだった。雑多な農機具が放りこんである。鋤や鍬、手掘り鎌、木製の人力除草機、畜力除草機。蠅が飛ぶ音がこだまする。隣りの部屋につづく戸が見えていた。いちおう二間ある。土間には台所と手動式ポンプ、厨房に釜や作りつけの食器棚。村邑では標準的な住居といえそうだ。

ここまでは、第一発見者のベオクがひとり暮らしだった、その理由が判明したにすぎない。くだんの事件現場は近くにあるはずだ。ヨンイルは辺りを見まわした。「ペク家は……」

「そこですよ。引っ越してきたのは大水害のころだから、もう二十二年になります」

デウィは振りかえった。

ベオクの住んでいた家の脇道、緩やかに上る小径の先に、ぽつんと一軒家が存在する。あれが殺人事件のあった家だった。外観はベオクの家に似通っていた。

戸惑わざるをえない。逃げ場のない一本道のはずが、実態は水田のなかに延びる畦道だった。

するとデゥィがポケットから数枚の写真をとりだした。「うちにあった物のなかから探しました。これがわかりやすいんじゃないかと」

差しだされた一枚を眺める。ずいぶん古い写真だった。奇妙なことに、畦道の両わきにブロック塀が築かれている。農作業着の男性が写っていたが、塀の高さは身の丈をはるかに超えていた。

「私です」デゥィの目が初めて笑った。「当時はまともな土も少しは残ってて、耕せばなんとかなったんです。地割れがひろがったせいで、水が入らなくなって、田んぼがだめになってしまってね」

「この塀はなんですか?」

「ペク・グァンホの妻、ウンギョに泥棒の疑いがありましてね。この畦道の左右にある棚田が被害に遭った。やっと実ったわずかばかりの稲穂が、夜中にこっそり収穫され、持ち去られてしまったんです。売り物にならないほど粗末な出来でも、貴重な食糧ですからね。大騒ぎになり、保安員を呼びました。すると刈りとった稲穂が、ペク家の物置から見つかって」

「いつごろの話ですか」

「二十年ほど前だったかな」

「なぜ奥さんに疑惑が向けられたんでしょうか」

「夫のグァンホが密告してきたからです。私が保衛員と会っていると、グァンホがやってきて、深夜に妻がひとり家を抜けだしていると打ち明けました。娘のチョヒはまだ小さいし、夫婦間の揉めごとにしたくないから、生活総和で公言できないとも」

「それを信じたんですか？」

「鵜呑みにはしませんでした。けれども私たちみんなで、夜中にこっそり巡回していたところ、ペク家からウンギョがでてきました。月明かりの下、田んぼを物色してるようすが確認できたので、いっせいに駆け寄って取り押さえたんです」

「ウンギョは罪を認めましたか」

「泣くばかりだったんですが、グァンホがきて問い詰めても否定しなかったので、認めたと判断しました。被害に遭った農家の連中はかんかんでね。みんな保安員に引き渡すべきだと主張したが、娘さんがかわいそうという声もあがった。班長の私としては、事態を丸くおさめたかった。それで保安員と交渉したんです」

「交渉というと……」

「事件にしないでくれと頼みました。なんとか受けいれてくれましたよ」

当然それなりの額を握らせたのだろう。人民班長は班内のあらゆる問題に責任を負う。人民班のひとつ上の行政単位は洞だから、洞党委員会からの行政指示を受ける。保安省や保衛省の監視にも協力する。上の圧力に屈するばかりでは班員の信頼を失うため、適切に調整する能力も求められる。ムン・デウィは長年にわたり班長を務めてきた。それなりにうまくやってきたにちがいない。

デウィが禿げあがった額に手をやった。「保安員は引き揚げていったが、農家がなかなか納得しなくてね。塀の建設は妥協策でした。物理的に水田に干渉できなくなるうえ、見せしめにもなる。費用はペク家が払ったし、職人の作業を夫婦で手伝ってましたよ。ウンギョはやつれきった顔で、ただ黙々と働いていました。いまも目に焼きついてます」

村落における懲罰として、塀による隔離はめずらしくはない。ヨンイルはつぶやいた。「冬には雪が積もって大変だったでしょうね」

「ええ。この畦道の雪は、すべてペク家が片付けることになってました。塀のなかから掘りだし、所定の雪捨て場まで運ぶわけですから、とてつもない重労働です」

「こんな教化所のような塀が、家につづく道端に築かれたのなら、娘さんも異様に思ったはずでしょう」

「チョヒが当時どう感じたかはわかりません。班内には同年齢の子供たちがいたから、母親を泥棒呼ばわりされたかもしれませんが……。二年後にはすべてがどうでもよくなるぐらいの事態が起きてしまったので」

「なんですか」

「ウンギョの自殺ですよ」

ヨンイルは絶句せざるをえなかった。

デウィが眉をひそめた。「それもご存じなかったんですか」

軽いめまいすらおぼえる。資料に記載漏れが多すぎる。いやウンギョの自殺に関し、署内のどこかに、やはり紙一枚の記録ぐらいは残されているだろう。だがのちに発生した夫の殺人事件と関連づけるシステムがない。

国家保衛省は人民の思想に目を光らせるものの、生存か死亡かに関心を持たない。治安を司る人民保安省も同様だった。事件絡みなら保安署が把握しているはずが、ずさんなかぎりだ。あるていど覚悟していたこととはいえ、あまりの惨状に言葉もない。

吹きつける風に、裸木が葉のない枝をすりあわせる。デウィがペク家を眺めながらつぶやいた。「塀はあの家屋の裏まで、ぐるりと囲んでたんです。完全に袋小路だったが、彼女はそこで首を吊(つ)った。軒先に突きだした梁(はり)に紐(ひも)をくりつけてね。チョヒが学校に行ってるあいだに発見されたのが、まだ幸いだったかもしれません」

「でも下校後、母の死を知らされたでしょう」

「もちろんです。あまりに辛(つら)いできごとでした」

「家ごと塀で隔離されてしまったのが、ウンギョの傷心につながったんでしょうか」

「遺書が見つからなかったので、そこはなんとも」

「夫のグァンホにとっても、悔やまれることだったでしょうね」

「ええ。絶えず自責の念に駆られていたようでした。しかし彼は喪に服しているあいだも、国営工場への通勤を欠かさなかったし、人民班の仕事もこなしてました。悲しみを忘れるためか、チョヒをひとりで育てる責任感にめざめたのか、とにかく偉いですよ」

「彼は亡くなる前、衛生班長を務めてたそうですが」

「ほう」デウィの虹彩(こうさい)のいろがわずかに変化した。「そんなことはご存じなんですね」

教化所でイ・ベオクに会ってきた事実を、デウィには明かしていなかった。いまも話すつもりはない。ヨンイルはデウィを見つめた。「人民班において衛生班長は、次席かその次ぐらいの地位と思いますが」

「地位だなんて」デウィは苦笑に似た笑いを浮かべた。いまは年齢相応と思える無数の皺が、顔じゅうに波うった。「班内で権力を振りかざそうとしたところで、たかが知れてます。集団清掃やゴミの収集を仕切る者が必要ですし、グァンホはすすんでその役割を買ってでたんです。おおいに助かりましたよ」

人民班長と立ち話しているだけでも、保安員の無知を痛感させられる。恐縮とともにヨンイルはいった。「さっきの写真、もういちど拝見したいのですが」

「どうぞ」デウィが写真を手渡してきた。「塀をとり壊したのは、グァンホの身に不幸があって間もなくでした。チョヒが親戚に引きとられ、空き家になったので」

「それまでグァンホは、妻の死にもかかわらず、塀をそのままにしていたんですよね」

「墓標のような物だといってました。妻を告発した自分への戒めになると思ったのかも。いまとなっちゃ、彼の真意を知ることもできませんが」

ふたたび写真を眺める。ブロック塀の壁面は滑らかで、よじ登るのは困難に思えた。ただしすべての箇所がそうだったとはかぎらない。一部が壊れていれば抜け穴になりうる。侵入と脱出の手段なら、まだほかにも考えられる。

ヨンイルは思いのままを口にした。「ハシゴを持ってくれば、容易に出入りできたかも」

「さてね」デゥィの眉間に皺が寄った。「事件が起きたころはまだ、水田だった土地も完全に干上がってはいなかったし、日没後に逃げおおせるのは大変ですよ。一歩ごとに膝までめりこんでしまうのでね。地面は真っ暗でなにも見えません。懐中電灯の光が動きまわってれば、遠くからでもわかりますし」

ほかの畦道まではかなり距離がある。ハシゴを抱え往復するのは至難の業か。ヨンイルはため息まじりにきいた。「当時の保安員は、足跡を調べなかったんですか」

「塀の外側にまで関心を向けたようすはなかったな。イ・ベオクの犯行だと、みんな信じてたし」

「彼でないと証明されてから、ふたたびこの辺りを調査しにきたことは……」

「私の知るかぎり、なかったと思います」デゥィはしらけたような表情を浮かべ、ぼそりとこぼした。「そんな保安員がいますかね」

ヨンイルは押し黙った。いるはずもない、デゥィの目がそううったえている。

殺人事件が起きたところで、監察保安員が現場の写真を数枚撮り、軍用犬に辺りを嗅ぎまわらせるだけだ。賄賂で売春を見逃す一方で、韓流ドラマの視聴者を摘発しては、無罪放免を条件にまた賄賂をせびる。それが保安員だと誰もが知っている。

署の捜査資料は紙一枚で、写真すらない。ヨンイルはデウィにたずねた。「ほかに当時の写真をお持ちですか」

「めぼしい物はなにも」

「ご自宅にあるんですよね？　見せてもらえませんか」

「あとで探して、なにか見つかったら届けますよ」

「これからお邪魔したほうが早いと思いますが」

デウィは首を横に振った。「うちはちょっと離れてますし、妻も市場にでかけてて、おかまいもできませんで」

招きたくないといいたげな態度だった。わざわざ外でまちあわせたのもそのせいか。ヨンイルはきいた。「ペク家も二間あるんでしょうか」

「ええ。間取りはどこも同じです。奥さんが亡くなったあと、グァンホは奥の部屋を書斎がわりにしてて、手前の部屋は居間と娘さんの寝室を兼ねてました」

捜査資料の書類をとりだした。グァンホの死体が見つかったのは、彼の自室だったとある。背中を刺されていたが、凶器は見つかっていない。なぜか朝鮮文學全集十巻のうち第七巻だけが紛失していた。盗難にあったかどうかは不明。表紙のない粗雑な製本の廉価版で、価値はないに等しいと書いてある。その記述の下は、二行ほど黒く塗りつぶされていて、透かしても見えなかった。チョヒが倒れていた場所は、室内としか記載がない。

ヨンイルは書類をしまいこみ、かつてのペク家を眺めた。「あのなかも見られますか」

「いまは別の住人がいますが、話しておきます」デウィが渋い顔でヨンイルを見つめてきた。「熱心ですね。保安員にしちゃめずらしい」

褒めている口調ではない。軽蔑の響きが籠もっていた。少数派との関わりを拒むのは、この国では当たり前の生きざまだった。

それを承知で、ヨンイルはあえてぶっきらぼうにいった。「お褒めにあずかり光栄です。僕らはいい仲間になれそうですね、ムン同志」

4

秋になり日が短くなった。人民の起床時間といわれる午前六時を迎えても、窓の外はなお暗い。軒先にのぞく星空が、かろうじて藍いろがかったにすぎない。

幸いけさは停電がなかった。裸電球に照らされた室内は、布団箪笥や引き出し棚が四方を囲み、入りきらない生活雑貨がひしめきあう板の間だった。

ヨンイルはあぐらをかき、食卓についた。どの家も靴を脱いで生活する。出勤に備え、ワイシャツにスラックス、靴下を身につけている。ネクタイを巻き、バッジと腕章のついたジャンパーを羽織れば、いつでもでかけられる。一般監察課ではなく、ほかの署の捜査課にあたる検閲課の所属だ。勤務中も制服を着る義務はない。

電車の走行音が建物を揺るがす。平義線（ピョンイ）がすぐ近くを走っている。やがて静けさが戻ると、隣りの生活音が耳に届いた。長屋だけにノイズが響く。どこの家庭も朝の支度に追われる時間帯だった。

娘のミンチェが洗面所からでてきた。高級中学の制服も、三年経つと傷みが激しい。入学時には大きすぎて、チマチョゴリみたいだとからかった記憶があるが、いまは身体の線が如実に浮きあがる。スカートの裾（すそ）も短く思えた。椅子に腰かけたら膝（ひざ）が見えてしまうのではないか。青年同盟のバッジは忘れず左胸につけているものの、价川で見かけた女学生と同様、長くした髪を後ろでまとめていた。

十六歳にもなると素行を問われる。娘が髪を伸ばしているのは知っていたが、けさは黙っていられない気分だった。ヨンイルは声をかけた。「ミンチェ」

ミンチェは無言でヨンイルの手もとを眺めた。さっさと箸（はし）を手にとってよ、目がそううったえている。

最年長者が箸を持たないかぎり、ほかの者は食事に手をつけられない。いちおうマナーは守っているといいたいのだろう。ヨンイルは金属製の丸箸をとりあげた。「保安署勤めで帰りが遅くなりがちなのは、申しわけないと思ってる。いえた義理じゃないが、おまえも気をつけてくれないか。保安員の娘にふさわしい生き方を……」

「いただきます（チャルモクケッスムニダ）」ミンチェはすかさず箸を手にし、白菜キムチをつまみあげた。

チャルモクケッスムニダと、ていねいな言葉遣いをすべきだ、そう叱りたかった。だがタイミングを逸した。ミンチェはもう父親と目をあわせようとしない。微笑も浮かばない。

妻スンヒョンの二十年前にそっくりだとヨンイルは思った。そのスンヒョンは野菜スープを運んできた。仏頂面で食卓のわきに座る。しぐさも娘とそっくりだった。褐色のレディススーツは安物の古着だが、外出着にはちがいない。見慣れないネックレスを身につけている。本物の真珠だろうか。模造品にしては光沢がある。ヨンイルがたずねようとしたとき、スンヒョンが一瞥してきた。娘と同じまなざしで発言を制してくる。

黙って箸を進めざるをえない、そんな状況に思えた。主食は雑穀。きのうはトウモロコシを炊いたものだった。ほかに大根の千切りの和え物。ソーセージや卵焼きにありつけたのは、ずいぶんむかしのことだ。

飢饉のころも食いっぱぐれがないとされた保安署だったが、いまは食糧配給が滞っている。給料は雀の涙、月に一キログラムの米が買えるかどうかだ。かといって転職は許されない。無職も処罰の対象となる。人民保安部政治大学を卒業し、保安署員になったというのに、むしろその役職に縛られている。暮らしぶりを改善できない。

妻のスンヒョンが化粧品を売る店で働きだしたのは、三年前の春だった。娘ミンチェの義務教育が終わるまで家計を支える、彼女はそういって許しを求めた。発覚すれば問題視されるが、いまや保安員の妻なら誰でもやっていることだった。

生活を維持できているのは妻のおかげだ。ネックレスを買うぐらいの贅沢はあってもいいのかもしれない。だが夫にひとことの相談もないのはどういうわけだろう。やはり苦言を呈したくなる。ヨンイルはスンヒョンを見つめた。「ちょっと話せないか」

かすかな困惑のいろをのぞかせ、スンヒョンが応じた。「なに?」

どのように切りだすか、一瞬の迷いが生じた。すると野太い男の声が耳に入った。おはようございます。

同僚なのはあきらかだったが、またしてもタイミングが悪い。わずかに苛立ちをおぼえたとき、ミンチェがこれ幸いとばかりに箸を食卓に戻した。すでに食べ終えていた。もともと時間がかかるほどの量もない。ミンチェがそそくさと退散していく。スンヒョンも同様で、腰を浮かせ片付けだした。いつものことだ。からになっていないヨンイルの器だけ残し、ほかを盆に載せ、流しへと運んでいく。妻も娘も、先にでかける準備を整えてしまった。

気づけば食卓にひとりきりだった。ヨンイルは唸りながら箸を置いた。この歳になり、腰痛が悪化している。動作をおっくうに感じる。鬱屈とした気分とともに立ちあがった。

部屋の戸口をでると、すぐに玄関だった。とはいえ外に面した扉があるだけの手狭な空間でしかない。解錠し、扉をそろそろと開ける。わりと近代的な住宅地内だが、この長屋は路地裏に面している。ジャンパーを着た男が立っていた。

「同志。きみに頼まれた資料、徹夜でなんとか揃えた」

二歳年下の丸顔に疲労感が漂っている。カン・ポドンは大判の封筒を差しだした。

ずいぶん薄っぺらい。ヨンイルは失望とともに受けとった。「これでぜんぶなのか？」

「ああ。イ・ベオクの妻による離婚裁判で、訴えが却下された件。それにウンギョが稲穂を盗んだ件、これは事件化されてなかったが、役所にブロック塀建築申請とその理由として記録があった。それにウンギョの首吊り自殺」

封筒の中身は実際、三枚だけだった。ヨンイルはつぶやいた。「どれもスカスカの書面だな」

「集落についての役所仕事なんてそんなもんだ」ポドンがうながすような表情とともにささやいた。「同志」

しばしポドンの目を見かえし、催促されているのに気づいた。ヨンイルはポケットから財布を取りだし、五百ウォン札を渡した。

ポドンは辺りを見まわしながら、紙幣をしまいこんだ。「感謝する、同志」

友情と頼みごとの謝礼は別ものだった。もともと職場の同僚とのあいだに、友情が成立しているかどうかも疑わしい。きみという二人称は他人行儀で、会話も常にぎこちない。それでも月給の十分の一を払った以上、感謝の念は伝わっているだろう。

金を受けとっておきながら、ポドンはいまさら申しわけなさそうな面持ちになった。

「すまない、ヨンイル。きみのところも、そんなに余裕はないんだろ?」

ヨンイルは資料に目を通した。「二十年前、ウンギョは稲を盗んだ疑いをかけられ、家ごと塀で隔離された。二年後、ウンギョは首を吊って自殺。彼女の犯行疑惑を告げ口した夫のグァンホは、それから七年後に殺害された。同時に娘のチョヒも強姦被害に遭った。第一発見者のイ・ベオクは悲鳴と騒音をきき、塀のなかの一本道をペク家に駆けつけたが、途中誰にも会わなかったと証言した」

「ベオクは誰かを匿ってると疑われ、教化所送りになった。素行不良のせいで、いまだ出所できず。きみが調査したとおりだ」

「調査だなんて。あんなのは調べたうちに入らない。ペク家の惨劇以前には、イ・ベオクが妻に暴力を振るい、離婚裁判を起こされている。裁判所は離婚を認めなかったため、妻は憤り、子供を連れ家出した」ヨンイルは思わず吐き捨てた。「たった二軒の家に、これだけのことが起きてるんだぞ。なのに情報や事務処理の一本化すらおこなわれてない。しかも当時の捜査担当者名すら記載なしときてる。うちの署はいったいなにをしてきた」

「しっ。声が大きいよ」ポドンはあわてぎみにいった。「村巷を訪ねては、不正を見逃す代わりに賄賂を受けとる。それが仕事だと誰もが思ってきた。いまさら大昔の捜査を見直せといわれても、ろくな記録が残ってるはずもない。そもそもちゃんと調べてもいないんだから」

「ちゃんと調べもせずに、被疑者を犯罪者ときめつけるなんてどうかしてる」

「たいてい本人の自白がとれてる。それ以上の証拠はないだろ?」

自白か。便利な言葉だとヨンイルは思った。

たしかに保安署の取り調べでは自白が重視される。被疑者が口を割ったら、内容を書面にまとめ、裁判所に提出する。黙秘の場合、あらゆる手段を講じ、なんとしても自白を引きだす。疑惑の度合いにもよるが、取り調べ担当者による暴力はあていど容認される。薬物使用の許可すら下りる。

常に自白が必要とされる反面、その裏づけ捜査は不要だった。物証も求められない。事件の長期化と拡大を防ぎ、早期解決を図ることで、秩序の安定が果たされる。大学でそのように教わり、署でも実践してきた。被疑者の自白さえあれば、裁判も迅速に結審し、ただちに刑が確定する。それが司法における伝統とされた。

証拠の収集もないわけではない。気まぐれに実施されることがある。現にペク家の件でも、強姦されたチョヒを病院で検査している。庶民の事件にしてはめずらしい対応だったが、おかげでイ・ベオクの犯行でないとわかった。だがベオクは結局、長年の教化所暮らしを強いられている。

自白が得られず、証拠も揃わなくても、なんらかの理由をつけ被疑者を刑罰に処す。捜査はそれで終了だった。真相も真犯人も追及しない。手柄を立てたところで見返りがないのだから、誰も現状を変えようとするはずがない。

組織内での地位は固定されている。出身成分のよさと上役への賄賂なくして、昇進や昇給は期待できない。よって保安署員はその場しのぎにのみ腐心する。自分の仕事に疑問は抱かない。

この国の法は、あくまで統治のための法だ。権利の体系ではない。人民にとっての事実など二の次とされてきた。自白さえあれば、それこそが事実だった。

だがそんなことでは真相に迫れない。

書面の一部に目がとまった。気になる記述があった。ヨンイルは読みあげた。「故ウンギョの娘チョヒ、長興里(チャンフンニ)の安復(アンボク)集落に移住。粛川郡のなかか。そう遠くないな。主体七九年生まれだから、いまは二十八歳だ。会えば話がきけるかもしれない」

ポドンが表情を険しくした。「やめといたほうがいい。過去の事件を洗い直すだけでいいんだよ」

「だから洗い直してるんじゃないか。いまの俺たちの職務だ」

「なにも問題なければ、問題なかったと報告すればいい」

「問題があるから真相を探ってる」

「十一年も前に起きた事件の被害者に会うなんて、やりすぎだと思わないか」

「思わない。犯人はわかってないんだ。南だったら……」

あわただしい動きがあった。ミンチェが靴を履き、外へでていこうとする。やあ、とポドンが声をかけたが、ミンチェはぶっきらぼうに、おはようございます、そう応じただけだった。スンヒョンもあとにつづいた。戸締まり忘れないでね、そのひとことを残し、スンヒョンも屋外に消えていった。

胸にぽっかり穴があいたような空虚さとともに、ヨンイルは妻子を見送った。家族内での序列を思い知らされた、いつもながらそんな気分に浸りきる。

ポドンが声をひそめ告げてきた。「南だなんていうな」

「方角の話だ。南朝鮮とはいってない」

「おい、よせよ。保衛員は家族にも抜き打ちで質問するぞ」

「妻や娘は俺を売ったりしない」

「みんなそう主張する。ひっぱられる前まではな」

「いいから黙ってろ。俺は職務に従ってるだけだ。南には保安省じゃなく警察組織がある。彼らのやり方は興味深い」

「きかなかったことにする。もう方角の話じゃないだろ?」

監視体制は緩んでいる。どこの国のことかあきらかでも、南という表現で通せば、ただちに拘束される心配はない。いまや保衛員による連行にも一定の基準がある。かつてのように悪意が感じられるというだけで、告発の対象にはなりえない。是と否のあいだに横たわる境界線を、人民の誰もがわきまえている。

ヨンイルは紙の裏表を眺めまわした。「チョヒは犯人の顔を見ていないのか。ここには書いてない。直接会って問いただすだけの価値はある」

ポドンは硬い顔のままだった。「その資料を探してるとき、コク課長が声をかけてきてな。きみへの伝言を頼まれたよ。ほどほどでいいといってた」

「どういう意味だよ。正確を期すよう命じられてるのに」

「わかってるだろ？　きみのやり方は、従来の方針に対する批判に見られかねない」

「過ちを否定して悪いか」

「当時の保安員にも、あるていど尊敬の念をしめしておいたほうがいい。みんな命令に忠実だっただけだ」

「賄賂の横行もか？」

「生きるための知恵だ。きみが金銭を受けとりたがらないのは知ってる。賄賂も副業も本当はいけない。ただ一時的に必要とされてる」

「社会の機能不全が是正されるまでか。いつになるんだ、それは」

ポドンがうんざりした表情で、説得の口調に転じた。「同志。俺は仲間として心配してる。事情が事情だけに、むきになってるように見える。保衛員から目をつけられやすい。そこは自覚してるんだろ」

神経に障る物言いだった。細い針で肌を刺されたような痛みが走る。できればききたくなかった。ヨンイルは書類に目を戻しながらつぶやいた。「親のことは関係ない」

5

ヨンイルがポドンとともに乗ったバスは、出発してすぐエンストした。全員が降りてバスを押すことになった。五回の乗車に一回はこうなる。押しがけによって、たいていエンジンが再始動する。そうでなければ次のバスをまたねばならない。けさは幸いにも、速やかに車体の振動と排気が復活した。

車内に戻り、座席から窓の外を眺める。スローガンの看板がいたるところにある。都会とちがいビルは見あたらない。そもそもビルは見かけ倒しでしかない。十階建てでも昇降機（エレベーター）がなかったりする。上層階では水圧が低すぎて水道が使えず、低層階へ下り水を汲（く）むはめになる。

以前に平壌へ行ったとき、半壊状態のマンションを目にした。建築にたずさわる青年突撃隊は、工期を短縮できれば勲章がもらえるとあって、手抜き工事が横行する。当然、崩落も頻繁に起きる。地響きが伝わってくれば、どこかのビルが倒壊したとわかる。貧困層にとっては、平屋住まいでよかったと安堵する瞬間でもある。実際この辺りには、築半世紀以上の土煉瓦の戸建てばかりが連なる。

灰いろに沈んだ風景のそこかしこに、国旗の赤と青が点々と原色の彩りを添える。子供たちが制服に巻く真紅のネクタイもめだつ。少年団の証だった。

かつての人民学校、いまの小学校に通って九歳ぐらいになれば少年団に入るものの、全員が対象ではない。成績や生活態度について審査を受けるからだ。入団が遅れれば、世帯ごと人民班で落ちこぼれ一家と見なされる。

赤いネクタイを身につけたからといって、規律正しいとはかぎらない。外壁に描かれた大元帥様おふた方の肖像画には、通学途中であっても足をとめ、頭を垂れる義務がある。ところがいま子供たちは、悪びれもせず素通りしていく。周りに人民軍の制服が見あたらないからだろう。引率の教師らしき大人も咎めようとしない。

通行人は黙々と歩くばかりだった。バスの座席も静かだ。ときおりささやくような雑談が耳に入ってくる。米の臨時配給があるかもしれないとか、庭掃除に箒を借りたいとか、他愛もない会話に終始する。首領様や党について言及する者はいない。避けているわけではない、特に話題がないからだ。

みな政治には無関心だった。行事での宣誓で、忠誠心について声高に唱えようと、頭のなかは空っぽでしかない。少年団のころから習慣化していた。せいぜい暗唱を完璧にこなし、制服姿の偉い人に褒めてもらいたがっているだけで、言葉の意味もわかっていなかった。理解可能な年齢になっても、あいかわらずどこか他人ごとだった。叱られないていどに表面上は同調する。子供から大人まで、誰もがそのように生きている。

いつしかバスは棚田やトウモロコシ畑のなかを走っていた。少し離れればこんな光景がひろがる。

なぜ朝っぱらからでかけているのだろう。捜査があるからだ。どうして働くのか。乗りかかった船は降りられない。命令を拒否しなかった以上、職務に従わねば厳罰に処せられる。自分だけならまだいい、家族を路頭に迷わせたくない。いや逆だ。暮らしを支えているのは妻のほうだ。娘もやがてそうなるだろう。署から特別な報酬はでない。とすればなんのための仕事か。

ヨンイルは頭を振り、煩わしいばかりの思考を追いはらった。ほかに生きようがないからだ。誰でもそうだ。ポドンが同行しているのもそんな理由だろう。

バス停は山間部にあったが、一緒に大勢が降車した。田園地帯でありながら、大きな工場が連なっているためだ。安復集落は紡織工場の敷地に隣接していた。田舎の村邑(そんゆう)にしては区画整備が行き届いている。生活道路は未舗装なものの、わりと新しい家屋が整然と軒を連ねる。もっとも橙(だいだい)いろの屋根瓦(がわら)はほかと変わらない。この人民班では、外壁を薄紅いろと定めているらしい。

働き手はとっくに出勤したようだ。出迎えは老人ばかりだった。保安員の訪問ときき、うわべだけは愛想がいい。ところがペク・チョヒに会いにきたと伝えると、一同の表情が曇りだした。

ここの人民班長はテ・ヨデといって、白髪頭に垂れ目の、人当たりのよさそうな顔をしていた。いま表情は一転し、眉間(みけん)に深い縦皺(たてじわ)を刻んでいる。ヨデは家を振りかえり怒鳴った。「キ・ビョンソク！」

玄関ではなく、家の裏側から人影が駆けだしてきた。薄汚れた作業着姿ながら、兵役帰りのように引き締まった身体つきだった。髪はくせ毛で長めに伸ばしている。

頭髪について、推奨される髪型はあっても規制はない。とはいえ男にもかかわらず、肩までかかる髪とはめずらしい。外見に気を遣っているようすはなかった。ずぼらというより、散髪の暇さえないのだろう。日焼けした顔もよく見れば、第一印象ほど若くはない。三十歳か、それを少し超えるぐらいか。

ヨデが指示した。「ペク・チョヒのところへお連れしろ」

ビョンソクと呼ばれた男は、うつむきがちに歩きだした。ぼそりと告げてくる。「こちらへ」

老人らはその場に留まり、無言のうちに見送るだけだった。妙な空気が漂う。ヨンイルは歩を進めながら振りかえった。みな目つきが一様に険しい。

ヨンイルはビョンソクの背に問いかけた。「きみはどこかに勤めてないのか」

「勤めてます。この集落の世話者なので」

「ああ」ポドンがうなずいた。「じゃ別の集落に住んでるのか」

「ええ」ビョンソクは家と家の狭間を抜けていった。「妻と子は双雲里にいます」

管轄外だった。この国の保安署は管轄に厳重な区分けがある。教化所を訪ねるなど特別な場合を除き、保安員としては管轄外に赴けない。

ポドンがビョンソクを追いながらつづけた。「ひとりだけここに出張とは、寂しいかぎりだな」

「週に一日は休みがもらえるので、そのとき帰ります」

余裕のある集落は、働き手が仕事で出払う代わりに、住みこみの世話者を雇う。家の補修や道路の清掃など、雑務全般を世話者が引き受ける。たいてい住民から蔑まれる立場だった。出身成分が悪く、まともに就職できなかった者が、やむをえず引き受ける仕事だからだ。

それも動揺階層ていどなら、集落の世話者になるほど追いこまれない。三つに大分される出身成分のうち、最低のひとつに属するのだろう。

ヨンイルはきいた。「出身成分は敵対階層だな？　なぜそう区分された？」

ビョンソクは後ろ姿のまま歩きつづけた。やがて振り向きもせずに答えた。「父が仏教徒だったので」

ありがちな答えだった。敵対階層に区分される理由としては最も無難だ。敵対階層は高等教育機関に進学できない。炭坑地区に強制居住させられたり、管理所送りになったりする。管理所は教化所とちがい、政治犯のみが収容される牢獄だ。父親のせいであっても、運命は変えられない。ヨンイルは質問をつづけた。「父親も双雲里にいるのか」

「いえ。もう死にました」

「恨んだだろうな、父親を」

「そうでもありません。自分の家族を持てたので」

ポドンがたずねた。「奥さんも敵対階層だろ?」

「はい」ビョンソクが応じた。

「子供が不幸だな」

ヨンイルはポドンに顔をしかめてみせた。「よせよ」

敵対階層どうしで結ばれるしかない事情もある。とりわけ動揺階層の女が敵対階層の男に嫁ぐのは、人目をはばかる行為とされる。たいてい女のほうが姓も名も変え、家系に迷惑がかからないようにする。同じ差別対象ながら、結婚相手に恵まれたのなら、ビョンソクの人生はましなほうといえた。

実のところ、政治犯の息子だった場合、集落の世話者として働けるはずもない。まずまちがいなく管理所送りになる。

他人ごとと侮ってばかりもいられない。出身成分の降格は誰の身にも起きうる。もとは核心階層でも、管理所で死刑に処せられたら、家族は二親等まで敵対階層にされてしまう。

なおも歩いていく。じきに集落の端だった。ポドンがビョンソクにきいた。「ここの世話者になる前は、どこでなにをやってた?」

「野菜市場で雑用をしてました」

「それだけじゃ食えない。大学にはいけない身だから、十代から働いてたんだろ？」

「はい」ビョンソクはいっそう小声になった。「朝鮮芸術映画撮影所で」

「ああ。なるほど、顔がいいからな。最後のチャンスに賭けたが、挫折したクチか」

図星だったのだろう。ビョンソクは一瞬表情をひきつらせたものの、黙って歩きつづけた。

出身成分を超えて有名になり、地位を高めうる唯一の分野が芸能だった。ただし敵対階層だと監督や脚本家にはなれない。あくまで指示どおりの表現に徹する俳優の道以外にない。たしかにビョンソクは可能性を感じさせる見た目をしている。だがもっと美男子でなければ採用には至らないだろう。同じ志を抱きながら、撮影所で見習いとして働く連中は、少なくとも数万人はいる。

すでに民家の密集地帯からは遠のき、集落の隅に行き着いた。工場とは反対側、山林に面している。物置然とした小屋が、一軒だけ孤立し建っていた。壁に塗装はなく、なぜか無数の紙が貼りつけてある。窓は木板で塞いであった。

ビョンソクが足をとめた。「あそこです」

ポドンが怪訝そうにきいた。「一緒にこないのか」

「近づかないのが人民班のきまりなので」

ヨンイルは驚いた。「きまり？　きみもそれに従ってるのか？」

「近づきたくありません」ビョンソクは無表情につぶやいた。「軽蔑すべき存在ですから」

当惑が募る。ヨンイルは小屋へと歩み寄った。妙な感覚にとらわれる。外壁に貼られた紙の書面には見覚えがあった。保安署の捜査資料だ。どの紙も同じ記載内容で、一部に赤い線が引いてある。いずれも共通の箇所を強調していた。強姦被害、ペク・チョヒ、十七歳。

ポドンも小屋に近づくと、信じられないという顔になった。「こりゃいったい……」

あわてて内ポケットをまさぐる。ヨンイルは四つ折りの紙を取りだした。十一年前、ペク家に起きた事件の記録。署が保管していた原本はここにある。壁に貼られているのはすべて複写だった。

ヨンイルは文面をかわるがわる見くらべた。「保安署員にしか請求できない書類だ。外に持ちだすのにも許可がいる。誰がコピーした？」

当時この書類を作成した保安員にこそ話をききたい。だが不可能だった。捜査担当者名が書かれていない。署内でもたずねまわったが、地域保安署は異動が多く、かつての事情を知る人間は誰ひとりいない。

ポドンは小屋に貼られた紙を指先でさすった。「質の悪い複写だな。署のコピー機じゃないだろう。いまどき闇市場にも、もっとましな複写サービスがある」

「それでもどうやってコピーを……」ヨンイルは言葉を切った。ふいに小屋の扉が開いたからだ。

おずおずと姿を現したのは、この国でもとりわけ人目をひくほどの、ひときわ細い身体つきの女だった。血の気のない青白い顔で、張りだした頬骨にもかかわらず、目鼻立ちが整って見える。なぜか既視感のある面持ちだった。初めて会ったはずが、そうと思えないのはなぜだろう。

髪を伸ばしているのはやはり趣味ではなく、切る機会がないせいだと考えられた。ワンピースと上に羽織ったロングニットガウン、いずれも布が継ぎ接ぎしてある。闇市場でさえ商品にならないしろものに思えた。

女が虚ろなまなざしで見かえした。「なにか……」

ヨンイルはいった。「保安員のクム・ヨンイル。彼はカン・ポドン。ペク・チョヒさんだね？」

「はい」チョヒは応じながらも、不安げに小屋のなかを振りかえった。

ほの暗く手狭な板の間に、家族が暮らす最低限の備えが見てとれる。ヤカンと練炭コンロ、いくつかの食器、タオル。敷かれたフトンは布のように薄かったが、小柄な老婦がくるまっていた。傍らには同じく高齢の男性が、背を丸めながら座っている。やはり衣類は粗末きわまりなかった。

絶句せざるをえない。ヨンイルは茫然(ぼうぜん)と眺めた。たったこれだけの床面積に、三人で暮らしているのか。

老婦のしわがれた声がささやいた。「チョヒ」

するとチョヒが穏やかに告げた。「お客さんがおいでだから」

年老いた男女は、なんの反応もしめさなかった。チョヒはぼろぼろの靴をはき、小屋からでてくると、扉をそっと閉じた。

ポドンがチョヒにきいた。「祖父母か？」

やつれきっていても自然光の下では、二十代後半の肌艶(はだつや)とわかる。もっとも栄養失調なのはあきらかだった。チョヒは力なく答えた。「叔父(おじ)と叔母(おば)です」

こんな暮らしぶりでは老けこむのも当然かもしれない。ヨンイルはチョヒを見つめた。「春燮集落から親戚(しんせき)のもとに移って、ふつうに暮らしてるものと思ったが」

「当初はそうでした」

「どういう意味だ。当初とは」

チョヒが声を詰まらせた。発言を躊躇したのではなく、思うように言葉がでてこいらしい。動揺が生じたのか目が潤みだしている。

ヨンイルは静かにいった。「ゆっくり喋っていいから」

「あの」チョヒがたどたどしく応じた。「役所の人も配慮してくださって、春燮集落で起きたことについて、この集落の人たちに詳しくは伝えないといわれました。でも住み始めてすぐ、テ班長から呼びだされて、この紙について問いただされて」

チョヒがぼんやりと小屋の外壁を眺めた。

不可解な話だとヨンイルは思った。「人民班長は、誰からこの書類を提供された?」

「おっしゃいませんでした。わたし、こちらに移ったばかりで、勝手がわからず迷惑をおかけしてしまって。水を許可なく飲んだり、入ってはいけない畑に入ってしまったり。十七歳だったとはいえ、うかつでした」

いずれも責められるほどのミスではない。ただ生活総和でチョヒを槍玉にあげるための方便だろう。ヨンイルはきいた。「人民班がきみと叔父叔母を除け者にしたんだな? 家を追いだして、ここに閉じこめたのか」

「仕方ないと思いました。傷物なので」

「そういわれたのか」ヨンイルは腸（はらわた）が煮えくりかえる思いだった。傷物とは、なんとひどい表現だ。「まさか十一年間も、ここで窮屈な暮らしを強いられてたのか？」

「ほかに住むところもありませんし」

衝撃を禁じえない。真冬は氷点下二十度まで冷えこむ。毎年のように命が危険に晒（さら）されたはずだ。じきにまた冬がくる。ヨンイルはつぶやいた。「暖房は練炭だけか。一酸化炭素中毒になるぞ」

「壁は隙間だらけなので」チョヒの疲弊した顔に、当惑のいろが漂いだした。「なぜそんなことをおっしゃるんですか」

「なぜって？」

「わたしは傷物です。この集落に置いていただけるだけで充分です」

「そう信じこまされてるだけだ。理不尽とすら思わないのなら、なんていうか、もうまともじゃなくなってる」

ポドンが口をはさんできた。「おい、ヨンイル」

ヨンイルはかまわずチョヒに詰め寄った。「こんなあつかいはおかしい。きみは被害者じゃないか。傷ついたんであって、傷物なんかじゃないだろう。まちがってるのは人民班のほうだ」

「同志」ポドンが語気を強めた。「冷静になれ。犯人の顔を見たかどうか、それをたずねにきたんだろ」

「それより大きな問題だろうが」ヨンイルはじれったさとともに吐き捨てた。「事件は過去にすぎない。こっちは現在進行形だぞ。こんな境遇を無視できるか」

そのときチョヒがささやくようにいった。「顔を見ました」

軽い混乱が生じた。一瞬の前後不覚だとわかった。ヨンイルはチョヒに向き直った。

チョヒは注視を避けるようにうつむいた。

ヨンイルはたずねた。「顔を見た？　犯人のか」

チョヒの目にうっすらと涙が滲んでいた。「あのとき保安署の人にお伝えできなかったことを、申しわけなく思っています。黙ってるべきと信じてました」

「犯人は誰だ？」

「父です」チョヒは声を震わせながら告げてきた。「わたしに乱暴したのは父です」

吹きつける風が体温を奪うかのようだった。ヨンイルは息を呑んだ。「父？　ペク・グァンホか？　乱暴ってのはどういう意味だ。体罰、虐待、罵声、殴打、性的暴行、強姦……」

「ぜんぶです。最後のふたつも含めて」

「グァンホが死んだ日の話か？」

チョヒがうなずいた。充血した目に大粒の涙が膨れあがった。「最後のふたつは、その日でした。それ以前から、逆らっちゃいけないと思ってました。父はわたしの暮らしを支えてくれてます。学校にも行かせてくれました」

二十八歳のわりには言葉遣いが拙い。思考も同様らしかった。社会人としての経験を積んでいないからだろう。ヨンイルはチョヒにきいた。「叔父や叔母には話したのか？」

「話しました。でも黙っているようにいわれました。よけいにひどいあつかいになるからって。でも……」

「なんだ？」

「この集落の人たちはみんな知ってました。父にされたってことを」

意味不明だ。にわかには信じがたい。ここは十一年前に悲劇があった春燮集落ではない。まったく別の行政区域、長興里の安復集落だ。なのに住民らが知っていたというのか、チョヒを強姦したのは父親だと。

ポドンが苛立たしげにチョヒを睨みつけた。「嘘をいうな」

チョヒの顔に戸惑いのいろが深まった。「本当です」

「検査の結果、あんたをやったのは別人だった。誰かほかの男がいたんだろ」

「誰もいません。家が塀に囲まれてて、前の道にも誰もこなくて、わたしは父とふたりきりでした」

虚言癖を疑いだせば、同情心も失せる。だがいまヨンイルのなかに、ふと別の感触が生じた。

イ・ベオクが駆けつけたとき、チョヒは失神していた。よってベオクのことは認識できなかった。ずっと父親とふたりきりだったとチョヒは信じた。そこだけにかぎれば筋が通っている。

チョヒが父に襲われたと仮定すれば、ベオクが誰ともすれちがわなくて当然だった。そもそも第三者がいたとの推測は、精液がグァンホやベオクのものでなかったとする、専門家の報告に基づいている。

書面に目をおとした。精液判定の担当者として、たったひとりの医師の名が記してあった。分析が正しかった、そう信じるに足る根拠はどこにある。

ヨンイルは思いのままにつぶやいた。「専門家の報告なんて鵜呑みにできるかよ」

ポドンが目を瞠った。「同志。暴言だぞ」

「ほかに可能性がないだろ。イ・ベオクによれば、ろくな設備もない病院での検査だったらしい。判定できたのも奇跡的だときいたとか」

「検査ミスがあったといいたいのか」

「それとも担当者が賄賂を受けとり、事実と異なる見解を伝えたか」

「よせ」ポドンは動揺の反応をしめした。「俺はなにもきいてない。言葉に気をつけろ。批判なんかするな。だいたい、乱暴したのが父親だったとするなら、その父親を死なせたのは誰だ」

ヨンイルはチョヒに目を向けた。チョヒは両手で顔を覆っていた。

保安員に被害者を気遣う義務はない。この国では常識だった。だがいまは配慮したかった。ヨンイルは穏やかに話しかけた。「またあらためてうかがうよ」

ポドンが声を張った。「いや。いまきくべきだ」

チョヒの泣き顔があがった。「わかりません。気づいたときには父が死んでて」

「はん」ポドンは鼻を鳴らした。「娘を犯した父親に、誰かが天誅を下したか。ベオクは悲鳴と騒音をきいて、あんたの家に飛んでいったんだぞ。塀に囲まれた一本道をな。なのに誰ともすれちがわなかった」

ヨンイルはふと思いついたことを口にした。「こうは考えられないか。父親による暴行はベオクの帰宅前だった。彼女は失神した。その後、何者かが侵入し、父親を殺害した。犯人が逃げおおせたのち、ベオクが自宅に帰った。彼女が目を覚まし、父親の死体を見て悲鳴をあげた。暴れてふたたび卒倒した物音を、ベオクがきいた」

しばし沈黙があった。チョヒはどうしていいかわからないようすで見かえした。やがて首を横に振った。「思いだせません」

ポドンが忌々しげにいった。「ベオクがグァンホを殺したってほうが、はるかに納得がいく。惚れた娘を父親が犯したと知って、逆上して刃物で刺したんだ。ふだんから口うるさいグァンホを、ベオクは恨んでたんだろ？　父親が娘に覆いかぶさってたんなら、背中をひと突きするのが手っとり早いよな」

ヨンイルはチョヒの泣きじゃくる顔を視界の端にとらえた。「カン同志。少し遠慮して喋ってくれないか」

だがポドンは猛然と反論してきた。「精液判定に疑問を向けるんなら、ベオクの精液だった可能性もあるだろ。それならうなずける。父親に犯されたなんて話は眉唾だ。ベオクがグァンホを殺し、その娘を暴行した」

チョヒが嗚咽とともに、震える声でうったえた。「ちがいます。ベオクさんじゃありません」

これ以上苦しめたくない。ヨンイルはポドンにいった。「俺は彼女の証言を信じたうえでいってる。乱暴したのが父親だとすれば、精液判定がまちがってる」

「ベオクの証言も信用するのか？」

「ひとまずはな。俺はあいつと会った。虚勢を張ってるが小心者に思えた。あいつに人は殺せないような気がする」

「同志。おい」ポドンが顔をしかめた。「無責任な発言に振りまわされるなよ」

「自白がなにより重視される。それがわが国の保安署だろ」

「精液判定を否定するのか」

「本当かどうか、専門家を訪ねて、当時のことを問いただすしかない」

「馬鹿をいうな。それがどんな意味を持つかわからないのか」

「意味？　わからない」

　ポドンが苦りきった表情で詰め寄ってきた。「どうしてそこまでしようとする」

「当時のすべてを検証するのが、俺たちの役割だ」

「署が認めた報告内容だぞ。専門家の報告に基づき、担当の保安員が結論をだした。それで終わってるはずだ。なのに否定するのか」

「まちがってるならそうだ」

「だめだ。俺にはそんなことできん」

「たったひとりの報告を疑いもせず受けいれるなんて、客観性を欠いてる。当時の保安署の過ちだ」

「そういうものの見方が問題だってんだ！」

「そもそもちゃんと調べてもいない、きみもそういったろ。捜査が徹底してないと認めてた」

「コク課長もほどほどにしろといってる。真意を汲みとれよ。批判姿勢は反体制派と見なされるだけだ」

「正当な批判だ。検証の一環だ」

「そんな話は通らない！」ポドンは怒鳴ったが、ふいに黙りこんだ。ヨンイルの背後に目を向けている。ポドンがひときわ強い口調を発した。「おい。そこでなにをしてる」

ヨンイルは振りかえった。集落の世話者キ・ビョンソクが、さっきの場所に留まっている。体裁悪そうに顔をそむけたものの、立ち去ろうとはしなかった。

ポドンが憤然とビョンソクに歩み寄った。「なにしてるのかってきいてんだ」

ビョンソクのささやくような声が、ヨンイルの耳にも届いた。「見張ってなきゃいけないので」

「見張る？　誰を」

「彼女です。小屋をでてるあいだは、逃げないよう監視する規則で」

ヨンイルはビョンソクにたずねた。「きみの義務なのか」

「いえ」ビョンソクが小声で応じた。「住民全員の義務です。彼女を見かけたら、みんなそうします」

「班長がきめたのか」

「そうだと思います。たぶん人民班で話しあった結果です」

啞然とせざるをえない。ヨンイルはチョヒに向き直った。「まるで教化所じゃないか」

チョヒは目を真っ赤に泣き腫らしながら、かすれた声で応じた。「わたしが逃げたら、班のみなさんが処罰されます。どんな住民であっても、行方知れずになったら、人民班の集団責任です」

「きみを冷遇しておいて、逃がしもしないってのか」

「仕方ありません。傷物なので」

村内で衰弱して死ぬぶんにはかまわない。だが行方不明はまずい、それが班員の総意らしい。意外ではなかった。負傷して五体満足でなくなった者は平壌を追われ、強制移住させられた集落で冷遇される。本人に非がなかろうと、そんなあつかいから逃れられない。

世の常として受けいれてきたことが、いまさら奇妙に感じられてくる。奇妙というより異常だった。性暴力の被害者をなぜこうまで毛嫌いするのか。父親による暴行が事実であろうがなかろうが、同情こそすれ差別の対象にはなりえない。

小屋のなかから、叔父の呼ぶ声がした。チョヒ。おい、チョヒ。

チョヒは頬の涙をぬぐった。「叔母はひとりで立てないんです。すみません、失礼します」

扉を開け、チョヒはなかに入った。たぶん下の世話だろう。叔父とふたりがかりで、叔母を助け起こしにかかる。

ポドンが扉を叩きつけるように閉めた。

沈黙があった。ポドンの反感に満ちた目が、まっすぐにヨンイルを見つめてくる。

背後に足音をきいた。ヨンイルはふたたび振りかえった。ビョンソクが無言のまま立ち去っていく。チョヒが小屋のなかに戻ったのを見届けたからだろう。

「同志」ポドンが低い声を響かせた。「チョヒの身柄を拘束しよう」

ヨンイルはポドンに向き直った。拒絶は許さない、ポドンの尖った目がそううったえている。

得体の知れない混濁した感情がこみあげる。ヨンイルは首を横に振った。「拘束はしない」

「なにをいってるんだ。チョヒは事件当時の証言が嘘だったと主張してる。保安員に対する侮辱だ。これこそ無視できないだろ」

「彼女は当時、十七歳だった。乱暴された直後だぞ。冷静でいられるはずもない」

「だからといって、新たに別の証言をしてる以上、保安員が黙って立ち去るわけにいかん」

真っ当な物言いだ。規則に従えばそうなる。それでも躊躇せざるをえない理由がある。

チョヒは被害者として署に保護されるわけではない。虚偽を疑われ、取り調べ対象として連行される。立場の弱い者に署員らがどんな態度をとるか、ヨンイルにはよくわかっていた。勾留(こうりゅう)されれば担当者も替わる。尋問という名のもとに性暴力が肯定される。上層部は見て見ぬふりをする。忌まわしいことだが、それが保安署の裏側だった。

彼女は十一年も悪夢を見てきた。その前からかもしれない。さらなる地獄に招きうるものか。人として許されない。

ヨンイルはつぶやいた。「担当は俺だ。俺がきめる。彼女の証言を疑う前に、検査をした医師を訪ねる」

意外にもポドンは澄まし顔で視線を逸らした。けれどもそれは数秒にすぎず、たちまち不満をあらわにすると、壁の紙を一枚剝ぎとった。複写された書類を握りつぶし、ポドンは唸るようにいった。「同志。たとえ机を並べる仲でも、反体制派とわかれば告発する義務がある」

馴染みの顔に敵愾心がひろがっている。机を並べる仲だとポドンはいった。たしかに同じ課、同じ班だ。だが実際には、互いに表面上のつきあいをとり繕ってきたにすぎない。

役所だろうと工場だろうと、同じ職場で働く仲間とは、公私ともに友情を深めるよう奨励される。実際、批判合戦や吊しあげから逃れるためにも、人間関係を壊さないよう気を遣う。それが世の常識だった。

いまも同じだ。ポドンがいかにヨンイルを腹立たしく思っていようと、職務は放棄しないだろう。同僚を告発するためには、彼自身が規律正しく行動せねばならない。しばらく妨害せずにいてくれれば充分だった。ヨンイルは歩きだした。「ここを去る前に、人民班長にたしかめないとな。チョヒの話が本当かどうか」

返事はない。かなり距離を置き、ついてくる足音だけがきこえた。ヨンイルは振りかえらなかった。正直になるとは、こういうことか。

ふとスンヒョンとミンチェを思った。いや、ふたりは家族だ。同僚とはちがう。

6

吹っきれたついでに、ヨンイルは自分の心にも正直になることにした。病院が嫌いだ、信用できない。

かつて人民学校では病院について、無償で治療を受けられる機関、そんなふうに教わった。少年団に入ったばかりのヨンイルは疑問を抱いた。父の話とちがう、そう思った。

やがて保安員になり、事件絡みの負傷者に同行し、遺体の引きとりにも出向いた。結果、深刻な内情に触れざるをえなかった。

感染症は治らない。コレラや結核だけでなく、梅毒や淋病もだ。治る患者がいるとすれば、自分で薬を調達して病院に持ちこんだか、あるいは自己治癒しうる免疫力を備えていたかのいずれかでしかない。闇市場では盗品とおぼしき薬が売られているが、大半は偽物だった。有り金をはたいたものの、錠剤と称する小麦粉の塊をつかまされ、命が助からなかった例もあるときく。

医師は事実を説明しない。薬を買ってきて持ちこめとはいわない。権威性が損なわれると考えているのだろう。患者が自分で気づくしかない。まともな診療を受けるには、やはり賄賂が必要になる。情報通の富裕層だけが健康を維持し生き長らえる。一方で貧しい患者相手にも、医師は手を施したふりをする。水をよく飲んで排泄をうながすようにいう。ほかに助言のしようがないからだ。電力と塩素剤が不足し、浄化が充分でない水道水と知りながら。

欧米諸国では医師が持てはやされるらしいが、この国において、医療従事者の地位はきわめて低い。大陸でも同様だ。社会主義国では共通の認識だった。それだけ医師とは、まやかしめいた胡散臭い職業と考えられている。やはり信用できない。

ヨンイルはひたすら悶々としながら、バスと電車を乗り継ぎ移動した。ポドンとはひとことも口をきかなかった。肅川邑の箕彬病院に着いたころには、不信感が頂点に達していた。まずかったかもしれない。保安署の嘱託医であるク・バル院長に会った瞬間、ヨンイルは喧嘩腰になってしまった。

自制がきかない。憤怒(ふんぬ)の衝動を抑制しきれない。ヨンイルは声を荒らげ抗議した。猜疑心(さいぎしん)だけに基づき、精液の判定結果は事実と異なるのではないか、そう医師を問い詰めた。

どんな結果につながるか予想できていた。院内のいたるところに警備員がいる。ポドンもドアのすぐ外で待機中だった。気づけばポドンが血相を変え、部屋に飛びこんできていた。警備員とともにヨンイルを押し留(とど)めようとしてくる。ヨンイルは我にかえった。いつしか立ちあがり、医師に詰め寄っている自分に気づいた。

堪(こら)え性(しょう)はあるほうだと思っていた。だがちがっていた。忍耐力が著しく欠如し、冷静さを欠いている。

拘束されなかったのはポドンのおかげだった。彼はヨンイルに手錠をかけさせなかった。

同胞へのせめてもの思いやりにちがいない。ヨンイルは申しわけなく思いながら、ポドンに礼を伝えた。ありがとう、そういった。ポドンは黙ってうなずいただけだった。

勤務先の淵珠(ヨンジュ)保安署に到着後も、勾留(こうりゅう)されずにすんだ。ただ誰もいない会議室で、ひとり待機を命じられた。おそらくポドンはいまごろ、ヨンイルの言動や振る舞いのすべてを、コク課長に報告しているだろう。

ヨンイルは椅子に座りつづけた。どれだけ時間が過ぎたのか、窓から差しこむ陽光が陰りだしている。そう認識したとき、廊下に靴音が響いた。ドアが開いた瞬間、ヨンイルは立ちあがった。

コク課長が入ってくるかと思ったが、署の制服ではなかった。もっと濃い紺いろだった。こんな地域保安署ではふつう見かけない。粛川郡人民保安部でもなく、さらに上位組織の人間だ。平安南道人民保安局の所属とわかる。馴染みのない顔だったが、彼は護衛にすぎない。ドアを開いた状態に保ったまま、かしこまって立っている。

別の人物が入室してきた。同じく濃紺の制服だが、赤と黄からなる肩章が称号をしめす。人民保安省では朝鮮人民軍と同じ軍事称号を得る。少佐だった。年齢は五十前後、浅黒くいかめしい顔が粗削りな彫刻のように見えてくる。切れ長の目は、携えたファイルにおちていた。

ヨンイルは緊張せざるをえなかった。行事の演説に立つ姿を何度か見たが、直接会うのは初めてだった。省から道人民保安局に出向し、粛川郡を担当するピン・ブギル管理官。郡にあるすべての人民保安部や区域保安部、分駐所を統括する役職にある。署長ですら恐縮する存在にちがいなかった。道人民保安局主導の捜査に加わり、功績をあげれば勲章ものだからだ。

ブギルが向かいの椅子に腰かけ、脚を組んだ。ファイルをテーブルの上に投げだす。

「同志クム・ヨンイルだな？　それを見ろ」

敬礼するタイミングを逸した。ヨンイルは焦燥に駆られながらも、気をつけの姿勢をとり、規則どおりの角度に前屈する。ブギルは敬礼をかえさなかった。冷徹なまなざしが、早くファイルを手にとれとうったえてくる。

恐縮とともにファイルをとりあげる。表紙を見た瞬間、衝撃が走った。主体九六年十月二十一日、ペク・チョヒ強姦事件に関する精液判定。担当責任者ク・バル。

ヨンイルはあわててページを繰った。大判の写真が添えてある。染色後、光学顕微鏡にて撮影とあった。酸性ホスファターゼ活用の化学的検査。抗ヒト精液沈酵素と抗ヒト血清蛋白質沈酵素による血清学的検査。導きだされた血液型とDNA鑑定結果。イ・ベオクとペク・グァンホの生体データとの詳細な比較もあった。

すべてを理解するのは困難だった。だが一般の保安員よりは解読できる。父の仕事を肩ごしに見た、その記憶がよみがえってきた。ク・バル医師による注釈を読むかぎり、ふたりの精液でないとする見解は論理的で、強い説得力が感じられた。

「クム同志」ブギルが落ち着いた声を響かせた。「こう思ってるんだろう。人民保安省には、南朝鮮の警察のような捜査能力はなく、事実おこなわれていないと」

父の口癖に酷似していた。悪寒が走る。部屋の温度がいくらか低下したかのようだった。

ヨンイルはかろうじて声を絞りだした。「いえ」

たしかに科学捜査も実施されている。ただし政治犯による犯罪だったり、党を標的にしていたりと、思想絡みの事件にかぎられる。主導も地域保安署でなく、道人民保安局となり、保衛省と連携のうえ秘密裏に捜査を進める。

政治犯を摘発するためには手段も選ばない。物証を極秘に保管し、地域署にはダミーの物証を置かせたりするから始末が悪い。心理戦も非常に巧みだった。あえて事実とは異なる、被疑者に精神的ダメージをあたえるデマを拡散することで、それはちがうと自白に追いこんだりする。潜入捜査も得意で、他人になりすます演技の指導まで受ける。

そんな捜査班に選抜された人員は、一介の保安員とは大きな差がある。海外に留学し、最新の科学捜査を学んだ者ばかりだ。

地域保安署には、指紋を採取する予算もなかなか下りない。分駐所に勤める制服の監察保安員も、治安維持になんら貢献しない。人民にとっても賄賂の受付係でしかない。それが末端組織の現実だった。

現にペク家の事件でも、殺されたグァンホの遺体について、司法解剖がおこなわれた形跡もない。精液判定が実現しただけでも異例中の異例に思える。

ブギルがヨンイルの心境を見透かしたようにいった。「強姦については、まれに医学的検査の予算が認められる。専門家が経験を積んでおかないと、いざ正確を期さねばならない捜査において、信用度を測りかねるからな」

このファイルが署内でなく、道人民保安局に保管されていた理由はそこにあるらしい。しがない庶民の事件だろうと、しばしば専門家を鍛える機会とする。そんな背景があったという。するとペク・チョヒに対し検査がおこなわれたのは、単なる偶然になる。本当だろうか。

「それに」ブギルが付け加えた。「法医学の報告は正確を期す義務がある。わずかでもまちがいが認められれば、担当医師と監督部署の全員が処罰される。きわめて厳しい法律だ」

知っている。賄賂による不正が横行していたため、法医学関連の新法が制定された。だが施行は十年前の四月だったはずだ。十一年前の事件には該当しない。こんな信頼度の高い報告書があるとは想像もつかなかった。

肅川郡を束ねる大物が目の前にいる。課長や班長を差し置いて、一保安員にすぎないヨンイルに面会している。どうとらえるべきだろう。

ブギルがひとりごとのようにいった。「十一年前は精液判定もずいぶん日数がかかったんだな。検査開始日から報告までひと月以上も経過してる。医師の経験が不足していて、機材も不充分だったそうだ。その後、何人かドイツへ研修に行かせ、外国並みの水準になったらしい」

ヨンイルは震える声を絞りだした。「発言してもよろしいでしょうか」

「なんだ」

「強姦だけでなく殺人に関しても、遺体鑑定の経験を積むため、科学捜査を適用すべきかと思います」

「いや」ブギルは表情を変えなかった。「そっちは別方面から充分なデータがとれている。この意味がわかるか」

「よくわかりません」

「粛清に際しては人体実験を兼ね、さまざまな検証がなされる。非常に効率的だ」

脈拍が亢進していく。粛清とはむろん処刑を意味する。政治犯を死なせるにあたり、殺害方法と遺体の因果関係について、実践的な研究結果を得られる。これも父から噂をきいた。幹部の口から告げられるとは予想もできなかった。事実だったのか。

犯行の証明に自信がある場合、先に実験がてら殺しておいて、あとで死刑の執行命令を発行するともいう。死刑の事後承認。判例もあるらしい。そこまでいくと裁判所に存在意義がないが、やむをえないことだった。この国の司法機関には違憲立法審査権がない。

ブギルが平然とした面持ちのままいった。「性犯罪には、とりわけ婦人幹部が険しい目を向けている。私の上司にあたる理事官のミョ・インジャ中佐が、事件の詳細を調べている。私はその代理できた。正直に答えてくれるな？」

「はい」

「ではきく。従来の保安署の方針に批判的だそうだな？　嘱託医の報告も疑問視したとか」

「疑わしい過去の事件記録を見直すよう命じられました」

「当時の保安員なり、その上に立つ者なり、ひいては組織のあり方を否定するようなら、適切とは思えないが」

いましがた粛清ときかされたせいか、身体の震えがとまらない。怯(おび)えの感情が払拭(ふっしょく)できなかった。ヨンイルはつぶやいた。「はい」

「単なる村民の殺人と強姦、それも十一年前の事件について、なんの根拠もなく専門家を責めるのはまちがいだろう」

「不可解な状況が見受けられましたので」

「どんな？」

「ペク・チョヒの現住居が、ほかの村人の家にくらべ不当に貶められているうえ、捜査資料の複写が何枚も貼られていました」

「保安署の書類が持ちだされるはずがない」

「はい。ですが、なぜか複写がおこなわれていました」

「持ちだしたのは今回きみが初めてになる。どこかに複写があったらきみの責任になる」

ヨンイルは黙るしかなかった。あくまで署の管理体制には疑問を持つな、ブギルはそう示唆しているようだった。

小屋の外壁に貼られた複写は、長年にわたり貼り直されてきたと考えられる。ポドンもそう報告しただろう。にもかかわらずブギルが過去の流出を否定してくる。腑に落ちない。当時の担当者名は書類に記載がなく不明だった。たしかめようもないはずだ。

ブギルが見つめてきた。「ペク・チョヒは父グァンホに暴行されたと証言を変えた。

現住所の安復集落では、テ人民班長以下、全住民がそのことを知っていたとか」

「証言を変えたというより、チョヒは十七歳当時、強姦犯について証言した記録がなく……」

「当時、第三者の犯行と見なされていたことは、チョヒも知っていたはずだな。なのに長いこと否定せず、きょうになって父親に強姦されたと新たな証言をした。なぜ連行しなかった？」

「裏づけが先かと考えました」

「クム同志。南のラジオは楽しいか」

氷でできた刃を喉もとに突きつけられたかのようだった。ヨンイルは思わず言葉に詰まった。「いえ」

「社会主義は人民の平等という究極の理想をめざすものだ。その社会主義において、個は一枚の歯車として適正に機能せねばならない。歯車が回るべきときに回らなかったり、回るのをためらったり、みずからの意思で回転速度を上下させたりしたら、機械はどうなる。わかるな」

「はい」

「安復集落のテ人民班長はどう話していた？」

「ペク・チョヒを虐待していた自覚はあるようです。集落には男が多く、結婚相手としての若い女を待ち望んでいたため、父親による強姦被害を知り、反動で冷たくなったと」

「住民にはもっと詰問すべきことがあるだろう。署の書類をどこから入手したか。ペク・チョヒの父親が強姦犯だと誰にきいたか」

「班長以下、村人はみな口ごもってしまい、それ以上発言したがりませんでした。病院で事実をたしかめてから、また集落に戻るつもりでした」

「精液判定の再確認に、なぜそこまで躍起になった？　優先順位を根本的に見誤っているだろう」

「はい」

「妻スンヒョンの十年前に似てるそうだな。ペク・チョヒは」

また凍りつかざるをえなかった。今度は頭のなかが真っ白だった。

人の思考はめまぐるしい。瞬時に結論はでる。深く自問したくなるのは、納得できるまでの時間稼ぎにすぎない。常々そんなふうに感じてきた。いまもそうかもしれない。チョヒが初対面に思えず、奇妙な親近感を抱いた理由は、そこにあったのだろうか。少なくともポドンは、はた目からそのように判断し、上に報告した。

ブギルが淡々と告げてきた。「市場経済化が進んだからといって、個人至上主義の到来と履きちがえるのは、ただの堕落にすぎん。自己の身勝手さを革新的行動と正当化したか。人権というまやかしめいた理屈も手伝い、崇高な信念に目覚めたと錯覚したのかもしれんな。おまえの場合、そんな下地があった」

ヨンイルの全身が総毛立った。きみではなく、おまえといった。判決文を読みあげるかのように滞りのない語り口だった。ブギルにとっては慣れた言いまわしなのかもしれない。

発言をうながすでもなく、ブギルはつづけた。「義憤に駆られた行動と己れを欺いたはいいが、なんのことはない。関係の冷えきった配偶者がいる。その若かりしころに似た女に同情を寄せただけだ。見返りに恋愛感情を求めている下衆な欲望を、一刻も早く自覚すべきだろう」

恐怖心はいっこうに失せない。しかし疑念も湧いてきた。ブギルの指摘が腑に落ちない。同情を寄せたのはたしかだ。妻に似ていなかったらどうだったか、そこはよくわからない。だが発端はペク・チョヒでなくイ・ベオクだった。どんな人間だろうと公平に見直すべき、自分はそこから始めたのではなかったか。それに人権とはまやかしなのか。世の移り変わりは錯覚でないはずだ。保安員も変わることを求められている。だから署は過去の過ちを正そうとした。少なくともヨンイルはそう解釈した。すべてが下世話な思いちがいとは信じがたい。

「クム同志」ブギルが見つめてきた。「私がきたのは、事態を重く見たからだ。正直、おまえのことは知らなかった。しかし報告を受け、経歴に目を通した。きのうまでの働きぶりは申しぶんない。とはいえ核心階層に区分されているのが適切かどうか、疑問視する声もある。事実、審議された過去があるな」

「はい」

「保安署の嘱託医に食ってかかったという事実をみれば、まさに父親の悪影響と考えうる」

「いいえ。そのようなことは」

「精液判定を疑ったのだとしても、まず第一に考えられるのは同志カン・ポドンの指摘どおり、イ・ベオクによる殺人と強姦だろう。それを根拠もなく否定し、ペク・グァンホによる娘への性的暴行を疑った。父親という存在をむやみに敵視するあたり、やはり出身成分の悪さを裏づけるものかと思う」

ふたたび怯えの感情にとらわれだした。ヨンイルはうわずった声を響かせた。「いいえ」

「おまえの出身成分は？」

「核心階層です」

「きょうのことを見れば、その区分がまちがっていたとの証明になりうる。重大な処分を下すには、私が出向くしかない。それでいまここにいる」

幹部が直々に申し渡す処分とはなんだろう。想像もつかない。粛清という言葉が頭を離れなかった。身体の震えがとまらない。

ブギルがつぶやくようにいった。「仮におまえが核心階層のままでも、おまえ自身が忠誠を怠れば、娘は動揺階層、悪くすれば敵対階層になる」

全身の血管が凍りつくかのようだった。弁明すら思いつかない。

「同志」ブギルが見つめてきた。「おまえの心がけしだいだ。いま態度でしめせ」

発言を求められているのではない。ヨンイルは姿勢を正した。少年団のころから叩きこまれた、首領と国家への忠誠を誓う全文を、声を張り暗唱した。状況に応じ、部分的に表現を変えるきまりだった。いまは深い反省をしめす一節を挿入する。

暗唱を終えたものの、ブギルは最初から繰りかえすようにいった。ヨンイルは命令に従った。

腹の底から声を発しながら、これ以外に方法がない、そう思った。この場をしのがなければ、集落に戻って人民班長を問いただすことも不可能だ。チョヒの境遇も一生変わらない。

処刑されるわけにもいかなかった。妻と娘の境遇を貶めたくない。

粛清をちらつかせたブギルの脅迫に、ただ屈しただけか。そんな思いが脳裏をかすめる。恐れるばかりだとすれば、ぶざまな道化に等しい。医師を糾弾しておきながら、幹部の前では手も足もでない。歯車とブギルはいった。使い古された表現だ。だが実のところはどうだろう。スイッチが入るや、こうして愛国の標語を大声で唱えている。逆らえない。抜けだせない。怖がりな自分をいまだひきずっている。赤いネクタイを巻いていた子供のころと、どうちがうのか。なにひとつ変わっていない。成長もない。闇のなかをさまようのに似ている。出口に向かっているかどうか疑わしい。おそらく前に進んでさえいないのだろう。足踏みだ。生まれた場所に留まったままの足踏み。

暗唱が終盤に差しかかるたび、ブギルは反復を命じた。何度となく同じ文言を繰りかえした。充分でないとされる理由は、声量が足りないから、みな人民学校でそう教わってきた。ヨンイルはいっそう声を張りあげた。嗄れてかすれるまで怒鳴った。建物の隅々にまで響き渡っただろう。ヨンイルも誰かの声をきいたことがある。いま自分がその立場にある。

喉に痛みが走り、声がでなくなった。それでも吐息に等しい発声に、なんとか音を響かせようとした。

やがてブギルが片手をあげた。ようやく制止してきた。

静寂のなか、ブギルは硬い顔のままつぶやいた。「保安員にあるまじき振る舞いが多々見受けられたものの、当初の命令に背く意思はなかったと判断する。これがいかに寛大な処置かは、よくわかっていると思う」

はい。ヨンイルは声にならない声で応じた。感謝申しあげます。

ブギルが腰を浮かせた。「署長から指示があると思うが、数日は謹慎になるだろう。過熱した歯車を取り外し、しばらく冷ますわけだ。なお除去した歯車の代わりに、別の歯車をあてがう。そうしないと機械が停止してしまうからな」

ヨンイルは唖然としてたたずんだ。すでに声を失っている。ただ立ち尽くすしかない。

除去した歯車の代わりに、別の歯車をあてがう。ブギルが交代を告げた。チョヒにはもう関われない。ペク家事件の担当ではなくなった。

ブギルは立ち去りかけたが、ふと足をとめた。「保安員のおまえよりは、広い視野で世界を見てきた。その私がいう。胸にきざんでおけ」

なにを喋(しゃべ)るつもりなのか。ヨンイルはブギルの言葉をまった。

「どの国でも同じだ」ブギルはさらりといった。発言はそれだけだった。踵(きびす)をかえし、ブギルはドアの外へと消えた。

重圧に耐えかね、ヨンイルはその場に膝(ひざ)をついた。冷たい床に両手を這(は)わせ、背を丸めうずくまる。自分を思いかえし、ひたすら情けなくなる。どうせしばらくは声もでない。みじめさを痛感しながら、ただうなだれるしかない。恐怖から解放された。いまだ生かされている。自分のなかにあるのはそれだけだった。

7

翌朝六時、まだ外が暗いうちから、ヨンイルは起きだしていた。

意識せずとも自然に目が覚める。平義線の始発が建物を揺さぶった、そのほかにも理由がある。習慣が身についていた。署に勤務し始めて、遅刻した朝は数えるほどしかない。

ただしけさは日課をいくつか省いている。ネクタイをしっかり締めず、床にあぐらをかき、食卓についた。髭(ひげ)すら剃(そ)っていない。

娘のミンチェはきちんと支度を調えていた。高級中学の制服に、青年同盟のバッジをつけ、長い髪を後ろでまとめている。

妻スンヒョンも、きのうよりいくらか派手な外出着に身を包んでいた。化粧が濃いように思える。アクセサリーは真珠のネックレスだけではなかった。銀のイヤリングが耳もとに揺れている。仏頂面で食卓に器を並べた。品揃えは変わりばえしない。雑穀、白菜キムチ、大根の千切りの和え物、野菜スープ。

ほうっておけば、ふたりが無言のうちに急かしてくる。そうなるより早く、ヨンイルは自分の箸を手にとった。娘はすぐに食事を始めた。妻も同様だった。

沈黙に戸惑いをおぼえる。身だしなみを整えない理由について、妻子が質問してくれるのをまっている、そんな自分に気づかされる。けれどもふたりはいま、黙々と箸を進めるばかりだった。

ヨンイルはため息をついたり、いつもより遠くまで手を伸ばし、白菜をつまみあげたりした。ミンチェは一瞬、迷惑そうな顔をした。反応はそれだけに留まった。

このままでは食事が終わってしまいそうだ。ヨンイルは仕方なく口をきいた。声はまだかすれぎみだった。「しばらく休みだ」

スンヒョンは匙でスープをすくった。「知ってる」

「本当か」

「謹慎でしょ」

思わずミンチェに目が向く。だが謹慎ときいても、ミンチェの視線はあがらなかった。ひたすら雑穀を頬ばっている。関心がないのか。いや、もう知っているという表情だった。

ヨンイルは妻の横顔を眺めた。「誰にきいた？」

「店に分駐所から人がきて、電話だって」

固定電話は店や個人宅にはない。あるとすれば富豪や高官の家ぐらいだ。巷（ちまた）の商業施設には電話線が引いてあったが、行政指導により不通になって久しい。経営者はみな携帯電話（ソンチョナ）を活用している。

保安員の場合、近くの分駐所に電話があり、制服が呼びだしにくる。とはいえ家族の職場に連絡がいくとはめずらしい。

訃報（ふほう）ならいざ知らず、謹慎処分を伝えるための電話か。気になってヨンイルはたずねた。「どんな連絡だったか、店の人たちには伝えてないよな？」

「いいえ」スンヒョンは大根を口に運びながらいった。「隠すなんて無理。分駐所へ行くとき、ひとり一緒についてきたから」

「ひとりって、職場仲間がか？　なんで連れていった？」

「あのね。店でも工場でも、そういうものなの。保安員とはちがう。勤務中に外出するとき、同行する相手がきまってる。ふだんからお互いの素行を監視して、日誌に書かなきゃいけないし」

ポドンの顔がちらついた。保安署でも同じだ。ヨンイルはつぶやいた。「神経をすり減らす仲だな」

「そうばかりでもない。生活総和で謂れのない非難を受けずにすむでしょ、証人がいてくれればね。逆にやましいことがあれば、たちまち職場じゅうにひろまるけど」

「話したのか。その、一緒に分駐所へ行った友達に」

「話さなきゃ変に思われるでしょ」

「俺が謹慎するって話したのか」

スンヒョンの箸が耳障りな音を立てた。さも苛立たしげにスンヒョンが早口でまくしたてた。「きのうの朝礼は読報会と律動体操だったけど、けさは生活総和。そこでみんなが知る」

恒例の告げ口集会だ。謹慎になった保安員の妻となれば、職場で肩身も狭くなる。かといって私生活を伏せてはおけない。たちまち疑惑を持たれてしまう。

　ヨンイルはスンヒョンを見つめた。「そのう、悪かった。よければ俺が店に行って、事情を説明するけど」

「やめてよ。開店前の忙しい時間帯なの。八時には営業開始だし」

「なら昼休みにでも、同僚の人たちに会って話をする」

「正午から二時間、お昼休みだけど、友達の家で副業。市場で売るパンや餅（もち）を作るの。知らなかった？　それがなきゃ、うちの生活は支えられない。午後は六時まで店で働いて、全員まっすぐ家に帰る。引き留めるなんて論外」

「そうか。みんな忙しいんだな」

「あなたとちがってね」

　ミンチェが箸を置いて立ちあがった。「ごちそうさま（チャルモゴッソヨ）」

　スンヒョンも器の片付けに入った。ヨンイルは黙って妻の姿を眺めた。

　ペク・チョヒに似ているだろうか。ピン・ブギルから指摘されたとき、思わずうろたえた。ふたりに共通項を感じとったからだろう。けれどもあらためて見ると、さほど面影は重ならない。母親似のミンチェにしてもそうだ。

　とはいえポドンもふたりが似ていると感じ、署にそう報告した。ヨンイルの思いすごしではない。

ぼんやりと感じる。いまもチョヒはあの小屋のなかか。思いかえせばひと晩じゅう気を揉んだ。ときおり目が覚めると、暗い天井を見あげては、集落のことを考えた。昨夜の冷えこみは、十月にしては厳しかった。風も強かったように思う。吹きさらしに等しい隙間だらけの小屋。叔父と叔母の世話から解放されることもない。村民を誰ひとり頼れないまま、チョヒは生きつづけている。

　スンヒョンがきいた。「だいじょうぶ？」

　妻が手をとめ、ヨンイルの顔をのぞきこんでいた。ほとんど表情がないのは、さっきまでと変わらない。ただ見つめる目にほんの少し、気遣わしげないろが浮かんだ。

「ああ」とヨンイルはいった。

「そう」スンヒョンは腰を浮かせた。器を載せた盆を手に、流しへと歩き去った。

　心の奥底に小さな火が灯ったようだった。たったこれだけのやりとりでも、自分が求めていたものにちがいない。

　玄関先で扉の開く音がした。ミンチェの声が耳に届く。あ、おはようございます。

　ミンチェはそういった。ぼそぼそと会話があり、やがてミンチェの声が呼んだ。「お父さん。届け物だって」

　妻に次いで、娘に声をかけられた。喜ばしいことだ。砂漠のなかで一杯の水にありついたかのようだった。ヨンイルは立ちあがり、玄関へと急いだ。

開いた扉の外にたたずむのは、見知らぬ男だった。むかし流通した人民服を着ている。まともな職に就いているようには思えない。ヨンイルを見ると封筒を差しだしてきた。

すでにミンチェの姿はなかった。家をでようとしたとき、この男が現れたようだ。むろん正規の配達員ではない。封筒には宛名すら書かれていなかった。

男は封筒を渡すと、逃げるように走り去った。ヨンイルは戸口から身を乗りだし、その背を見送った。外はもうほの明るい。

ふと目につく姿があった。住宅地の路地にポドンが立っていた。こちらを注視している。ヨンイルが見かえしても、射るようなまなざしを向けてくるばかりだった。監視を命じられたか。やむをえないことだ、ヨンイルはそう思った。馴れあいは許さない、そんなふうに申し渡されているのだろう。こちらから歩み寄るのは適切でない。

ヨンイルは扉を閉じた。室内に戻ろうとして、スンヒョンとすれちがった。きょうは戸締まりについて、なにも告げてはこなかった。夫が外出せず、ずっと家にいる前提のようだ。スンヒョンは髪を撫でつけながら靴を履いた。黙って退出していく。

路地でポドンとあいさつを交わすだろうか。どうでもいいことだ。ヨンイルは床に腰を下ろし、封筒を開けにかかった。

なかに入っていたのは、無造作に折りたたまれた厚紙だった。開いてみると古い写真とわかる。画像は白黒でぼやけていた。デジタルカメラのプリントアウトではなく、フィルム撮影のようだ。光の加減からすると昼間らしい。

眺めるうち慄然(りつぜん)としてきた。背景に写りこんでいるブロック塀に見覚えがある。春燮集落のムン班長がしめした写真にも、同じ光景があった。ペク家へつづく一本道を囲む塀、そうにちがいない。

人物はひとりだけだった。手前の田んぼで身をかがめる男がいる。ハーフコートの裂け目から綿がのぞいていた。マフラーがわりに首に巻くのはカーテンらしき布だった。白い髪と髭は伸びほうだいで、毛むくじゃらという表現がしっくりくる。高齢者にちがいないものの、実年齢はさだかではない。横顔はぼやけて判然とせず、前髪が目もとを覆い隠していた。わずかに生える稲穂を引き抜こうとしているようにも見える。集落に住む農民とは信じがたい。風体からして浮浪者にちがいない。

通りすがりの田んぼ荒らしか。稲泥棒がほかにいたことをしめす証拠写真ともとれる。だが塀が築かれている以上、ウンギョの騒動よりあとになる。

写真を裏がえした。うっすらと日付が書かれている。主体九六年九月十七日。

ヨンイルは思わず胸に手をやった。例の書類をいつも内ポケットにいれていたからだった。唯一の事件記録にして捜査資料。もう持っていないと気づいた。きのう署に返却してしまった。だが参照できないわけではない、安復集落へ行けば小屋に貼られた複写がある。

いまはたしかめるまでもなかった。事件が起きたのは主体九六年九月十八日の夜だ。この写真は殺人と強姦の前日に撮られた、日付の記入を信用すればそうなる。筆跡自体が古びていて、最近書かれたとも思えない。

浮浪者然とした高齢者。何者だろう。誰が写真をここへ届けさせたのか。

じっとしてはいられない気分だった。ヨンイルは立ちあがり、ふたたび玄関に向かった。靴を履くや扉を開け放つ。いまさらさっきの男を捜そうとしても見つかりはしない。それでも路地を眺め渡した。

またポドンと目があった。ためらいがよぎったものの、ヨンイルは家の外にでた。ポドンのもとへまっすぐ歩いていく。するとポドンが疎ましげな態度をとった。監視対象と言葉を交わしたくないのだろう。

ヨンイルはかまわず声をかけた。「同志」

ポドンが嫌悪をあらわにした。「家にいろ。謹慎中だろ」

「生活に必要なていどの外出は認められてる」ヨンイルは写真を差しだした。「さっきうちを訪ねた男が、これを持ってきた」

怪訝そうに写真を受けとったポドンが、裏表を眺めまわした。「駅のほうへ走っていったな。何者だ」

「たぶん小銭で使い走りを頼まれただけの浮浪者だろう。そこに写ってるのも十一年前の浮浪者のようだ。春爕集落にあった塀のわきにいる。裏に書いてある日付は、ペク家事件の前日だ」

「こんな物が、誰から届くっていうんだ」

「わからない。だが第三者がいた証明かもしれない。春爕集落の住民からの密告かもな。だから調べにいこうと思う」

「おい。生活に必要なていどの外出ってのは、せいぜい食糧の調達ぐらいだ。きみは担当を外されたんだぞ」

「治安の悪化につながりそうな事象の解明は保安員の義務だ。十一年前の事件にしろ、真犯人が野放しのままなら、行方を追う必要がある」

ポドンが大仰に顔をしかめ、写真を突きかえしてきた。「こじつけの理屈で我を通す気か。いっそう問題視されるぞ」

「頼む」ヨンイルは努めて冷静にいった。「俺を監視したいなら、そうすればいい。だが報告はしばらくまってくれないか」

「命令にそむけっていうのか」

「きょう一日が終わるころには、まとめて報告すればいい。移動中は連絡がつかなかったといえば、なんとかなるだろ」

しかしポドンは首を横に振り、ポケットから手帳大の物体を取りだした。スマートフォンだった。随時連絡が可能になるよう支給されたらしい。

ヨンイルはため息をついた。ポドンに背を向け、自宅へと歩きだす。いまは戻るしかなかった。「わかった。きみは命令に従ってればいい、カン同志」

もともとポドンはこの事件における相棒ではない。ふたりで行動したのは、ヨンイルが彼に資料集めを頼んだからだ。ともにペク家事件を追えと命じられたわけではない。彼はいわば巻き添えだった。いまもヨンイルの監視を押しつけられている。きっと腹の虫がおさまらないだろう。

「まてよ」ポドンが呼びとめた。

足が自然にとまった。ヨンイルはポドンを振りかえった。

ポドンは依然として硬い顔ながら、ためらいがちにいった。「きのうの身勝手な振る舞いは、きみの父親のせいだとか」

「誰がそんな話をした？」

「コク課長だよ。ピン・ブギル少佐がきてたんだってな。いよいよかと思って、生きた心地がしなかったとさ」

「課長がか？　いよいよってのは、俺に重大な処分が下ると覚悟してたわけか」

「上司も責任をまぬがれないからな。一緒に行動してた俺もだ」

「なぜ課長はそんな心配をした？」

「とぼけるなよ」ポドンは真顔で見つめてきた。「きみの出身成分が問われる事態だ。いちおう核心階層だったが、安泰じゃなかったんだろ？」

路地を自転車が駆け抜けていった。周りはもうかなり明るい。それでも通行する人の姿はまばらだ。早いのではない。この時刻には住民の大半が出勤ずみだった。

ヨンイルは思いのままをつぶやいた。「みんなどれくらい知ってるんだろうな、そのあたりのことを」

「きみの父親についてか？　よくみんな噂してる。保安署の嘱託だったクム・ドゥジン医師のことをな。社会成分はそれなりだった」

社会成分とは単に職業を基準にした区分だ。この国では医師の社会的地位が低く、社会成分もまずまずと見なされる。さらに在籍する病院や、院内での地位が、級数で格づけされる。父ドゥジンは二級の病院の、三級の医師だった。

父の社会成分は、息子にとっての出身成分の基準となる。ヨンイル自身、保安員となったからには社会成分も悪くなかった。

「ただし」ポドンが咳ばらいした。「医者の家系は危うさと隣りあわせだ。社会成分はそんなによくないのに、特権的な立場にあり、世間のことを知りすぎる。それで問題発言に至るのかもな。きのうのきみを見てるとそう思う。俺にはそんな心配がない、父親も保安員だったからな。かえって安心だ」

皮肉めかした物言いだが、主張はわかる。指摘のとおりかもしれない。ごく一般的な家庭において、子供は両親の愛によって育まれたのではなく、党と首領様の温かい懐のなかで成長したと教えられる。よって少年団のころは純粋に国家の信奉者でいられる。青年同盟になるあたりから、少しずつ現実に目覚めていく。社会にでるまでには自然と二重基準が身につき、建前と本音の折りあいがつくようになる。

ヨンイルの場合はちがった。まず父は、育てたのは自分たち親だ、いつもそういった。だから子が感謝すべきは親以外にない、そんなふうに主張した。幼少のころヨンイルは、父の言葉をまともな考え方と受けとった。

父の影響で、少年期から世の裏側を知った。理想と現実の乖離、それを埋めるための欺瞞なる必要悪。そういう大人の規格を学ばないうちに、人民学校の説明とは異なる事実に触れた。達観しているといえばきこえはいい。だが実際には、ただ社会への不信感が募っただけにすぎない。なにごとにも疑惑の目を向けてしまう。すなおに受けいれられない。当然、社会主義との相性は悪い。学校ではいつもいじめの標的にされた。胡散臭い職業、医者の息子となればなおさらだった。

無邪気な子供時代を送っていれば、抵抗なく集団のいろに染まっただろう。そのほうがどれだけ楽だったかわからない。ヨンイルはポドンにきいた。「父のどんなおこないが問題だったか、そこも知ってるのか」

「クム・ドゥジン医師は管理所に収容されてる。なぜそうなったかは知らないが、そのせいできみの出身成分に傷がつきそうになった。だがいまのところ核心階層のままなんだろ。みんなが噂してるのはそれぐらいだ」

「まちがっちゃいない」

「話せよ」ポドンがうながしてきた。「どうして父親が管理所送りになった?」

「きいてどうする」

「きみの信用に関わる問題だ」

ヨンイルはポドンに目を向けた。ポドンもヨンイルに視線をかえしてきた。路地に朝の空気が満ちている。ポドンの顔はかすかに靄（もや）がかかって見えていた。

まだ信用できる余地があるかどうか探っているのか。それとも監視要員に徹したうえでの質疑か。どちらでもかまわない、ヨンイルはふとそう感じた。第一線を退いた高齢者の心情がわかる気がする。朝早くから、仕事もなく暇をもてあましていれば、誰かと話すのも悪くないと思えてくる。

少なくともポドンの信用を得なければ、大手を振って外出というわけにはいかないだろう。ヨンイルは家に顎（あご）をしゃくってみせた。玄関へと歩きだす。ポドンは黙ってついてきた。

玄関を入ってすぐ、靴のままふたりで向かいあった。ヨンイルは扉を閉じるとポドンにたずねた。「平安南道の人民委員会委員長、二代前は誰か知ってるか」

「勘弁してくれ」ポドンが不満げに応じた。「そんなのわかるかよ」

この国では当然だった。一保安員が政治に興味を持つはずもない。日々の職務において必要ないからだった。元帥様以外の政治家を記憶しなくてもいい、そういう風潮がはびこっているせいでもある。

ヨンイルはいった。「ピ・ゴンチョル。朝鮮労働党中央検査委員会の委員も兼ねる大物だった。ところが主体九二年に急死。俺の父親が死なせたんじゃないかと疑われた」

ポドンが驚きのいろを浮かべた。「政治家の死が絡んでたのか」

十五年前、ヨンイルは二十六歳だった。保安員としてまだ駆けだしにすぎず、分駐所からようやく署内へ異動になったばかりのころだ。

医師不足のため、父ドゥジンはいくつかの署の嘱託医だけでなく、ピ・ゴンチョル委員長の主治医も兼ねていた。ピ委員長は大飢饉のころ、広範囲の農地開拓を実施、食糧難の緩和に貢献した人物として知られる。政治手腕には定評のある人物だったが、心臓に慢性的な疾患があった。週にいちど、ドゥジンはピ家を訪ね、在宅診療をおこなった。

ところがピ・ゴンチョルの容体は、ひと月足らずで急変した。冬の寒い晩、ゴンチョルは昏睡状態におちいり病院に運ばれた。そのまま目覚めることなく、夜明けに死亡が確認された。

ゴンチョルの未亡人と長男が、主治医クム・ドゥジンを告発すべく動きだした。疾患を抱えていたとはいえ、ゴンチョルのふだんの生活にはなんら支障がみられなかった。にもかかわらず在宅診療の開始とともに衰弱していった。とりわけ最期の一ヵ月間の病状悪化は激しすぎた。治療薬と称し毒を与えたのでは、遺族はそう主張した。

専門家の意見書も提出された。酢酸タリウムをわずかずつ薬に混入すれば、重金属として体内に蓄積させ、循環器系や消化器系、神経系の障害を引き起こせる。他殺を病死に見せかけうる。

ヨンイルはため息とともにつぶやいた。「父が管理所送りになったのは、主体九七年の春ごろだ。ふつう犯罪者は教化所行きだが、父は管理所だった。政治家の暗殺を企てたのなら政治犯だからだ。悪くすれば出身成分が二段階落ち、敵対階層になることも考えられた」

ポドンがうなずいた。「教化所でなく管理所に収容された以上、一般人の殺害だけでも死刑だ。大物政治家ならなおさらだな」

「父は取り調べに黙秘したため、立場がいっそう悪くなった。例によってまともな裁判も開かれなかった。ただし嘱託医として過去の実績も考慮された。結局、物証はいっさい得られず、父の自白もなかった。よって殺人の認定はかろうじてまぬがれた」

かといって釈放されたわけではない。教化所とは異なり、管理所は完全統制区域に属する。被収容者は死ぬまで解放されることはない。かつて耀徳（ヨドク）には軽度の政治犯を収容する例外的施設もあったが、すでに閉鎖されている。クム・ドゥジンは一生獄中暮らしだ。

ポドンがかすかに唸った。「父親の無実を信じるか?」

「さあな」

「面会に行ったことは?」

「いちどもない」

「なぜだ。保安員なんだから、手続きを踏めば可能だろ」

賄賂を握らせれば可能だ。だがそんな気にはなれなかった。ヨンイルはいった。

「殺してないと明言すべきだった」

なのに黙秘した。ヨンイルはいま、父同様に口をつぐんだ。ポドンを前に、自分の思いを言葉にしまいときめた。喋れば虚しくなる。

出身成分はいちおう核心階層に留まった。しかし疑惑がついてまわるようになった。父が黙秘するうち、ヨンイルは三十代にして、分駐所勤務に戻された。その後、地域署の検閲課に所属したものの、私服の保安員としては最下層に固定された。称号は特務上士。出世できずに伸び悩んでいた二年後輩のポドンと、いまや同格だった。

察したかのように、ポドンが低い声できいた。「境遇が不満か?」

ヨンイルは首を横に振った。そんな話はしたくない。「父がじつは政治犯だったんじゃないかと、疑いの目で見る向きは多い。その場合、息子の俺も悪影響を受けてる可能性がある。出身成分ってのはよくできてるよ。たしかに子は親の作品だからな。悪い親に育てられれば、悪い人間に育つ」

「本気でそう思っちゃいないんだろ？」

問いかけに曖昧なところがある。それを承知でヨンイルは答えた。「ああ。俺に悪影響なんかない」

「返り咲きを狙って手柄を立てたいのか。というより、自分は父親とちがうと証明したいわけか」

またしっくりこない。的はずれでもないが、そこまで浅くもなかった。だが具体的な説明を求められても、明確に答えられるものではない。ヨンイルはつぶやいた。

「放棄したくない。それだけだよ」

「父親が好きだったころもあったんだろ？」

ふと頭によぎったのは、瓦屋根の壮大な楼閣だった。安州市の百祥楼。少年団に入った九歳のころ、両親と訪ねた。赤いネクタイが気恥ずかしかった。父と母は笑いあっていた。木漏れ日を浴びる母の肩に舞い落ちた葉を、父がそっとはらい落とした、その一瞬をおぼえている。百祥楼の前に写真屋がいて、三人で記念撮影をしたはずだ。写真ぎらいの父のせいで、家族そろって写っているのはあれぐらいだった。どこへいっただろう。アルバムは処分したが、あの一枚だけはとっておいた。いまの長屋に引っ越したときにも持っていた。

ポドンはうつむき、後頭部を掻きむしった。やがてその手がとまり、上目づかいに見つめてくる。「春燮集落に行きたいのか」

「まずは安復集落のほうに……」

「だめだ」ポドンがぴしゃりと制してきた。「ペク・チョヒに会いたいといわんばかりじゃないか。写真の人物について住民にたずねるんだろ？　なら春燮集落だ」

煮えきらない気分とともにヨンイルは抗議した。「チョヒは妻に似てない」

「へえ。じゃ俺の報告がまちがってたわけか。そうか」ポドンの目が光った。「同志、もし捜査がめざましく進展したら、俺たちふたりの功績にしないか」

露骨な取引を持ちかけられた。議論の余地はない。ヨンイルはうなずいてみせた。

「ああ」

「きまりだ」ポドンは扉を開け、すっかり明るくなった路地にでた。「急ごう」

半開きになった扉の外に、朝の陽射しが降り注いでいる。壁のスイッチに触れた。

電灯の消えた家のなかには闇がひろがる。明暗の狭間にヨンイルはたたずんだ。

ヨンイルが追い求めているのは昇進の機会、ポドンは単純にそう解釈したらしい。彼自身も便乗しようと欲をちらつかせている。一方で、ヨンイルが妻似のチョヒに惚れたのではと疑っているようだ。父の話をしたのはよかったのかもしれない。ポドンはヨンイルのなかに俗っぽさを嗅ぎとり、心を許したふしもある。

自分の感情に目を向けるのが怖い。ヨンイルは家をでながらそう思った。どれも行動の理由としては釈然としない。ほかにないのだとすれば、いずれ己れの真意を知ろうとも、ただ失望のみがまっている。

8

牛小屋が老朽化し、軒下に蜘蛛の巣が張っている。牛の鳴き声はきこえず、糞のにおいがまるでしない。それだけ深刻な状況にあるとわかる。農家が食える物をすべて食ってしまったのだろう。

わきには砂埃をかぶったトラクターが放置されていた。燃料の配給が滞り、使わなくなったにちがいない。給油したところで、もう動くとは思えなかった。

曇り空の下、ふたたび訪れた春燮集落は、いっそう荒涼として目に映った。ここの問題は泥濘と化した水田だけではない。草木も生えない丘もよく見れば、トウモロコシ畑のなれの果てだった。

ヨンイルが十八のころ、大飢饉があった。道端のそこかしこに餓死者が転がり、無数の蝿ばかりがたかる、そんな日常の光景をすごした。幻にも思えてくる。いつも腹が減り、意識が朦朧としていたせいか。

あの当時、作物の密植が流行した。国の奨励する主体農法の一環だった。たくさん植えればたくさん育つ、そんな安易な考えに基づいていた。方法のいっさいを役所が監督指導した。だが農薬が大量に撒かれ、化学肥料も使われすぎ、土壌の酸性化につながった。農地になり損ねた不毛の荒野だけが、国のあちこちに残存する。ここの丘もそのひとつにちがいない。

ムン・デウィ人民班長は留守にしている。代わりに班長夫人のギョンヒと会った。藍染めの農作業着を身につけた初老の女性は、さも迷惑げに、これから市場に行くんですけど、そういった。写真を一瞥したとたん、さらに頑なな態度に転じた。こんな人、まったくおぼえがありません。なにもない集落です、浮浪者なんか寄りつきもしません。主人も知ってるはずないでしょう。ギョンヒは仏頂面で奥へとひっこんでいった。

人民班長の家はほかより大きかった。ヨンイルは立ち去りぎわ、備蓄品の充実ぶりを目にした。物置の扉が半開きになっている。山積みになったタバコの箱がのぞく。ふつう田舎の家なら、豚の餌になる大豆滓（かす）でこしらえた人造肉（インジョコギ）すらご馳走（ちそう）だが、ここには本物の干し肉が下がっていた。しばらく眺めていると、ギョンヒが憤然と駆け寄ってきて、乱暴に扉を閉めた。ヨンイルはポドンとともに退散した。

かつて人民班長といえば、雑務に追われるだけの損な役割でしかなかった。保衛員にごまをする一方、住民からの突きあげもあり、まさしく板ばさみの窮屈な立場だった。ところが最近になり、賄賂（わいろ）をせびる保衛員や保安員が減少しだした。多少なりとも取り締まりが強化されたからだ。よって甘い汁を吸えなくなった連中の代わりに、人民班長がその恩恵に与（あずか）るようになった。役人と住民、両者の頼みごとをきく代償として、貢ぎ物を申し受ける。貯めた金は抜け目なく闇市場で人民元かドルに替える。どの集落でも人民班長の権限は強まっている。いまや保安員が頭ごなしに呼びだせる相手ではない。ムン班長に会うためには、また出直さねばならなかった。

ヨンイルはポドンを連れ、集落の家々をめぐった。住民らに写真を見せたが、収穫は皆無だった。イヨプという老婦は表情を硬くしたものの、黙って写真をかえしてきた。ほかの住民らも総じて、過剰なほど無愛想な態度をしめしてくる。

とはいえ思いすごしかもしれない。捜査の勘などそなわっていなかった。地道な情報収集となると、もっと苦手だ。どちらもこの国では、保安員に必要とされてこなかった才能だった。

徒労だったかもしれない。物憂い気分で集落の出口に向かった。そのときさっきの老婦、イヨプが近づいてきた。遠慮がちに呼びとめてくる。

人目を避けるように、イヨプがそそくさと家にいざなった。土間で立ち話が始まった。イヨプが小声でいった。「その浮浪者のことならおぼえてます」

ヨンイルは緊張とともにきいた。「たしかですか」

沈黙がかえってきた。どういうつもりか考えるまでもない。五百ウォン紙幣をとりだし、イヨプに握らせる。イヨプの人差し指と親指は、半端に差しだされたままだった。さらに五百ウォンを追加してやった。手痛い出費だった。

ようやくイヨプが喋りだした。「みんな口をつぐんでるだけでしょ。知らないはずありません。長いこと住んでる人ばかりだし」

ポドンがイヨプを見つめた。「写真の男も住民だとか?」

「いえ」イヨプがため息をついた。「この辺りに迷いこんできて、畦道に行き倒れててね。みんな遠目に眺めてたけど、ときどき動くもんだから、誰も近づかなくて」

集落の侵入者対策としては常識だった。その場で死んだら保安員を呼ぶが、そうでなければ絶命までほうっておく。生きている時点でへたに通報すると、人民班の全員が尋問を受ける羽目になる。知りあいでないと証明するのに時間がかかるし、さっさとすませてもらうには、保安員に賄賂を払わねばならない。だから瀕死の浮浪者は放置する。息があればよそ者だが、死んでいればただの死体だ。

「でもね」イヨプがつぶやいた。「その日の夕方、さすがに見かねたのか、チョヒが雑穀と水を持って近づいてね。浮浪者は身体を起こし、チョヒと言葉を交わしてました」

ヨンイルはたずねた。「住民らの反応は?」

「なにやってんだろと腹を立ててましたよ。わたしも最初はね。でもチョヒが道端で介抱する姿をこっそり見てるうち、ほっとけなくなってね」

「浮浪者を気の毒だと思った?」

「まさか」イヨプは心外だという顔になった。「気がかりだったのはチョヒよ。お父さんは工場勤めだけど、日が暮れれば帰ってくる」

「ペク・グァンホが?」

「そう。衛生班長を務めてたし、浮浪者を見すごすはずがない。よそ者を見かけたら知らせろ、集落には立ちいらせないって、ふだんから息巻いてましたからね。それも娘が介抱するなんて、絶対に許さないでしょ」

「グァンホは娘のチョヒに厳しかったんですか」

「あのお家、塀に囲まれてたでしょ。お父さんと娘のふたり暮らしになってから、詳しいことはよくわからない。でもね、チョヒの顔にはよく痣ができてた。外を歩いても、どこか痛いのか姿勢を崩しがちで」

「浮浪者が現れるより前からですか？」

「ええ。どこのお家でも、小さな子がやらかしたら折檻するけど、チョヒはもう十七だったでしょ。気になってグァンホさんにたずねてみたら、チョヒが髪を伸ばそうとしたり、母親の形見の化粧品を使おうとしたりして、反抗的だから叱ったって。悪い友達とのつきあいもあったっていうし」

「チョヒにそんな気配がありましたか」

「いいえ。あの年の春に高級中学校をでてから、ずっと家にいてね。作物が育たなくても農業の義務はあるから、チョヒも手伝わなきゃいけなかったんです。土や農具を運ぶ姿は見かけました。いつも父親と一緒か、チョヒひとりでした」

農家の人々は寡黙な印象があるが、イヨプはそうではなかった。むしろいったん喋り始めると饒舌なほうだ。表現もわかりやすく知性を感じさせる。いまどきの高齢者は話し上手が多い。生活総和でうまく自己弁護し、闇市場で有利に駆け引きできなければ、生きのびられるはずもない。

ポドンがじれったそうに口をはさんだ。「チョヒのことより、浮浪者についてききたいんですけどね」

イヨプがむっとした。「グァンホさんが帰るより前に、浮浪者をどうにかしないと、チョヒがどんな目に遭うかわからないでしょ。だからみんなで浮浪者を匿った。ひとまず班長さん家の物置に」

ヨンイルは意外に思った。「ムン班長の家ですか」

「そう。当時は班長さんも生活に難儀してて、物置も空っぽでね」

「班長が浮浪者を迎えたんですか」

「わたしが率先して行動したのよ。住民を代表して、班長の奥さんを説得したんです、ギョンヒさんをね。みんな当初はチョヒを心配するばかりだったけど、その浮浪者が礼儀正しくてね。物置のなかでひれ伏して、何度もお礼をいうの。そこへムン班長もきて、しばらくは苦い顔をしてたんだけど、やがてみんなで匿おうって。保衛員や保安員にも黙っておくことにしました。元気になったら、こっそり送りだせばいいし」

「すると班長夫妻は浮浪者のことを知りながら、グァンホには伝えなかったんですね」

イヨプはいっそう声をひそめた。「グァンホさんはウンギョさんに先立たれてから、どうしてもおかしなところがめだつようになってね。衛生班長としての活動に熱をいれすぎて、掃除に参加しない人に暴言を吐いたり、石を投げつけたりして。チョヒにも辛くあたるし」

グァンホを敬遠していたのはベオクだけではなかったらしい。ヨンイルはきいた。

「生活総和でグァンホを批判したことは？」

「衛生班長に表だって文句いえないでしょ。奥さんを亡くしたのも気の毒だしね。ウンギョが稲穂を盗んだのだって、許されないことではあるけど、食べるのに困ってたからでしょ」

「ペク家の暮らしぶりはどうだったんですか」

「衛生班長としての報酬は、配給が滞ってたしね……。グァンホさん家もわたしたちと同じく、本来は農業だったけど、不作でどうにもならなくて。国営工場に勤めだしたけど、その工場も四級だし、グァンホさんは二級労働者だったらしいし」

労働者の場合は医師などとちがい、級数が大きいほうが上になる。八級が最高のため、二級は下からふたつめだ。農家から転職して工場勤めとなると、やむをえないのかもしれない。

級数に応じて給料も配給も変わる。休養所を利用できる休養券や、列車を利用するための汽車票も、相応のレベルで発行される。ペク家の生活はかなり厳しかったようだ。

ヨンイルはつぶやいた。「人民班は互助の精神が基本でしょう」

イヨプがあわてぎみに応じた。「わたしたちは除け者にしてませんよ。グァンホさんの生活が苦しそうなときには、ちゃんとタノモシで支えてあげたし」

タノモシは人民班で金や食糧を持ちあい、必要とする住民に一定量を工面する制度だった。頼母子講という日本語に由来するらしい。

「でも」イヨプの弁解はつづいた。「グァンホさんがいつまで経っても塀を壊さないから、だんだん掃除のとき以外は疎遠になって」

ポドンがやれやれといいたげに、大仰にため息をついた。「知りたいのは浮浪者のことなんです。班長の家に匿われたのは、この写真に書いてある日付、主体九六年九月十七日ですか」

「いいえ」イヨプは首を横に振った。「ぐあいが悪そうにしてたから、何日間かは物置に寝泊まりしてたはずです。そのうちグァンホさん家であんなことが起きて……」

ヨンイルはイヨプを見つめた。「事件の当日、浮浪者は？」

「どこへ行ったのかさっぱり。姿を消しちゃってね」

「じゃ事件を境に、浮浪者が行方をくらましたっていうんですか？　そんな大事なことを黙ってたんですか」

「しっ」イヨプが困惑顔でささやいた。「声が大きいですよ。まずいとは思ったけど、そもそもよそ者がきた時点で、ただちに報告するのが義務でしょ。班長さん家に匿ってたとわかったんじゃ、みんな罰せられちゃいます」

それで口裏をあわせたのか。ヨンイルは写真に目をおとした。「このようすだと、浮浪者はひとりで元気に立ってますね。稲穂に手を伸ばしてるようにも見える」

「わたしたちが知ってるのは、物置でひれ伏してるか、横たわってる姿だけです。回復してたとは知りませんでした」

「誰が撮った写真かわかりますか」

「さあね」イヨプはおもむろに箒を手にとると、土間に叩きつけた。這いまわるナメクジをしばきまわしながら、イヨプはいった。「写真機なんて班長さん家ぐらいにしかなかったでしょ。それも田畑を記録するならともかく、人なんか撮ったら怒られるんじゃないですか」

ちがいない。十一年前、平壌以外ではまだデジタルカメラの使用が禁止されていた。フィルムの現像も公営の業者のみが請け負った。仕事に関係のない被写体を撮影したら、保衛員から説明を求められる。浮浪者を匿っていながら、その姿を写真に残すのは奇妙だった。

ヨンイルはイヨプに感謝を告げた。「ありがとう。よく話してくれました」

「近ごろは保安員なんか怖くないっていうけど、やっぱり黙ってるのはしのびなくてね。わたしは協力しましたよ。ほかの人には内緒にしてほしいけど」

「ほかに知ってることは？　浮浪者の名前とか素性とか」

「知りませんね、そこまでは」イヨプはしとめたナメクジの死骸を、箒で外に掃きだしながらいった。「あとはチョヒにきいたら？」

思わずポドンと目があった。ポドンはあきれたように視線を逸らした。

9

公共交通は頼りにできない。橋梁(きょうりょう)やトンネルの崩落があると、鉄道はとまってしまう。バスも運賃がガソリン価格により変動するため、高すぎる場合は見送らざるをえない。保安員の腕章でただ乗りできたのはむかしの話だ。どれだけ目的地が遠くとも、移動距離の半分ぐらいは歩く覚悟が必要だった。

きょうは幸いにも、まだ空の明るいうちに安復集落に到着できた。ただし出迎えはなかった。きのうは働き手がみな工場にでかけていても、老人らが応対してくれた。きょうは誰ひとり家から姿を現さない。

無人の路地に枯れ葉が舞っている。この国は冬期の訪れが早い。もう近くの根鎬山(グンホ)から落葉が風に吹かれ、集落に降り積もる。踏みしめるたび静寂に音が響く。住民の耳に届かないはずがない。ビニール膜を張った窓の奥にも人の気配がする。なのに誰もでてこなかった。

きのうの保安員と知り、みなひきこもっているのだろう。チョヒのことをたずねられたくないのかもしれない。集落の世話者、キ・ビョンソクまで姿を見せない。察するに班長命令か。幸いだとヨンイルは思った。いちいち行く手を阻まれずにすむ。

集落の隅に位置する小屋に着いた。外壁に貼られた無数の複写もそのままだった。呼びかけると扉が開き、チョヒがおずおずとでてきた。風邪をひいたらしい、咳(せき)をしている。あいさつも鼻声だった。小屋のなかは変わらない。やはり叔母が物静かに横たわり、叔父が無言で付き添っている。

二日つづけて会ったせいか、チョヒが馴染みの顔に思えてくる。親近感とは少しちがう。無事でほっとした、そういうべきかもしれない。きのうここのテ人民班長を詰問したため、彼女に報復がなされるのではと気が気ではなかった。署が派遣する新たな捜査担当者が、チョヒを守ってくれるだろうかとも訝った。いまのところ誰もきていないようだ。

疲弊しきった面持ちながら、立ったり座ったりには支障がなさそうだった。健康を維持できているという意味ではない。この国では動けることが生を意味する。自力で移動できなくなったら、ほどなく訪れる死をまつしかない。チョヒは生死を分ける境界よりは、かろうじて手前にいる、それだけのことだ。

いちど目をあわせると、けっして無視できないと感じさせる、そんななにかがある。チョヒのつぶらな瞳が、じっと見かえしてくるせいかもしれない。むかしの妻に似たところがあるとするなら、そこぐらいだろう。ヨンイルとまっすぐ見つめあう女性といえばスンヒョンしかいない。ポドンもチョヒのそういう横顔から、ヨンイルの妻を連想した可能性がある。

ポドンが咳ばらいした。ヨンイルは内心冷や汗をかきながら、浮浪者の写真をチョヒに見せた。

チョヒは目を丸くした。血色のない青白い顔に、驚きのいろがひろがった。「ボムギさん？」

「ボムギ」ヨンイルはチョヒにきいた。「それがこの男の名か？」

「はい」チョヒがうなずいた。「そうおっしゃってました」

「畦道で行き倒れてたところ、きみは水と雑穀を差しだしたとか」

「おぼえてます。勝手なことをして、申しわけなく思っています」

「反省することなのか？」

「よくないことをしました。班長さんたちに迷惑をかけてしまったので」

寂しい心変わりだとヨンイルは感じた。「助けたのは悪いことじゃなかった」

ポドンが割って入った。「ペク・チョヒ。浮浪者とはその後、どんなふうに関わった？」

チョヒは戸惑い顔になり、たどたどしく応じた。「大人たちがボムギさんを支えて、班長さん家の物置に運んだので、一緒に行きました」

ヨンイルはチョヒを見つめた。「ボムギって名を知ったのは……」

「それより前です」チョヒが答えた。「畦道で話しかけたとき、まずわたしから名乗りました。そうするよう学校で教わったので。するとこの人も名前を教えてくれました」

「喋(しゃべ)れるぐらい元気だったのか」

「いえ。かすれ声で、かろうじてききとれるぐらいでした」

「班長さんの物置に運んでからは、言葉を交わしたか？」

チョヒは首を横に振った。「大人たちが囲んでいて、わたしは蚊帳(かや)の外でした。そのうちギョンヒさんが、あの、班長さんの奥さんですけど、家に帰るようにいいました。あとはまかせてって」

ポドンがかすかに鼻を鳴らした。「グァンホの帰宅前にと急がせたわけだ」

「父はたしかに、そのとき留守でした」

ヨンイルはチョヒに問いただした。「その後、ボムギに会わなかったのか？」

「はい」

「物置に行かなかったのか」

「ギョンヒさんから、父には話さないようにいわれていたので、気づかれたくなくて」

「グァンホがきみに暴力を振るったのは、それ以前からか？」

チョヒの顔に翳がさした。「父は、母を亡くしてから、だんだん荒れていって。わたしがもっとしっかりするべきでした。台所の送風具の裏側まで埃をとったり、籠蔵のなかをきちんと整頓したり、やってなかったから父が怒ったんです」

記憶に刻みこまれているのはその都度、罰を受けたのだろう。ヨンイルはいった。

「髪を伸ばそうとし、母親の形見の化粧品を使おうともした」

するとチョヒは面食らったようすで見かえした。「そんなことはしてません」

「悪い友達とつきあったことは?」

ふいにチョヒが口ごもった。

ポドンが詰め寄った。「親にいえない友達がいたのか」

「いません」チョヒが首を横に振った。「学校を卒業してから、同級生とも会いませんでした」

「本当か?」ポドンが疑わしげにきいた。「テノリもなかったってのか」

「ありません」

テノリとは友達どうしの集まりだった。大人の場合は、少額の金を持ち寄って野遊びにでかける。子供の世界にもテノリはある。十代半ばになると、仲のいい者どうしテノリの集団ができる。誰かひとりの家に泊まり、餅を作ったり食べたりしながら談笑する。なにかと取り締まりの厳しい国ながら、テノリだけは古くからの習わしのため規制がない。誰とつるもうとも自由で、大人たちも容認する。

もっともそれは、ごく一般の家庭における話だ。ヨンイルはチョヒを眺めた。「父親からテノリを禁じられたのか」

チョヒの顔に憂いのいろが浮かんだ。「友達と会うなといわれました。誰も招いちゃいけないし、どこへも行っちゃいけないと」

「ずっと家にいるよう命じられたうえ、乱暴もされたのか」

「母が亡くなったので、わたしがその代わりにならなきゃいけなくて」

異様な言動に思えてくる。ヨンイルはきいた。「父親の指示か」

「はい」チョヒの目が潤みだした。「母がしていたことを、すべてするようにいわれました」

ポドンは冷淡にいった。「強姦(ごうかん)したのは父親じゃなく、このボムギとかいう浮浪者だろ」

チョヒが愕然(がくぜん)とした反応をしめした。「ちがいます」

「なにがちがうってんだ。強姦じゃなきゃ、双方合意のうえか？　精液判定で父親じゃなく、第三者のしわざとでてる」

「ボムギさんは衰弱してました。歩くのもままならなくて」

「馬鹿いえ」ポドンがヨンイルの手から写真をひったくり、チョヒの眼前に突きつけた。「これはなんだ。ぴんぴんしてる。いつ撮った写真かわかるか」

「わかりません」チョヒは困惑のいろを深めた。「物置から外にでてたなんて、全然知りませんでした」

「グァンホを殺したのもこいつか」

「そんなはずありません」

「気を失ってるうちに父親が死んでたんだろ？　否定しきれないはずだ」

チョヒは動揺をしめした。「でもボムギさんは、物置で休んでたし、わたしに乱暴したのは、その、前にいったとおり父だったし」

ヨンイルは片手をあげポドンを制し、チョヒに向き直った。「きいてくれないか。いったん落ち着いてくれ、チョヒ」

ポドンが野次を飛ばした。「俺とちがって、クム同志には色目を使うんだな。誰をおとしたら話がうまく運ぶか、充分にわきまえてる。計算高いな」

「よせ」ヨンイルは思わず語気を強めた。「色目なんか使ってないだろ」

「そうか？　恋人みたいにじっと見つめるじゃないか。クム同志にだけはな」

言葉に詰まった。当惑とともに焦燥が生じてくる。たしかに否定しきれない。だがそんなことでチョヒが責められる謂れはないはずだ。

穏やかな口調を心がけながら、ヨンイルはチョヒにいった。「多少気になってた。俺の顔になにかついてるか？」

「いえ」

「なぜ俺の顔をまじまじと見つめる？」

「そのう、どこかでお会いしたように思えて」

「俺とか？　きのう会ってる」

「それ以外にも、どこかで」

「おい」ポドンが吐き捨てた。「なにいいだすんだよ。俺たちを混乱させる気か」

ヨンイルは茫然とチョヒを見つめた。きのうまで面識はなかった、それはたしかだ。チョヒに悪意は感じられない。すなおで純朴なまなざしがあるだけだった。

そんな言い方をされたとたん、やはり妻と面影が重なるように思えてくる。けれども錯覚にすぎない。見つめあうという経験自体あまりない、それゆえに生じる誤認だ。外国の警察学には、常に人の顔に目を光らせろとある。この国では実践されていない。人見知りの保安員も少なくなかった。自分もそのひとりかもしれない。

ポドンは強気な態度を崩さず、チョヒを睨みつけ問いただした。「なぜきのうになって、父親に強姦されたといいだした？」

「いままで話す機会がありませんでした。きのうおいでになり、きかれたので答えました。本当のことをいわなきゃと思いました」

「だが現実はちがう。強姦犯は父親でなく別人だ。それっきり行方をくらました浮浪者の存在も、いまはあきらかになってる」

「嘘はついてません」

「いや、嘘だ」ポドンがチョヒの腕をつかんだ。「偽証を取り調べるためにも連行する」

チョヒは怯えたようすでいった。「困ります」

「なにが困るんだ」

「叔母のもとを離れるわけにいきません。叔父ひとりじゃ身体を起こせないんです」

「ほかの住民に頼んでおけばいいだろ」

「誰も助けてくれません」

「いいからこい」

ヨンイルはポドンを押し留めた。「やめろよ。さすがに強引すぎる」

ポドンの額に青筋が浮かびあがった。「クム同志。いやヨンイル。どうかしてるぞ。なにしにきたと思ってる。真実を探るんじゃないのか」

「わかってる。だが彼女をひっぱっても問題は解決しない」

「なぜそういいきれる。強姦したのは父親じゃないと証明されてる。嘘をついてる以上、本当のことを白状させるべきだ」

ふいに男の声が飛んだ。「僕を連行してください」

視野が凍りついたように思えた。ポドンが動きをとめたからだった。眉(まゆ)をひそめ周辺に視線を向ける。ヨンイルもそれに倣った。

背後に薄汚れた作業着が立っていた。集落の世話者、キ・ビョンソクがたたずんでいる。

ビョンソクが声を震わせながら告げてきた。「チョヒに乱暴したのは僕です」

衝撃が走った。耳を疑うとは、まさにこの瞬間にちがいない。ヨンイルは唖然(あぜん)としながらビョンソクを見つめた。

チョヒはなおもポドンに腕をつかまれていたが、にわかに身をよじって抵抗しだした。悲痛な叫びがこだまする。「ちがいます。その人じゃないんです。父にされたんです」

いったいどういう状況だろう。チョヒの反応も尋常ではない。

人の群れが路地を駆けてきた。集落の高齢者たちだった。人民班長の顔もある。白髪頭のテ・ヨデが血相を変え怒鳴った。「ビョンソク！　勝手なことをするな」

住民たちがビョンソクを包囲し、いっせいにつかみかかった。だがビョンソクは激しく抗い、がむしゃらに手を振りほどいた。

喧噪とともに混乱がひろがる。チョヒが顔を真っ赤にし、声をあげて泣きだした。小屋の扉が開き、叔父がふらつきながら外にでてくる。チョヒをなだめようとしているようだ。

思考がついていかない。ひとまず現状を鎮めねばどうにもならなかった。ヨンイルは渦中に飛びこみ仲裁に入った。高齢者らの興奮はおさまらない。ビョンソクも揉みあうのを辞さない。力ずくで制圧するのは不可能だった。保安員は人民軍ではない、武器も携帯していなかった。これでは埒があかない。

そう思ったとき、警笛の甲高い音が耳をつんざいた。吹き鳴らしているのはポドンだった。住民たちはびくつき、臆したように動きをとめた。

ポドンが憤りをあらわにした。「どいつもこいつも、その場に留まれ！　人民班の連帯責任だ。誰も懲罰をまぬがれないと覚悟しとけ」

老人らはいまさらのようにすくみあがった。ビョンソクはひとり視線をおとし、その場に立ち尽くしている。ポドンがビョンソクに歩み寄り、しっかりと腕をつかんだ。ビョンソクは抵抗をしめさなかった。

ようやく騒動がおさまりつつある。ポドンが怒りのまなざしをヨンイルに向けてきた。職務を果たせと目でうったえている。ヨンイルは動きだした。チョヒに近づき、小屋のなかに戻るよううながす。いまだ泣きじゃくるチョヒが、叔父と手をとりあいながら、扉の向こうの暗がりに消えた。

ヨンイルのなかに抑制のきかない苛立ちがこみあげてきた。外壁の複写を一枚引き剝がし、ヨンイルは振りかえった。テ・ヨデ班長のもとへ足ばやに向かう。「話がある」

ヨデは表情を引きつらせたものの、逃れられないと悟ったらしい。ヨンイルに歩調をあわせる意思をしめしながら、住民らに呼びかけた。「みんなそこにいてくれ。保安員の指示には従うように」

路地の角を折れ、ヨデとふたりきりになった。ヨンイルはすかさず怒りをぶつけた。「きょうこそきかせてもらう。これは保安署の書類のコピーだ。どこで手にいれた」

ヨデはすっかり腰がひけているようすだった。白い眉を吊りあげながら、うわずった声で応じた。「知らない。本当だ。チョヒがここに転居してきてすぐ、うちの前に置いてあるのを見つけた」

「書類の原本が置いてあったのか」

「ちがう。その複写だ。何十枚もあった。まだうちに残りがある」

「チョヒと叔父叔母を小屋に隔離したうえで、これみよがしに複写を貼った。どういうつもりだ」

「父親と交わったような女は、どんな子供を産むかわからん。集落の男が責任を疑われたのでは、人民班の和が乱れる。だから遠ざけるしかなかった」

予想以上に身勝手な理屈だ、ヨンイルは半ばあきれながらそう思った。中絶は法律で禁止されている。いかなる理由があろうと、病院が中絶手術を断る。よって乳児の捨て子がいたるところで見つかる。性暴力の被害者も、医師を賄賂(わいろ)で雇えるだけの金がなければ、出産をまぬがれない。そんなすさんだ背景がある。

チョヒは妊娠しなかった。なのにヨデは出産を警戒した。万が一にも妊娠していた場合、近親相姦(そうかん)により障害児が生まれてくる可能性が高まる、そう邪推したのだろう。

ヨンイルの反感はいっそう募った。「妊娠などなかった」

「その書類の複写に、事件の日付がある。チョヒがここへきたのは、事件から半月足らずだった。まだはっきりしたことはわからなかった」

「ほどなくわかったはずだ」

「ようすを見て半年、一年と経った。赤ん坊は生まれなかった。だが途中からふつうの生活に戻すというのは、どうも勝手がちがう。チョヒのほうも、そうしたいとはいいださなかった」

理不尽きわまりない話だが、集落では起こりがちな状況だった。いったん住民の誰かをつまはじきにし、差別的待遇に置くと、ほとぼりが冷めても仲間に迎えいれようとはしない。変化を拒む農村の稚拙な絆が優先されるせいだ。被差別者のほうも、無理なつきあいのなかで冷遇されるのを恐れ、和のなかに戻りたがらない。よって孤立状態が継続する。春變集落でグァンホが塀を壊さなかったのも、同じ心理に基づくのかもしれない。

しかしこの安復集落には根本的な問題がある。ヨンイルは問いただした。「父親による強姦なんて嘘を、なぜひろめた」

ヨデが泡を食ったようすで、急きこみながら答えた。「手紙に書いてあった」

「誰からの手紙だ」

「わからん。複写の束に添えてあった。ペク・チョヒは父親に犯された、そう書かれてた。その複写にもあるだろう。悲鳴と物音をきいた隣人が駆けつけたら、父親が死んでいて、娘は強姦されてたと。隣人が通ったのは一本道で、誰ともすれちがわなかった。手紙の内容とも矛盾しない」

「なら父親を殺したのは誰だ」

「知らん。その隣人かもな。保安署ならちゃんと調べてるだろう」

ちゃんと調べるどころか、遺体の刺し傷がどうだったかさえ記録にない。凶器を探した痕跡もなく、現場の指紋すら採取されなかった。それがこの国の事件捜査だった。いまさらに十一年前の真実の解明など無謀に思えてくる。

ヨンイルは語気を強めた。「あんたのいい加減な憶測をもとに、チョヒと叔父叔母を貶めたのか」

「父親が強姦したと、はっきり手紙に書いてあった。これは保安署の書類の複写だ。私らに注意をうながしてくれたんじゃないのか」

「十一年間、この集落に保安員の出入りがなかったわけじゃないだろ。事情をきかなかったのか」

「きいた。だが管轄もちがうし、詳しいことはわからんといった。それに人民班できめたことには、保安員も保衛員も口だししてこない」

「その保安員と保衛員の名前は？」

ヨデは短く唸った。「忘れた」

「忘れた？」

「毎回ちがう奴だ。いや人だ。顔見りゃわかる。だが最近は規制で賄賂もせびれなくなって、集落をざっと見て帰ってくだけだ」

「複写を小屋に貼りまくったのは、あんたの考えか」

「私じゃなかった。いいだしたのは人民班の誰だったかな。それも忘れたが、もう死んだかもしれん」

「班長のあんたに責任がある。しかもこの紙はまだ新しい。貼った紙が古くなったら、また貼り直したわけだな」

「新たに集落を訪ねてくる男衆にも注意をうながす必要があった。そのための複写の束だと思った」

「十一年も経ってる。もう妊娠も出産もないとわかるだろ」

「長年定着していたことだ。いまさら習慣を疑いもしなかった」

ヨンイルは絶句せざるをえなかった。ヨデは弁明に必死だが、罪悪を感じているようすはほとんどない。

外国の人間がきけば事実を疑うだろう。非常識のきわみとみなすかもしれない。習慣とヨデはいった。たしかに習慣だ。この国に生まれた身からすれば、さして異常とも思えない。その感覚自体が恐ろしくなる。

人民班の調和を乱す異端者を村八分にする、そんな決定にためらいをおぼえるのはごく少数だ。ひと握りの反対派も、みずからが除け者にされるのを恐れ、あえて逆らわない。だが人民班は班員をむやみに追放できない、法がそう定めている。集落に定住させるしかない以上、内部で飼い殺しにする。それも住民全員が情報を共有できるよう、周知を徹底する。重病患者の家に、病名を大書した紙を貼りつけたりする。チョヒの受けた仕打ちもその一環でしかない。

ヨンイルは憎悪の感情をかろうじて抑えながら、ヨデにきいた。「手紙はどこにある」

「もう捨ててしまったよ。人民班長をやってると、そういう物はときどき整理し処分しないことには、部屋のなかがいっぱいになる。あなたも保安員なら、当時の担当者にきけばいいじゃないか」

いまだ保安員の仕業だと思っているらしい。ヨンイルはヨデを睨みつけた。「署は書類の複写を置いていったりしない。チョヒを強姦したのは父親でないと検査で判明してる。保安署からの通知じゃなかった以上、あんたが独断でやったことだ」

ヨデは目を白黒させた。「そんなこと知るよしもなかった。誰からも教えられなかったことだ。うちの責任じゃない」

「喋ったことはぜんぶ本当か？　裏づけをとるため、あんたを含め全住民の生活手帳を押収するぞ」

生活手帳は生活総和の記録用ノートだ。参加者全員に持ち寄る義務があり、永久に保管せねばならない。十一年前だからといって、生活手帳を紛失したではすまされない。

「もちろんだ」ヨデがうなずいた。「生活手帳を集める。持っていってくれ。ただし、そのう」

「なんだ」

「みんなチョヒがきたときのことは書いてても、その後のことは……。ほら、わかるだろ。あえて生活総和でも話題にしないしな」

しめしあわせて記録に残さなかったのか。これだから集落は信用できない。

ふとヨンイルは黙りこんだ。なにかが胸にひっかかる。

十一年前は精液判定にもずいぶん日数がかかった。検査開始日から報告までひと月以上。幹部のピン・ブギル少佐がそういった。チョヒがこの集落にきたのは、事件から二週間後、すなわち検査結果がでるより前だった。

手もとの複写を眺める。これをテ班長のもとに届けた人間は、真実を知らなかった。父親による強姦と本気で信じていたのか。

10

病院のなかにいても薬品のにおいがしない。ほとんど使われていないからだろう。待合室の蛍光灯のうち、一本は切れかかり明滅していた。縦横に亀裂の走った白い壁には、退色したポスターが貼ってある。医学的に否定されて久しい、舌の味覚の分布図だった。滑稽だとヨンイルは思った。舌の奥でしか苦味を感じないのなら、生煮えの草を食べるとき、舌の先に載せればいい。だが実際には、そこに甘味が生じるわけもない。子供のころ空腹をしのぐため、何度か口にしたが、草はいつ食べてもまずい。

時代遅れのポスターがなぜ病院に貼られたままか、その理由を考えた。三十年前から、患者に与える知識などどうでもいいと思っていた。だから放置した。いまや貼ってあることさえ意識に上らない。医者の稼ぎが一般労働者と同水準の国だ。たぶんそんなところだろう。

窓の外はすっかり暗くなっている。闇のなか、おぼろに浮かぶ電柱は木製だった。都市部でもめずらしくない。医療施設は停電しないときくが、この建物は怪しかった。とはいえ入院病棟はもう就寝時間だ。待合室もヨンイルとポドンのふたりきりだった。電力が途絶えようと、さほど長びかず復旧するのなら、さほど問題ではないのかもしれない。迷惑をこうむるとすれば、検査結果をまつ自分たちだけだろう。

やがて靴音が近づいてきた。担当者はク・バル院長のはずだが、現れたのは高齢の女医だった。問題児のヨンイルに対面する気はないらしい。いまとなってはヨンイルも、ひたすら恐縮するしかなかった。突然の検査依頼を引き受けてもらえただけでも幸運だった。

医師の地位が低い国ゆえ、家長たる男は医者になりたがらない。女医はいった。すべては数値による比較となります。被験者のDNA型を検査し、くだんのデータとの一致もしくは不一致を判定したのみです。

わざわざ断ったのは、この国では詳細を知らない保安員も多いからだろう。ヨンイルは父が家に持ち帰った仕事を肩ごしに見ていた。保安員になってからも、それらの意味するところに興味を持ち、あるていど学んだ。いま手渡されたファイルの、どこに注目すべきかもわかっている。

直後、思わず目を疑った。適合率九十七・二パーセント。キ・ビョンソクのDNA型は、十一年前にチョヒの膣(ちつ)内から採取された精液と、高確率で一致した。自白どおりだというのか。判定結果を受けいれるなら、捜し求めていた第三者はビョンソクだったことになる。

ポドンが血相を変え、スマートフォンを操作した。電波が入らないらしい。こんな古い建物内では、つながるほうがめずらしい。公衆電話でかけてくる、そういってポドンは廊下に駆けだしていった。

信じがたい気分のまま、ヨンイルは検査控え室へと足を運んだ。制服の監察保安員に付き添われたビョンソクは、ヨンイルを見ると立ちあがり、かしこまる反応をしめした。集落の世話者として働くうち、習慣が身についたのだろう。作業着姿のままなのも、仕事中の気にさせるのかもしれない。

ヨンイルはきいた。「どういうことなんだ」

返事はなかった。ビョンソクは視線をおとしている。長いくせ毛の前髪が、片方の目にかかっていた。

じれったさが募る。ヨンイルは詰め寄った。「なぜ答えない」

ビョンソクは顔をあげないまま、ぼそぼそといった。「僕がなにを話しても」

「どうしてそんなふうに思う」

「敵対階層なので」

浮浪者の写真を鼻先に突きつけた。ヨンイルはビョンソクを見つめた。「この男を知ってるか」

「知りません」

「事件当日、集落に不審人物がいた。なのにDNA判定によれば、おまえがチョヒを強姦(ごうかん)したことになる」

しばらく沈黙があった。ビョンソクはささやきを漏らした。「はい」

「はいってのはどういう意味だ。チョヒの父親を殺したのもおまえなのか」

戸口にポドンが姿を見せた。抑制のきいた低い声を響かせる。「近くにいる巡察車(スンチャルチャ)をよこしてくれるそうだ。そいつの希望どおり連行するぞ。それともまた医者に難癖をつけるのか?」

ヨンイルはビョンソクから目を離さなかった。この場で胸ぐらをつかみ、すべてを吐かせたい。とはいえ質問事項が多すぎる。ビョンソクは双雲里に妻子がいるといった。いまは長興里の安復集落で働いている。なのに十一年前、まるで別の行政区域、平山里の春燮集落でチョヒを襲った。強姦犯、いや殺人犯かもしれない男が世話者を務める集落。チョヒはそこに移住したというのか。経緯がまるでわからない。どこから問いただすべきか見当もつかなかった。

尋問には確実に時間を要する。たしかに身柄を署に移す以外にない。ポドンがビョンソクに、両腕を後ろにまわすよう命じ、手錠をかけた。慎重に外へと連れだす。

冷たい夜気が包んだ。病院の玄関をでると、みぞれまじりの雨が降っていた。十月なら雪になってもおかしくない。

ポドンがビョンソクを駐車場にいざなう。セダンが街路灯の下に浮かんでいた。車体側面に青い朝鮮文字(チョソングル)で巡察車とある。屋根の上には赤と青のライトを掲げる。運転席と助手席に制服が見えた。エンジンをかけ待機中だった。

そのときヨンイルは、近くにたたずむ若い女の姿に気づいた。ありあわせとおぼしき粗末な防寒着を羽織り、毛布にくるんだ赤ん坊を抱いている。ぼさぼさの髪に、化粧けのない顔。げっそりとやせ痩(こ)けた頬。農村部ではよく見かける手合いだが、そのまま粛川邑にでてくることはまずない。泥だらけの靴は左右でちがっていた。

女は悲痛ないろとともに声を張った。「ビョンソク」

ビョンソクは巡察車の後部座席に乗りこもうとしていた。はっとしたようすで動きをとめた。女に目を向ける。吐息が白く染まっていた。

するとと女が近づいてきた。片脚をひきずっている。ひときわ大きな声で呼びかけた。

「ビョンソク」

その女の後ろを、小さな人影がついてくる。縫いあわせのめだつ子供用ダウンジャケットは、古着というよりゴミ捨て場から拾って修繕した物かもしれない。毛糸の襟巻きも雑巾のように見える。おかっぱ頭に、鼻先が煤で汚れた、八歳か九歳ぐらいの少女だった。脚が膨張しているとわかる。極度の栄養失調だった。農村部でも最下層の住民にちがいない。

少女の素性は一見してわかった。父親似だ。虚ろな目がビョンソクにうりふたつだった。むろん女はビョンソクの妻にちがいない。娘を連れ、双雲里から粛川邑までできたのか。

ポドンがあわてぎみにビョンソクを車内に押しこむ。無慈悲な所業ではなかった。逮捕後の面会は手続きなしに許可されない。ヨンイルは女に歩み寄り、行く手をさえぎった。

女が困惑顔で立ちどまった。大きく見開いた目に涙が滲みだしている。胸に抱いた赤ん坊がむずかっていた。

そのとき娘が進みでてきて、ヨンイルになにかを差しだした。手製の指輪、いや缶詰(トンジョリム)の蓋(ふた)に付いているプルタブでしかない。缶詰自体、庶民にとっては贅沢品(ぜいたくひん)にほかならない。少女にとっては貴金属類と同等なのだろう。賄賂(わいろ)のつもりだ。ビョンソクに会わせてほしいと娘の目がうったえている。母親のほうも同じ面持ちをしていた。

ヨンイルは女にきいた。「ビョンソクの妻だな？　名前は？」

「エギョン」と女は答えた。

「娘さんの名前は？」

「ヘミ」エギョンは赤ん坊に目をおとした。「この子はデジン。男の子で」

「金はないのか」

母の動揺を感じとったのか、娘のヘミが襟巻きを外そうとした。賄賂が不足している、そう思ったらしい。ヨンイルが手で制すると、ヘミは驚いた表情になった。

どうやらエギョンは文無しのようだった。ほんのわずかな貯金も、ここまでくるのに全額費やしてしまったのだろう。バスの沿線に住める暮らしぶりとも思えない。歩けるだけ歩いたのち、都市部へ向かうトラックにでも便乗させてもらった、おそらくそんなところだ。

ヨンイルはエギョンにきいた。「帰りはどうする」

エギョンが無言で見かえした。沈みがちな表情で下を向く。ため息しかでない、ヨンイルはそういう気分だった。安復集落のテ班長がエギョンに連絡したのだろう。ビョンソクの身柄が拘束された、そう伝えたにちがいない。敵対階層が住む極貧の集落だろうと、孤立を防ぐため、最低ひとつは通信手段を持つことが義務づけられている。人民班長の家ぐらいには携帯電話がある。ただちにエギョンは家を飛びだした。署に着いたころ、数ウォンを手もとに残していたかもしれない。病院にいることをききだすためには、それすらも手放さざるをえなかっただろう。

ヨンイルはいった。「もうビョンソクには会えない。家に帰れ」

また赤ん坊がぐずりだした。いたたまれなくなり、ヨンイルはエギョンに背を向けた。

遠ざかろうとしたが、エギョンとヘミ、母娘のすすり泣く声が耳に届いた。自然に歩が緩んだ。振りかえると、ふたりは身を寄せあい、肩を震わせていた。

双雲里までは十数キロだが、日没後の治安はけっしてよくない。だがそれだけでは保護の対象とならない規則だった。巡察車のガソリン代も認められない。

とはいえ見すごすわけにいかない。ヨンイルは財布をとりだした。足ばやにエギョンのもとへと戻る。

五百ウォン札、なけなしの金だった。エギョンもヘミも泣くばかりで、手を差しだそうとしない。ヨンイルは赤ん坊を包む毛布に紙幣を押しこんだ。

これだけあれば、なんとか帰る手段も見つかる。エギョンがそんなことを求めていないのは、ヨンイルにもわかっていた。その場に立ちすくんだまま、エギョンはしゃくりあげ泣きつづけた。ヘミも鼻と頬を真っ赤に染め、大粒の涙を滴らせている。ふたりともいっこうに立ち去る素振りをしめさない。

短くクラクションが鳴った。ヨンイルは踵をかえした。今度こそ振り向くまいと心にきめ、歩を速めた。

巡察車の後部ドアを開け、なかに乗りこんだ。ポドンとともにビョンソクをはさんで座る。

ビョンソクがささやいた。「すみません」

ヨンイルはビョンソクに目を向けた。ビョンソクはうつむいていた。それ以上はなにも話さなかった。

ポドンが真顔のままいった。「同志、お人よしもいいところだな。もうすっかかんだろうが、金は貸せない」

「わかってる」ヨンイルはつぶやいて窓の外に目をやった。うっすらとみぞれが浮かんでは舞いおちる。動きだした夜色のなか、赤ん坊を抱いたエギョンと、母親に寄り添うヘミが巡察車を見送る。けっして駆け寄ろうとしない姿が、敵対階層として過ごした日々を物語るようだった。

11

頭髪は薄くとも、身だしなみを心がけているとわかる櫛の通し方、それが課長職の特徴だった。私服の保安員を抱える検閲課だが、外にでない課長は専用の制服を着る。上層部ほど日常的に肉食にありつけないため、顔が丸みを帯びるほどではないものの、高そうな腕時計をはめる。それらすべてが世渡り上手の証ともいえる。ほかの要素は平凡につきる。ヨンイルにとって、メコク・サンハク課長はそんな五十代だった。

課長専用の部屋はない。各班の班長らと同様、机は大部屋に並んでいる。保安署員は服従を求められるが、直属の上司が畏怖または尊敬の対象かといえばそうでもない。社会主義のこの国では、称号はちがえど平等の意識が基盤にある。上司に逆らわないのは、もっと上からの制裁を恐れるがゆえだった。生活総和で素行不良を報告されたくはない。

ふだん気を遣うのはそのていどともいえる。よって課長の机の前に、ポドンと並んで立っても、特に緊張はなかった。いつもと同じことだ。わきに控える四十代後半、ジャンパー姿のソ・ダロ班長もくつろいだ態度をしめしている。

いま照明が点いているのは、課長の頭上のみだった。夜九時をまわっている。みな帰ったあとだ。でなければここで話しあいはできない。私服捜査専門の検閲課では、規模の大きな捜査会議を除き、どんな事件の担当かを同僚にも秘匿する。最低ひとりは行動をともにする相棒が必要だが、それはポドンだった。

部署全員で情報を共有しないのは、汚職防止のためでもある。担当者をわかりづらくすることで、賄賂を渡りにくくさせる、そんな狙いがあるらしい。そのぶん上司への報告は欠かせない。上司は時間外でも耳を傾ける義務がある。

よって課長の機嫌は、けっして良好といえそうになかった。コク・サンハクは報告書に目を通すと、老眼鏡を投げだした。「被疑者のDNA検査など明日でもよかっただろう」

ヨンイルはいった。「本人の強い希望があったので」

ポドンがサンハクに報告した。「医学的判定により迅速な解決につながりました。チョヒを強姦したのはキ・ビョンソクです。グァンホ殺害も同様と思われます」

見解の相違は予想できていた。ヨンイルはつぶやいた。「どちらも断言できない」

間の悪く感じられる沈黙が生じた。ポドンが据わった目を向けてきた。「本人の自白がある。保安署の取り調べでは、なにより重視される」

「ビョンソクは署への連行を求めたのち、DNA検査も希望した。それだけだ」

「罪を認めたのと同義だろう」

「潔白を証明したがってたとも受けとれる」

「ふざけるな」ポドンがしかめっ面になった。「また院長とひと悶着起こす気か」

「検査も判定も否定しない。ただし、きみもいったろ。精液が検出されたというだけなら、強姦でなく双方合意の可能性もある」

「ビョンソクがチョヒとできてたってのか」

「グァンホはたびたび家を留守にしてた。そんなときにもチョヒは留守番を命じられてた」

「友達づきあいは皆無で、テノリすらなかったんだろ」

「だが家は塀で囲まれてる。父親の留守中にビョンソクをこっそり招いてたら?」

「なぜチョヒの家で密会するんだよ」

「敵対階層のビョンソクは自宅が監視対象になってる。外を出歩いていても保衛員から目をつけられやすい」

「チョヒは気を失い、グァンホは死んでたんだぞ」

「きいてくれ。あくまで可能性の話だ」ヨンイルは努めて冷静にいった。「あの家は二間ある。グァンホは奥の部屋を書斎がわりにしてた。死体が見つかったのもその部屋だ。グァンホはすでに死んでたが、戸を閉めきっていたため、チョヒは父の留守を信じたのかもしれない。それでビョンソクを招きいれた」

「父親の部屋をたしかめもせずにか」

「チョヒは父親を恐れてた。ふだんから勝手に戸を開けるのが許されなかった、そんな可能性もある」

「かもしれない、可能性がある、そればかりだな」

ソ・ダロ班長がいった。「カン同志。とにかくクム同志の意見をきこう」

ポドンは腑に落ちないというように首を横に振った。「いわせてください。隣りに父親の死体があったのに、気づかず男を招きいれ性交におよんだっていうんですか。死臭が漂うでしょう」

飢餓による死体を見慣れていても、腐敗に関する知識さえない、それがこの国の地域保安員だった。みなわざわざ学ぼうともしない。父が嘱託医だったヨンイルは、好むと好まざるとにかかわらず、知らざるをえなかった。父がよく話していたからだ。

ヨンイルはいった。「死体が硬直し始めるまで二時間はかかる。かちかちに固まるまで十二時間。その時点ではまだにおいはない。主体九六年九月十八日の気温は十八度と記録されてる。三日ほどで死体の溶解が始まり、ようやく異臭も漂いだす」

ポドンが食ってかかってきた。「大量出血でもか」

ヨンイルは応じた。「戸口の下から流れだしたさなきゃ気づけない」

「流れださなかったって記録はないよな?」

「流れだしたという記録もない」ヨンイルは課長のサンハクに向き直った。「当時の捜査資料に、ほとんど概要しか書かれていない以上、現場状況を推理していくしかないんです」

「まて」ポドンがヨンイルを見つめてきた。「悲鳴と騒音をきいたベオクが駆けつけた。塀のなかの一本道をな。ベオクは途中、誰とも会わなかった」

「ベオクが帰宅する前にビョンソクは去った。チョヒはそのまま眠りにおちたが、目が覚めて隣りの部屋からの流血に気づいたのかもしれない。戸を開け、悲鳴をあげ卒倒した。帰宅したばかりのベオクがそれをきいた」

「それがきみの推理ってやつか。馬鹿げてるとは思わないのか」

「ビョンソクのDNA型が精液のそれと一致しようとも、強姦および殺人と無関係の可能性がある。そういいたいだけだ」

「チョヒは父親から強姦されたといってる」

「ふだんから乱暴されてたのは事実だろう。俺たちが安復集落を訪ねたとき、ビョンソクが近くにいた。彼を守ろうとして嘘をついたのかもしれない」

「おい。ビョンソクはチョヒを軽蔑してるといってた。人民班のきまりに従い、彼女を見張ってるともな」

「どういう過程で世話者になったかわからないが、チョヒを守るためだとしたら？　ビョンソクはいま三十歳だ。彼は事件当時十九で、チョヒが十七だった。ビョンソクはエギョンと結婚後、チョヒが移住先で虐待を受けているのを知った。そこでなんらかの手を尽くし、集落の世話者になった。世話者なら住民でなくとも、住みこみで集落にいられる。敵対階層のビョンソクにできるのはそれだけだった」

「チョヒはずっと小屋に閉じこめられたままだぞ。元恋人を守ってなんかいない」

「いってるだろ。ビョンソクは敵対階層だ。集落での立場も世話者でしかない。チョヒの待遇改善を要求できるはずもない。ただ救いだせなくても、チョヒがひどい目に遭わないよう見守れる。夜中には食べ物や練炭をこっそり差しいれてるだろう」

「同志。きみの空想力は韓流ドラマの影響か？　意味のわからなさ加減が、あの手のふざけた作り話にそっくりだ」

ソ班長が醒めた口調できいた。「観たことがあるのか」

ポドンが声を詰まらせた。「いえ」

コク・サンハク課長は、特に苛立ったようすもなく、むしろ機嫌をとり戻したようにいった。「クム同志の推理を尊重する。その推理に従えば、チョヒが帰宅する前、グァンホが何者かに殺されていたことになるが」

ヨンイルは写真を机の上に滑らせた。「前もってお伝えしたように、この浮浪者が疑わしき存在かと。誰からの密告かは不明ですが」

すかさずポドンが吐き捨てた。「どこに根拠があるんだよ」

「このボムギと名乗った浮浪者は、チョヒに救われた。恩義を感じていた以上、チョヒが虐待を受けたと知れば、報復の衝動に駆られることもありうる」

「報復の衝動だと？　おい。それはきみ自身じゃないか。チョヒに心惹かれ同情するあまり、彼女が傷つかない結論を求めたがってる。ビョンソクが自白してるんだぞ。

常識で考えれば、そっちの取り調べが優先するだろ」

なにかが胸にひっかかった。一瞬、自分の思考が判然としなくなる。脳のなかに霧が充満したかのようだ。

たしかに推理としては勇み足がすぎる。ヴァンホによるチョヒへの虐待を、ボムギが知った。それ自体が単なる仮説にすぎない。そこからさらに踏みこみ、報復の衝動に駆られたなどと、なぜいえるのだろう。ポドンの指摘どおりではないのか。にもかかわらず、それでしっくりくるように思えた。そんな料簡はどこからきたのか。

サンハクが穏やかにいった。「カン同志のいうこともわかる。だが事件当日、素性のわからない浮浪者が集落にいたとするなら、やはり無視できん。その線でいくべきかと思う。ソ同志は？」

ソ・ダロ班長も納得したようにいった。「賛成です」

妙な空気が漂った。チョヒとビョンソク、両者への思いいればかりが強すぎる、そんな叱責を覚悟していた。それだけに拍子抜けした。ポドンが正しかったのではないのか。

いや、やはり正解は自分にあるようだ。直感にすぎないと思えたが、これこそが捜査における推理なのかもしれない。

昼休みのような笑顔とともに、サンハクがダロにいった。「この浮浪者が誰であれ、いまひとつ筋の通らなかったペク家事件を、まともな報告書にあらためられそうだ」

「そうですね」ダロも笑いながら応じた。「裏づけが進めば、イ・ベオクの処遇を見直してもいいかもしれません。国際社会が要求する人権の改善という、当初の目的にかなっています」

ふたりの上司が笑いあっている。眼前を覆う緊迫がふと氷解したように見えた。思いすごしだったろうか。

ひとりだけ明確な反感をしめす者がいた。ポドンだった。横目に睨みつけてくるのを、ヨンイルは視界の端にとらえた。不満はわかる。だが理解は求めない。

12

誰もが南のラジオをひそかにきく。ヨンイルもそうだった。闇市場で売っている受信機さえあれば、どこへ出張しようとかならずきける。南のラジオ局がそれだけ出力をあげているのだろう。楽しい番組も多いが、ときどきこの国について言及があると、どうも首をひねらざるをえない。

この国は過酷な秘境も同然で、人民すべてが虐げられている、そう見えるらしい。あるいはラジオによる印象操作なのか。たかが平壌に旅行しただけで、まるで冒険から生還したかのごとく自慢したがる。通行人がみな暗い顔をしているともいう。保安員からパスポートの提示を求められた体験談を、あたかも死線をくぐり抜けたかのように吹聴する。市民がへらへら笑いながら歩いていたらおかしいし、首都の治安維持は当然だろう。

洗脳されているという論調もよく耳にする。公の場で羽目を外せないのは、ていどの差こそあれ、外国でも同じではないのか。一部の富裕層が恩恵にあずかり、貧困層は苦しんでいる、そこも世界共通にちがいない。

人は生き生きとしている。しかし豊かではない。だから辛い。そんな国に生まれて、どうすればいいのか。わからない。妻や娘のことに頭を煩わされる。仕事は目的がわからず、終わりが見えてこない。ただチョヒをほうってはおけないと感じる。そう思う理由はどうあれ見捨てられない。けれどもいまの暮らしぶりから救済しうる力はない。ベオクは教化所、ビョンソクは強制連行。エギョンやヘミは夫の収入が途絶え、路頭に迷うだろう。犯罪を捜査する仕組みはろくになく、保安署は女性を安全に保護できず、正当な裁判も機能しない。賄賂が横行し、もはや倫理的な規範も失われている。

ひょっとしたらそれらも、ここに特有の問題ではないのかもしれない。どの国でも同じだとピン・ブギル少佐はいった。人の普遍的な悩みか。ならばなにも変えられずこのままか。

大義を抱きたがるのは、中年男に生じがちな現実逃避、妻スンヒョンが以前そういった。たしかにまっているのは日常でしかない。

実際、また朝を迎えた。妻と娘に邪険にされたのち、最後に家をでる。戸締まりもヨンイルの義務だった。

なし崩し的とはいえ、職務に復帰できたのはよかった。命令には絶対服従であっても方針は柔軟、もしくは無責任で粗略、それが保安署といえる。課長や班長が今後に期待を寄せた以上、担当を外されたはずのペク家事件について、捜査を続行できる。けさはポドンが姿を見せなかった。監視も解けたのか。彼なりの抗議かもしれない。ポドンは早急に手柄を立てることを望んでいた。ビョンソクを教化所送りにすれば万事解決、そんな思惑があったのだろう。素性のわからない浮浪者を追い始めたのでは、結論も果てしなく先送りになる。納得いかなくて当然だった。

ヨンイルは真実の探求をつづけたかった。それすらも妥協のもとに放棄したら、なんのために生きているのか、いよいよもってわからなくなる。どれだけ意味があるかも不明だが、いまはそこに携わることを望んだ。

明け方の空は晴れていた。大気が澄んですがすがしく、陽射しは透明きわまりない。降雨よりはましだった。交通の乱れも最小限ですむ。徒歩も多かったものの、午前のうちに安復集落に着いた。

路地に高齢者らの姿を見かけた。だがたちまち蜘蛛(くも)の子を散らすように、みな家のなかに消えていった。テ・ヨデ班長の自宅も、扉を固く閉ざしている。すっかり嫌われ者の保安員として地位を確立したらしい。

世話者が連行され、ここの住民らは恐れをなしている。ならチョヒの待遇も改善しているのではないか。そう思いながら歩を進めた。

しかし失望がまっていた。集落の隅にある小屋はそのままだった。近づいてみると、なかから依然として人の気配がする。

ヨンイルは声をかけ、チョヒを呼びだした。扉が開き、チョヒがゆっくりと外にでてきた。いっそうやつれた顔に見える。他人行儀というより怯(おび)えきっていた。事情をきかれる覚悟はあるようだ。

連日のように小屋の前で立ち話をしたのでは人目をひく。ヨンイルはチョヒを近くの山林にいざなった。

モミの木立は針状の葉が灰褐色に染まっている。集落を眺め渡せる開けた斜面に、ふたり並んで腰を下ろす。チョヒはためらいの素振りもなく、すなおに従った。

どう切りだすべきか迷った。チョヒはたぶん課長の支持を得た推理を口にした。チョヒとビョンソクは恋仲だったのではないか。父グァンホの目を避けてつきあっていたのだろう。ビョンソクと一緒にいたときには、隣りの部屋で起きた悲劇に気づいていなかった。

チョヒは無言でうつむいていた。ヨンイルはむやみに問い詰めるつもりはなかった。もとより簡単に認めるとは思っていない。

ヨンイルはいった。「調べがついていることを話そう。キ・ビョンソクは主体九八年五月、双雲里の白水集落でエギョンと結婚した。きみの父が殺された事件から二年が経ってる。だがビョンソクがエギョンと知りあう前は、きみとつきあってたはずだ」

「父に乱暴されました」チョヒがつぶやいた。「おぼえてるのはそれだけです」

「嘘をついてるとはいってない。ただ日常的に被害に遭ってたせいで、当日の記憶に混乱が生じてるかもしれない。きみが服を着ていなかったのは、ビョンソクが帰ったあと、そのまま眠ってしまったからじゃないのか。目を覚まし、戸の向こうに父の死体を見て、気を失った」

　チョヒは黙りこんで、苦悶の表情を浮かべた。うつむいたまま両手で頭を抱える。

「きいてくれ」ヨンイルはチョヒの横顔を見つめた。「きみはビョンソクとの仲を父に知られまいとした。春燮集落の住民は、朝鮮労働党を除名になった者ばかりだ。グアンホもそうだった。だからきみは動揺階層になる。でもビョンソクは敵対階層だ。父が結婚を許すはずもない」

　出身成分は役人が決定する。たとえば戦死した軍人の遺族なら、愛国心があるとして核心階層とされる。戦争の恩恵で儲けたりしていれば、商売を優先したとして動揺階層。戦時中に敵側につくなど、あきらかな反体制派なら敵対階層。

　核心階層になる条件は十七分類だが、動揺階層は二十七分類もある。敵対階層はよほど悪質とされるためか、十一分類しかない。ただしそのなかには、父親がキリスト教徒や仏教徒だったというだけの者も含まれる。宗教活動は国家権力への挑戦とみなされるからだった。ビョンソクもそこに該当する。不条理な区分であっても、役人の決定には逆らえない。

　この安復集落も春燮集落と同じく、住民らはみな動揺階層だ。出身成分や社会成分が等しい人々が寄り集まって暮らす。あえて自分より劣る出身成分と結婚するのは、良識を欠く行為とされる。本人がかまわなくても身内が黙っていない。

ヨンイルは思いのままつぶやいた。「きみも辛かったろう。母親を亡くしてから、父親のいいなりになることを強要された。集落の人々も、グァンホの素行を怪しんでいながら、衛生班長には逆らえないと足並みをそろえてしまった。たぶんきみがビョンソクとの仲を打ち明けたら、みんなグァンホの肩を持っただろうな」

チョヒは顔を伏せたままささやいた。「父は悪い人じゃありません」

「乱暴されたんだろ」

「母が死んでひとりになって、仕方なかったと思います」

「なあ、チョヒ」ヨンイルは慎重に言葉を選んだ。「父親を悪しざまにいうことに後ろめたさがあるなら、それはちがう。親に人生を支配される謂(いわ)れはない。俺もそうだった」

するとチョヒの視線があがった。ヨンイルを眺めながらきいた。「どういう意味ですか」

ヨンイルは困惑をおぼえた。口をついてでた言葉だったが、チョヒが関心をしめした。いま話を逸(そ)らしたのでは、チョヒはまた心を閉ざすかもしれない。

それなりに時間はある。ただすなおに話せばいい、そう思った。ヨンイルはいった。

「俺の父親は管理所にいる」

チョヒは驚きのいろを浮かべた。「保安員さんなのに」

「ああ、特別だよ。父が悪いことをしたと確定したわけじゃないからな。むしろ否定されてる」

「ならどうして管理所に入ったんですか」

「いろいろ理由はあるが、疑いを持たれる事件が起きたあと、五年も行方をくらました。そこが大きかった。逃亡したと考えられ、いっそう怪しまれた」

実のところ、父が無罪ならなぜ姿を消したのか、いまでも腑に落ちない。ピ・ゴンチョル委員長が急死し、遺族は主治医のクム・ドゥジンに疑惑の目を向けた。だがヨンイルの父ドゥジンはそのとき、すでに連絡がつかなくなっていた。家にも帰ってこなかった。ヨンイルはしばらく保安署への出入りを禁じられた。息子を通じ、ドゥジンの行方を追う捜査班の動きが漏れるのを警戒したのだろう。

ドゥジンは身柄を確保されたのち、地方の無医村で自発的に医療活動をおこなっていた、そう主張した。その事実は断片的に裏づけられたものの、雲隠れを意図したのではとの疑いは払拭しきれなかった。殺人犯と断定されなかった理由は、あくまでゴンチョルに毒を盛った証拠がない、そこに尽きた。

政治家の暗殺を謀るような父親だったのか。ヨンイルにもわからなかった。たしかに体制への不満はたびたび口にしていた。科学捜査が充実し、保安署が近代化しなければ、治安の改善は望めないともいった。だが一方で、嘱託医として複数の保安署から賞状を贈られてもいた。

ヨンイルはいった。「人は一面だけじゃないな。父のことを思いかえすたびそう思う。息子の立場からすれば、あらゆる面が見える。血を継いでるせいか、内側までのぞける気がする。この歳になると、自然に父に似てくるのが嫌になるよ。鏡に映る顔かたちも、喋り方や思考さえも」

チョヒがつぶやいた。「本当は悪いことをしてないかもしれないのに」

「いや。疑惑の答えがどっちなのか、そこは問題じゃないんだ。許せないのは母を見捨てたことだ」

奇妙な感覚にとらわれる。気づけば事件の被害者を相手に身の上話か。言葉にした経験自体があまりない。けれどもいまは語るのをやめられなかった。

ヨンイルが義務教育を終えたころ、核心階層にもかかわらず、家は貧しかった。極度の経済難、大飢饉、食糧難。みな慢性的な栄養失調を抱え、熱中症による脱水症状も多発していた。母ウニムもそのひとりだった。家計を支えるため、主体農法の新規開拓地で農作業員として働いたが、急激に体調を崩してしまった。激しい嘔吐を繰りかえし、視力が低下、やがて目が見えなくなった。ウニムは重症だった。全身に痙攣が起き、ときおり昏睡状態にもおちいった。

父ドゥジンが疑惑を持たれたまま失踪すると、ウニムの衰弱が激しくなった。夫が医師でありながら、ウニムは病状の悪化後、看病されることもなかった。そのころヨンイルは休職を命じられていて、病床の母に付き添った。父が戻ってくる日を信じ、母を介抱しつづけた。

結局、父は帰らなかった。ドゥジンが行方をくらましてから三年、雪の降り積もる極寒の夜、母の痙攣は自然に途絶えた。降雪の音が耳に届くほど静かだった。母ウニムは息をひきとった。

臨終に立ち会った医師の言葉が、いまも頭を離れない。この国では、難病も衰弱死もめずらしくない。医師はそういった。慰めのつもりだったのかもしれない。父がいれば母が助かったかどうか、それはわからない。だがドゥジンがいなくなり、ウニムは心の支えを失った。たしかなことだった。母はうわごとで何度も父の名を呼んでいた。

あの当時を想起するだけでも、胸がえぐられる思いにとらわれる。ヨンイルはつぶやいた。「父は管理所送りになってから、ようやく母の訃報をきいたらしい」

チョヒがたずねてきた。「どんな反応だったんですか」

「知らない。父には会ってない」

子供じみた感傷をいつまでひきずるのだろう。いつもそう思う。ヨンイルはあまり酒を飲まなかった。平壌焼酎も大同江ビールも贅沢品だ。飲む機会があっても気分の悪さが先にくる。酔えば心痛がまぎれるのか、楽になるのか、それすら想像もつかない。冬がくるたび、母との別離になった夜の静けさを思いだす。たぶん一生忘れられない。古傷が疼くも同然だった。記憶は年にいちど、かならずよみがえってくる。あの夜と同じ、凍てつく寒さに呼びさまされるかのように。

静寂にこそ耳を傾けていたい、いつしかそんな心境に浸っていた。チョヒのささやきが耳に届いた。「ビョンソクさんと知りあったのは十六のときです。ひとりで韮と長芋の買いだしにいった、炳天の野菜市場でした」

ぼんやりとふたしかな感情の奥底から、意識の表層へと浮上する。そんな心の急変にさらされた。ヨンイルはチョヒを見つめた。「ビョンソクとつきあってたと認めるのか」

チョヒの目に大粒の涙が膨れあがっていた。表面張力の限界を超え、ふたすじの雫が頬を流れおちた。「あのときだけは幸せでした。一緒になれないとわかっていても」

13

署の取調室で再会したビョンソクの顔には、頬から顎にかけ、無惨な痣ができていた。棒で殴られたのはあきらかだった。勾留の担当者にたずねたが、態度が気にいらなかった、悪びれもせずそういった。

勾留された時点で嫌な予感はしていた。疑わしきは罰する、保安署にはそんな習わしがある。躾と称し、まず最低でも数発は殴る。身体が弱っていれば命にかかわってくる。実のところ不審死も多い。被疑者死亡のため、容疑はうやむやになり、その後の手続きが省ける。そういう事態を歓迎する風潮さえある。

机をはさんでビョンソクと向かいあった。暗く沈んだ顔がうつむき視線をおとすと、長いくせ毛の髪が目もとを覆う。服装は作業着のままだった。

賄賂を渡さずとも、警備の制服は退室していった。立ち会いの義務などおかまいなしのようだ。むろん異議は唱えない。追いはらう手間が省けた、ヨンイルはそう思った。

殴られた痣の痛みについては、あえて問いただされなかった。どうせ治療など受けられない。よほどの負傷であれば医師が呼ばれることもあるが、包帯でも巻かれた日には、いっそう激しい暴行を受ける。勾留された者は署員の不満のはけ口にされる、その冷酷な処遇からは逃れられない。

ヨンイルはいった。「十八歳のころにも袋だたきにあったな」

ビョンソクの視線があがった。虚ろなまなざしが見かえしてくる。

対話の糸口にはなりえた。ヨンイルはビョンソクを見つめた。「炳天の野菜市場で雑用と力仕事をこなし、日銭を稼いでいたろ。ある日、ゴロツキどもに絡まれそうになった十六の少女を助けようとしたものの、いっせいに反撃された。ゴロツキは逃走。少女はきみを川辺に連れていった。濡らした布でたんこぶを冷やしてくれた。それが彼女にできる唯一の手当てだった」

「チョヒにきいたんですか」

「きいた。そのときからふたりのつきあいが始まり、仲を深めていった。チョヒは父親が留守のときを見計らい、きみを家に招くようになった」

「親密になってはいません」

「敵対階層が動揺階層に惚れたんじゃ、そういうしかないな。チョヒが父子家庭なのは知っていただろう。ただひとりの娘を敵対階層に嫁がせたりはしない」

「あいつはくずです」

室内に滞留する空気の質が、ふいに変化したように思える。ビョンソクの目はまた机の上におちていた。

ヨンイルはたずねた。「あいつってのは？」

「チョヒの父親です」

「不幸な被害者をくず呼ばわりか。会ったことあるのか」

「見かけたことはあります。集落へ行ったとき、畦道にいました。チョヒに手をあげてました。ひれ伏して詫びるチョヒを何度も蹴ってました。あんなのは父親じゃありません」

「外でも折檻におよんでいたのか。人目につくだろう」

「集落の大人たちは見て見ぬふりです」

「衛生班長だからな」

「人殺しです」

また言葉を切らざるをえない。いまだ物静かだったが、ビョンソクの頬筋が小刻みに痙攣している。こみあげる激情を無理に抑制しているかのようだった。

ヨンイルはつぶやいた。「死者の名誉を根拠なく傷つけるのは罪だぞ」

「あいつは奥さんより、幼いチョヒに欲情するようになってました。奥さんはチョヒを守ろうとしましたが、あいつはききいれなかった。やがて奥さんが邪魔になり、稲穂泥棒だと密告しました」

「グァンホがウンギョに泥棒の濡れ衣を着せたってのか」

「少しちがいます」ビョンソクは小声で告げた。「田んぼに少しでも稲穂が実れば、当然近くの住民が盗みます。チョヒの両親もそうしてました。ただ奥さんひとりのせいにしたんです」

窃盗を日常ととらえている。事実にはちがいない。飢餓の時代から盗みは慣習として黙認されてきた。

協同農場で農作業員が、こっそりトウモロコシの粒を握りとり、ひそかに持ち帰る。やむをえない行為と誰もが思う。いわば非公式な報酬として許される、それが貧困社会における約束ごととされた。放置された農具を奪い闇市場で売るのも、生活を支えるための副業の一種だった。

発覚しなければ罪ではない。表面上、穏やかな人づきあいが維持される集落でも、窃盗の応酬はある。怒り心頭に発する被害者に、同情を寄せるふりをし、自分への嫌疑がかかるのをまぬがれる。みなそんなふうに生きている。

ただし身内を告発するのは自滅に等しい。ヨンイルはいった。「妻ひとりが泥棒だったと主張しても、家主は責任を逃れられない。現にペク家は塀で隔離されてしまった」

「あいつは最初からそれを意図してたんです。家にしょっちゅう来客があったんじゃ、チョヒに好き勝手できません。窓からなかをのぞかれるのも嫌ったはずです。人民班の干渉も気になってたでしょう。それで集団から距離を置かれるよう仕向けたんです」

「泥棒呼ばわりされたウンギョは、特に弁明しなかったときくが」

「実際に夫婦で稲穂を盗んでたからです。でも旦那が共犯だなんて、いえなくて当然です。あの男が逆上すれば、チョヒがどんな目に遭うかわかりません。奥さんは泥棒の汚名を着せられたのちも、耐えしのんで生きつづけた。けれども限界がきて首を吊ったんです」

「ウンギョは自殺だった。グァンホが殺したわけではない」

「殺したも同然です。だからあの男は人殺しです」

「きみはどうやってペク家の内情を知った？」

「チョヒが少しずつ話してくれました。気になって、夜更けに家の近くまで行ったこともあります。塀のなかにしのびこんで、こっそり家に歩み寄り、聞き耳を立てました。父と娘のふたり暮らしにしては、異常な会話でした」

「どんな？」

ビョンソクの表情がこわばった。一連の行為を俗っぽい言い方で、具体的に説明してきた。風紀の基準にひっかかる単語が頻出した。端的にいえば、グァンホは娘チョヒに性的な世話を強要し、チョヒは泣きながら従っていた。そんな行為に終始した。

恋人としては耐えがたいことだったにちがいない。ヨンイルはビョンソクを見つめた。「辛(つら)かっただろうな」

「その場で家に飛びこんで、チョヒの父親を殺してやろうかと思いました」

「でもやらなかった」

「いえ」ビョンソクがぼそりといった。「あとでやりました」

また沈黙をきいている。ヨンイルはそう自覚した。「殺したっていうのか」

「殺しました」

「グァンホをか？　嘘をいえ」

「嘘じゃありません」

思わずため息が漏れる。ヨンイルは居ずまいを正した。「チョヒがいってた。衛生班長の父グァンホは国営工場に勤めてた。夕方チョヒが買いだしから帰って、入口の扉に鍵（かぎ）がかかってなければ、留守だとわかる。グァンホが在宅なら、なかから施錠するからだ。その日も父の留守を信じたチョヒは、塀のなかの一本道から外に駆けだした。集落の端で待機していたきみに、手を振って合図し、家へと招いた」

「それより早く、チョヒの家に先まわりして、グァンホを殺しました」

「そんなはずはない。市場の仕事が終わってから、ずっとチョヒとふたりでいたはずだ」

「あの日はそうでもありません。仕事は休みました。チョヒがくる時間はわかってたので、ぎりぎり市場に出向いたんです」

「ありえない」ヨンイルは語気を強めてみせた。「その後、チョヒと一緒に家へ行き、やることをやったってのか。戸を一枚へだてた隣りの部屋で、彼女の父親が死んでると知りながら」

「そうです」

「チョヒはきみと性交しておきながら、父親に強姦（ごうかん）されたといった。精液判定の結果はきみとでた」

「病院での検査でなにがあきらかになるか、チョヒには予想できなかったと思います。まだ十七歳で知識もなかった。それに父親の死に衝撃を受け、混乱した状態でした」

「のちに保安署から父親の精液ではなかったと連絡があったはずだ。チョヒはその時点でも、強姦魔じゃなく恋人の精液の話だと気づかなかったというのか」

「気づいたとしても、いまさら状況が変わるわけじゃないと思ったんです。移住先の安復集落では住民たちが、チョヒのことを父親に犯された娘ときめつけてました。集落をでられない彼女にとっては、それが世間の見解のすべてです」

そういうことか。しだいに腑に落ちてくる、そんな感触がヨンイルのなかにあった。チョヒにしてみれば、精液判定を取り沙汰する保安員など、事実に疎い存在でしかなかったのだろう。ヨンイルとポドンが訪ねたとき、乱暴したのは父だとチョヒはいった。それがもう世の常識だと伝えたかったにちがいない。ただしあの場でヨンイルは精液判定をめぐり、ポドンと議論した。チョヒは黙っていた。近くにいたビョンソクを気遣い、なにもいえずにいたと考えられる。

捜査資料の複写の束と置き手紙。それらが父親による強姦という先入観を安復集落にひろめた。もはや周知の事実と信じたからこそ、チョヒはヨンイルを前に、強姦犯が父だと告げた。

手紙の主は誰だったのだろう。どうやって書類の原本を複写できたのか。なんのためにそれらを人民班長の家の前に置いたのか。いっそう気になってくる。精液判定の結果がでる前に、単なる憶測をひろめようとした可能性も否定できない。

ヨンイルはビョンソクにいった。「安復集落の生活手帳を調べた結果、きみが世話者になったのは八年前とわかった。自分からテ人民班長に売りこんだらしいな。エギョンと結婚したが、チョヒが忘れられなかったか」

「いえ。ただチョヒがひどい境遇にあったので、見守りたかっただけです」

「いい答えだ。そうでなきゃエギョンが可哀想だろう。娘のヘミも」

「ヘミはチョヒの子です」

呼吸を忘れたせいだろう、ヨンイルは息苦しく感じ、そのうち軽くむせた。ただならぬ気圧の強まりが全身を締めつけてくる。ヨンイルはつぶやいた。「エギョンが連れてた、あの八歳ぐらいの女の子……」

「十歳です」ビョンソクがうつむいたまま応じた。「栄養失調なので、少し幼く見えます。白水集落では、まだ健康なほうです」

「チョヒは妊娠していなかった」

「いいえ。妊娠の兆候があったら申しでるよう、保安署から指示されただけです。事実上ほったらかしだったうえ、チョヒが報告しなかったので、妊娠はなかったと判断されたんです。じつは安復集落に移住した直後から、チョヒには妊娠の自覚症状がありました」

「集落の連中は、誰も気づかなかったというのか」

「僕はそのころ、安復集落にしのびこんでチョヒと会いました。世話者になるよりずっと前のことです。チョヒから相談を受け、秘密にしようときめました。それでチョヒを白水集落に隠すことにしました」

「まさか。敵対階層のきみの家は監視対象だ。チョヒも叔父(おじ)や叔母(おば)を置いてはいけない」

「白水集落にはチョヒと年齢の近い女の子がいました。彼女に入れ替わりを頼んだんです。それがエギョンでした。幼なじみでしたが、その時点では友達でした」

「エギョンがチョヒのふりをして安復集落に住み、チョヒの叔父叔母の面倒をみたっていうのか」

「チョヒは小屋に隔離されてたので、誰も訪ねませんでした」

するとチョヒが不当なあつかいを受けいれたのはそのせいか。数カ月で妊娠はないと発覚したはずが、隔離は継続した。肩身の狭さを感じたチョヒが、待遇の改善を求めなかったのだろうと推理したが、事実はちがっていた。妊娠から出産、産後の乳児にも手がかかる。一年以上は身を隠す必要があった。だから集落の人々と疎遠でありつづけた。

堕胎を許さないこの国では、いったん妊娠したら産むしかなくなる。しかし赤ん坊は父親との子と見なされてしまう。ゆえに妊娠自体を秘匿する必要があった。

みぞれの降る夜、エギョンに連れられた少女を思い起こした。ヘミの面影が父親と重なり、ビョンソクの娘だとわかった。だがよく考えてみれば、ヘミはエギョンに似ていただろうか。顔の輪郭や口もとが共通していたとも感じられる。けれども子は血縁がなくとも、育ての親に似てくるともいう。はっきりしているのは父ビョンソクのほうの遺伝子だった。あれがチョヒの子だとしても納得がいく。

ヨンイルはつぶやいた。「ヘミのDNA検査はしたのか」

「いえ。そんな金はなくて」

「だろうな。顔にきみの特徴が明確に見てとれてよかった。目もとがそっくりだ。もしグァンホに似てたら、ヘミをどうするつもりだった?」

ビョンソクは口をつぐんだ。今度の沈黙は長かった。やがてささやくようにいった。

「わかりません」

「本当の母親が誰か、ヘミは知ってるのか」

室内がまた無音になった。ビョンソクが力なく首を横に振った。

ただ気ぜわしく、心が波立つばかりだった。ヨンイルはビョンソクにきいた。「エギョンとの結婚は、ヘミを育てるためか」

「白水集落には敵対階層ばかりが住んでいます。人民班はあるのですが、みな無気力で互いに疎遠でした。エギョンが子供を産んだことにするのも、そんなに難しくなかった。でも赤ん坊には親が必要でした。エギョンも敵対階層だし、身を寄せあう相手は、ほかにいませんでした。どっちからいいだすでもなく、自然にそういう話になったんです」

「愛はないのか」

「当初はわかりませんでした。でもエギョンは僕を頼ってくれました。しだいに心の支えになってると気づきました」

「あの赤ん坊、デジンといったな。あれはきみとエギョンの子か」

ビョンソクはうなずいた。「チョヒにはまだ話してません。申しわけなくて」

「ならエギョンに気持ちが移ったのか。それともまだチョヒが好きなのか」

問いかけておきながら、答えをききたくもない、ヨンイルはそんな心境だった。ビョンソクは安復集落の世話者として、八年間もチョヒをひそかに見守りつづけてきた。だがあの夜のことを思う。エギョンは必死で病院の前までたどり着いた。泣きながらビョンソクの名を呼んだ。ヘミも大粒の涙を滴らせていた。ふたりはなにもできず、みぞれのなかにたたずみ、無言で巡察車を見送った。エギョンはビョンソクを愛している。ヘミもだ。ビョンソクの心に迷いがあるとは信じたくない。

地方ほど自宅分娩（ぶんべん）が多い。敵対階層の集落では、産院の助けも期待できない。ヤブ医者にいくらか賄賂を与え、最低限の手当てを求めるだけだ。母子ともに死亡率も高く、早産もよくある。新生児の管理もいいかげんだった。それゆえヘミは、エギョンの子になりえた。敬遠され疎外されがちな敵対階層の娘として。

孫やひ孫の代までいけば、出身成分も見直されるという。党への忠誠心をしめしうる機会があれば、新たな区分が適用される。実際には不可能に近い。似たような出身成分と社会成分の者たちで集落が構成される。洞党委員会による人民班のあつかいもそれに準じる。人生は変えられない。敵対階層の子は敵対階層でありつづける。

しかもビョンソクはグァンホを殺したと主張しだした。敵対階層にして殺人者の子となれば、どれだけ険しい道を歩むか想像もつかない。

ヨンイルは写真を机の上に置き、ビョンソクに押しやった。「事件の数日前から、春燮集落にいた浮浪者だ。知ってるか」

ビョンソクはろくに写真を眺めるようすもなく、黙って首を横に振った。

「いいか」ヨンイルは身を乗りだした。「俺たちはそいつが怪しいと睨んでる。チョヒがきみを家に招く前に、そいつがグァンホを殺した可能性がある」

「殺したのは僕です」

「ちがう。きみはそんな残忍な男じゃないだろ」

「強姦したのも僕です」

「おい。よせ」

「十九歳の身で、十七歳のチョヒと性交しました。それも彼女の家で。強姦したのと変わりません」

どう見なすかは法的な基準に揺らぎがある。だが敵対階層が動揺階層の家にあがりこみ、娘をたぶらかしたと悪意ある解釈をすれば、懲罰の対象にもなりうるだろう。家主が死亡していて幸いだったかもしれない。

思いがそこにおよび、いっそう気が揉めてくる。それが殺人の動機だといいたいのか。

頑なまでに犯行を主張する。そこにどんな意味があるのだろう。チョヒへの罪悪感ゆえか。自分ひとりの問題でないことは、ビョンソクもわかっているはずだ。保安署は自白を重視する。ビョンソクの発言はいずれも致命的といえた。誰にもきかせるわけにいかない。

ノックもなく、ふいにドアが開いた。ヨンイルは思わずびくついた。入室してきたのはポドンだった。

「同志」ポドンが冷静にいった。「春燮集落のムン班長から電話が入った。会って話がしたいそうだ」

態度から察するに、さっきのやりとりは耳に入っていないようだ。ヨンイルは立ちあがった。「わかった」

ポドンがビョンソクを眺めた。「取り調べを代わろうか」

「いや、いい。一緒にきてくれ」ヨンイルはポドンをうながした。ビョンソクからは遠ざけておきたい。それと同時に頼みたいこともあった。「五百ウォン借りられないか」

「なに？　金なら貸せないといっただろ」

「すぐにかえす。利息も多少はつける」

「使い道は？」

「警備への賄賂だ。「ビョンソクに手だしさせたくない」

「嘘だろ」ポドンはさも嫌そうな顔をした。「ビョンソクからも賄賂を受けとったんだろ？　それを使えよ」

「彼は金なんか払っていない」ヨンイルはビョンソクを振りかえった。

うつむくビョンソクの前髪が、目もとを隠していた。涙を悟られまいとするかのようだ。誰が自分の味方か、少しは気づいているだろうか、ヨンイルはそう思った。

14

傾いた陽射しが低い山々を照らすものの、葉をつけない木々が多いからだろう、くすんだ小豆いろにしかなりえない。まだ明るいうちに春燮集落に着けたのは幸運だった。泥だらけの水田のなかに延びる畦道、点在する平屋、ひとけのなさ。何度訪ねても変化がない。ここの時間は静止したままだ、いつもそう思う。

ヨンイルはひとりムン・デゥィ人民班長の家に向かった。ほかよりひとまわり大きな建物は、母屋に物置が隣接している。戸口には高齢の婦人ふたりの背が見えた。半開きの扉のなかを眺めながら、ぼそぼそと小声で会話している。ヨンイルが近づくと、足音に気づいたらしい、老婦らが振りかえった。

ひとりは班長夫人のギョンヒだった。あいさつもなく仏頂面で立ち去っていく。もうひとりはイヨプ、チョヒが浮浪者を助けた事実を教えてくれた、あの農婦だとわかった。

イヨプはまっすぐヨンイルのもとに歩み寄ってくると、行く手をふさぐようにたたずんだ。黙って手を差しだしてくる。通行の代償に賄賂をせびってくる門番のようだ。いや事実として賄賂を求めているのだろう。イヨプの家でもないのにずうずうしさを感じさせる。とはいえギョンヒが一緒にいたからには、公認の商いのようだ。

闇市場に寄ってきてよかった。ポドンに借金をかえすため、支給品の置き時計やメダルを売った。ここになにがあるのかはわからない。払うものを払わねば情報も得られないだろう。イヨプに千ウォン札を渡した。彼女は以前もその額で手を打ったからだった。

イヨプがぶらりと立ち去りながらいった。「ムン班長に話しといたから」

なにを話したというのだろう。物置のなかから音がする。ヨンイルは戸口へと歩み寄った。

堆く積まれたタバコの箱のほか、袋詰めの茶葉も棚を埋め尽くす。トイレットペーパーのロールもあった。水洗式トイレが少ない農村には希少品といえる。それもめずらしく芯を備えていた。市場に流通するロールにはたいてい芯がない。

雑多な品々の奥で、白髪頭がこちらに背を向け、荷物をわきにどかしていた。ヨンイルは声をかけた。ムン班長。

デゥィが振りかえった。皺だらけの額に汗が滲んでいる。高齢だけに単純作業でも息が切れるらしい。ぜいぜいと呼吸しながらヨンイルの前にきた。やはりもの欲しげな態度をとる。

支払いは一回ではすまなかった。ヨンイルは数枚の紙幣をデゥィに握らせた。

「知ってますか」デゥィが手のなかで紙幣をもてあそんだ。「レートはあてにならない。南でもほぼ同額といわれてるが、眉唾でね。最高額紙幣の五千ウォンが、あっちの七百ウォンていどですよ。日本だと八十円」

「この国じゃ充分でしょう」ヨンイルは残りの金をしまいこんだ。「話があるとか」

デゥィは曖昧な顔をした。「このあいだ、あなたはいったね。いい仲間になれそうだと」

「ええ。いったかもしれません」

「イヨプによると、あなたの食いつきがよかったらしくてね。お目にかけてもいいんじゃないかと、妻が私に助言した」

「なにか隠してたんですか」

「人聞きが悪いな」デウィは苦笑に似た笑いを浮かべた。「きょう見つけたんです。いま見つかるというべきかな。そのあたり理解してほしいが」

賄賂を払った以上は共犯だといわんばかりだった。情報源を伏せるよう求めている。何千ウォンも手放したからには、いまさらあとに退けない。

デウィがまた物置の奥に向かい、身をかがめた。マッコリの瓶や缶詰をどかすと、薄汚れた床板が現れた。その一部が外される。デウィは床下に手をつっこんだ。つかみだしたのは透明なビニール袋だった。

驚愕せざるをえない。ビニール袋のなかにおさまっていたのは、二十センチ以上の刃渡りを有する、古びた筋引き包丁だった。黒ずんでいるのは錆に思えたが、よく目を凝らすと酸化した血液かもしれない。一緒に入っている大量の紙くずが、かろうじて褐色を留めている。

袋をぶらさげたままデウィがいった。「シリカゲルが規制品だなんて、勘弁してほしいね。田んぼに囲まれてりゃ、物置に乾燥剤は必需品ですよ。なのにちょっとでも毒性があれば、すぐ所持禁止とかいうもんだから」

壁のなかや床下に、除湿のための乾燥剤を敷き詰めている。羽振りのいい農家が、嗜好品を物置に隠すために施す小細工だった。ビニール袋はそんな秘密の収納スペースに隠してあった。ヨンイルはつぶやいた。「タバコや茶葉は軍用犬を遠ざけるためですか」

「そう。念には念をいれてね。十一年前、監察保安員が犬を連れてきたときはひやりとしました。当時ここにはなにもなくて、ただ現場から拾ってきた包丁を投げこんであったんだが、犬が嗅ぎつけるんじゃないかと気が気じゃなかった。でも保安員はペク家の周辺しか調べなくてね」

その後、市場経済化と人民班長の地位向上により、贅沢品を貯めこめるようになった。におい消しになる品々もそろい、凶器を隠しておくのになんの支障も生じなかった。そんなところだろう。

ヨンイルはため息をついた。「十一年も保管してたんですか」

「あなたはいま、四十ぐらいか。二十代よりは三十代の十年間を、早く感じたんじゃないのかね。私は六十七歳だ。五十六からいままでなんて、まったく光陰矢のごとしだよ」

「捨てずにとっておいた理由は？」

「もともとうちの包丁なんでね。当時ここのすぐ外に、洗い物をいれる籠を置いてました。鍋や食器と一緒に包丁もあってね。あとでわかったことだが、ここに寝泊まりしてた浮浪者が、うちの包丁を持ちだし、ペク・グァンホの家へ向かったんです」

「たしかな話ですか」

「黄昏どきに物置をでて、それっきり行方をくらましてね。その後すっかり暗くなってから、イ・ベオクが騒ぐのがきこえて、私たちはペク家へと走った。奥の部屋は血まみれで、グァンホが突っ伏してました。間仕切りの戸は開いてて、手前の部屋にチョヒが裸で倒れてた」

眠りから覚めたチョヒが戸を開け、父の死体を見て悲鳴とともに卒倒した、その推理に矛盾は生じない。ヨンイルはデウィにたずねた。「この包丁は？」

「近くに落ちてました。保安員がくる前に回収したんです。指紋はつかないよう、落ちてた紙くずにくるんで拾いました。変に疑われたくなかったのでね」

「指紋なんて、当時の保安員は調べなかったでしょう」

「いや」デウィは真顔になった。「専門家がペク家にきて採取してましたよ」

耳もとで微妙な不協和音が奏でられた気がする。ヨンイルはデウィを見つめた。

「指紋を採取してた？」

「ええ。それぐらいは当然でしょう。内心冷や汗ものでしたよ。包丁を隠したこともばれるんじゃないかって」

ヨンイルは自問した。なぜ指紋が採取されていないと思ったのだろう。当時の捜査記録になかったからだ。デウィも最初に会ったとき、保安員はしっかり調べなかった、そんな意味のことを口にしていた。

いや、曲解だったかもしれない。デウィはヨンイルの熱心さを揶揄しただけだ。保安員にしちゃめずらしいと彼はいった。再調査があったかという質問にも、そんな保安員がいますかね、デウィはしらけた態度でそう応じた。

いまになってわかる。あれは深く突っこんで調べられたくないデウィが、思わず本音をのぞかせたにすぎない。むろんこの凶器を隠匿している後ろめたさからだろう。ヨンイルを家に招きたがらなかったのもそのせいだ。

浮浪者を匿ったこと自体、公にはできない。しかもその浮浪者が住民を刺殺した。保安員に知られれば人民班の連帯責任になる。よってすべてを伏せた。それが事実のようだった。

ヨンイルのなかに不信感が募りだした。「イ・ベオクの犯行でないと知っていながら、みなで彼を吊しあげたわけだ」

「ちがいますよ」デゥィはあわてぎみに否定した。「最初は本当にベオクがやったと思ったんです。あいつのいうことには筋が通ってなかった。塀のなかの一本道なのに、あいつしかいなかった。家の裏側まで見たんですよ、無人でした。浮浪者がうちの物置をでたと気づいたのは、あとになってからです」

「ベオクがあなたの家の包丁を盗んだと、すぐに気づいたんですか」

「ええ。人民班長の家には、日ごろ住民らが出入りするし、ベオクが包丁のありかを知っててもおかしくなかった。殺人現場に落ちてた包丁に、ベオクの指紋がついてると信じればこそ、慎重に回収しました。保安員に渡してやろうと思ってね。ほうっておいたんじゃ、あいつがまた手にとって振りまわすかもしれない」

「あなたは包丁を家に持ち帰った。いったん物置にしまおうとして、浮浪者がいなくなってるのを知った」

「ええ。でもベオクはちゃんと保安員に潔白をうったえました。私たちも浮浪者のことだけは伏せたものの、ほかはすべて正直に話しました」

事実にはちがいない。だが正直に話したというのは詭弁だ。ベオクが矛盾の感じられる証言をし、保安員に疑われたのを幸いに、デゥィらは真犯人について隠蔽した。

ベオクを名指しで犯人呼ばわりしなかったにせよ、弁護もしなかった。

ムン班長から嫌われていたとベオクは主張した。あることないこと監察保安員にぶちまけやがった、そうもいった。ベオクがふだんからペク・ヴァンホを憎んでいた、チョヒにはぞっこんだった、デウィは保安員にそんな告げ口もしたようだ。

またしても集落に生じがちな負の作用といえた。嫌われ者を冤罪で吊しあげる。その陰で口裏をあわせ、自分たちの過失を覆い隠す。

ヨンイルはいった。「ひどいですね。浮浪者を匿った連帯責任を問われるのが、そんなに嫌だったんですか」

「班長には住民らの日常を守る責任があるんです。わかってもらえませんか」

そのためにベオクを犠牲にささげたも同然だ。ヨンイルは腹立たしさを抑えきれなかった。「ムン班長。問題の深刻さを理解できてますか」

デウィが目を剝いた。「もちろんわかってます。いずれこうなると思ってました」

「どういう意味ですか」

「イ・ベオクは教化所にいるんでしょう？　どうもおかしい、あいつの犯行じゃないようだ。そんなふうに勘づいた保安員が、いずれ訪ねてくると予想していました。イヨプが打ち明けたときいて、私も認めようと思ったんです」

正確にはイヨプが儲(もう)かったときいて、デウィもあやかろうと思った、それだけだろう。

偽証による告発も十年経てば罪に問われない。疑われるようなところがあったうえ、十年間も潔白を証明できなかった者の責任、そう解釈される。事件から十一年、タブーだったはずの情報は売り物に変わった。デウィはどこまでもしたたかな男だった。

ヨンイルはデウィを問いただした。「浮浪者による刺殺を疑ったのはいつですか」

「つい先日です」デウィは予想どおりの受け答えをした。「長いことベオクを犯人と思いこんでましたが、そういえば浮浪者がいたなと思いだし、包丁も物置のすぐ外にあったから、あの男だったかもと」

ごく最近まで想像がおよばなかった以上、犯人隠匿の罪も適用されない。人民班の全員に事情聴取しようが、おそらくみな証言は同じだろう。デウィの表情に罪悪感はなかった。巧みな舵(かじ)取りで荒波を乗りきっている、そんな自負すらのぞく。弁護士がまるで頼りにならない国ならではの価値観だった。こじつけめいた言いわけで塗り固める危機管理か。人民班長に求められる器量のひとつにはちがいない。

デウィはなおもビニール袋をぶら下げたままだった。それが最後の切り札といわんばかりに、いっこうに手放そうとしない。

ヨンイルは深く長いため息をついた。「その袋をこちらに」

「いままで私の話したことは……」

「ええ」ヨンイルはうなずいてみせた。「よくわかりました」

納得をしめさないことには、デウィも証拠品の引き渡しに応じないだろう。取引成立とばかりに顔を輝かせ、デウィは袋を差しだしてきた。

慎重に受けとり、袋の中身を観察する。包丁とともにおさまっている大量の紙くずには、文字が印刷してあった。安物の本を破ったらしい。表紙のない廉価版だろう。十数ページずつの綴りもいくつかあったが、大半は一枚ずつばらばらになっている。

グァンホの部屋で、朝鮮文學全集十巻のうち第七巻だけが紛失していた。捜査資料にそんな記載があった。

デウィが察したようにいった。「私たちが破いたんじゃないんですよ。床に散らばって落ちてたんです」

「血液らしき染みは、包丁をくるんだときに付着したんですか」

「いえ、最初からです。犯人が手近にあった本を破って、ちり紙がわりに使ったんでしょう。身体についた返り血をぬぐうためか、壁の指紋をふきとるためか」

「あなたたちが持ち去ってたとはね。なにもぜんぶ拾わなくても」

「数枚だけ残ってたら、かえって変でしょう。でもぜんぶじゃないです。なぜか十枚ほど見あたらなくて」

「毛髪は？」

「なんですか」

「髪の毛です。おちていませんでしたか」

「さあ。気づきませんでしたね」

ヨンイルは床板が外された穴を見下ろした。「乾燥剤はいれっぱなしですか」

「いえ。古くなったら除湿力が衰えますからね。年に一回はとり替えますよ」

「凶器を隠していた罪だけは、どうにもまぬがれませんね」

「そこは、ほら」デウィはひきつった笑いを浮かべた。「さっきもいったでしょう。きょう見つけたんですよ。誰のしわざか知りませんが、たまたまいい状態で保存されてた。真犯人につながる証拠にもなるでしょう。保安員さんにとっても手柄じゃないですか」

「捨てずに保管していたからには、いずれ真実を伝えたいとの意思もあったわけですね」

「そう。そんなふうに解釈していただくのもよろしいですな。私たちの意思については、あくまで報告を控えていただきたいですが」

二の句が継げないとは、まさにこのことだ。保安署も人民班も、それらを取り巻く社会も、すべて無秩序で利己的にすぎる。なにひとつ信用できない。ヨンイルはいまさらながら思った。こんな世のなかで、真実の探求など果たしうるだろうか。

15

浮浪者を写真に撮ったおぼえはない、ムン・デウィ人民班長はそう証言した。外を歩きまわっている姿も見なかったという。写真の提供者は依然として不明だった。もっともデウィが正直に喋(しゃべ)っている確証はない。春燮集落をでるころには、ヨンイルはすっかり会話が嫌になっていた。

凶器とおぼしき包丁は、ビニール袋ごとバッグにいれ、保安署に持ち帰った。証拠品として化学課に引き渡し、科学鑑定を依頼する。とはいえ上層部の了承がなければ鑑定は実施されない。予算の問題もあり、政治犯が絡む事件でもないかぎり後まわしにされる。まして十一年前の集落における殺人とあっては、優先順位もきわめて低い。ただ放置される運命かもしれない。いちおう提出した、それだけのことだった。

長い歳月が経っている。包丁の柄についた指紋など、検出に期待は持てないだろう。物置に隠されていた以上、直射日光に晒されるよりは長持ちするだろうが、それでも三カ月ぐらいが限度だった。

ただし悲観しきってはいない。本を破いた紙くずがある。犯人が血をぬぐうのに使った。住民らが包丁をくるんだにせよ、それ以前に犯人がかなりの握力をこめている。紙についた指紋なら数十年後も消えず、検出が可能とされる。湿気には弱いものの、紙くずは乾燥剤をしこんだ床下に保管してあった。住民たちの指紋も検出されるだろうが、最もはっきり残っているのは、犯人の指紋だろう。

この国の紙は質が悪く、凹凸が多いため、アミノ酸に反応させる指紋検出法は適用不能とされてきた。しかしアルゴンレーザーを照射する最新の機器が、二年前にようやく各保安署に導入された。ほぼどんな紙でもサンプルになりうるときいた。きっと検出できる。

都合よく考えようとするうち、しだいにうんざりしてきた。もとよりそれらは保安署の研修で得た知識にすぎない。どれだけ現実的かは未知数だった。捜査の経験が乏しすぎてわからない。本当に十二年も前の指紋が残っているのか。専門家の話にも法螺が多く鵜呑みにできない。

釈然としないまま帰宅した。妻と娘とともに食卓を囲み、いつもどおり質素な夕食をとる。水キムチ（トンチミ）の出汁（だし）をかけた冷麺（れいめん）をすすった。テレビは点（つ）いているが画面に目が向かない。この時間は常に点けておくのが人民の義務だが、党からの告知はいつも同じ内容に終始する。勇ましい唱歌『私たちはあなたしか知らない（ウリヌンタンシンパッケモルンダ）』が三十分に一回は流れる。

いつしかもの思いにふけった。この国では男の平均寿命が六十八歳とされる。ムン・デウィ人民班長は六十七歳だ。物置の蓄えを見れば、生への執着は充分にありそうに思える。その場しのぎの繰りかえしで一生を終えるのか。そういうものかもしれない。行政も司法も事実を尊重していない。そんな世のなかでなんのために生きるのか。ペク・グァンホが誰に殺されたか、たとえ真相を知ったとして、そこになにがあるのだろう。賄賂（わいろ）ひとつで嘘は真実になってしまう。六十八歳か。あと二十七年。長いとも短いともとれる。ビョンソクにとってはもっと長い。生まれたばかりのデジンにはもっとだ。チョヒとヘミにとっても、ひたすら辛（つら）く苦しい人生がまっている。女の平均寿命は七十五歳だ。それより早く死ねれば本望か。歳を重ねようと、将来はきっと変わらない。なにひとつ変えられない。彼女たちはなんのために生まれてきたのだろう。

扉を叩く音がした。ヨンイルは腰を浮かせ玄関に向かった。扉の外には、分駐所の制服が立っていた。署から呼びだしの電話です、制服はそういった。

こんな時間に呼びだされるとは不可解だ。部屋に戻り、署にいくことを妻に告げた。スンヒョンはヨンイルを見かえし、謹慎中じゃなかったの、そっけなくそういった。ようやく夫の職務復帰を知ったらしい。それぐらい会話がなかった。ジャンパーを羽織り、腕章を身につけ、ヨンイルはひとり長屋をでた。

保安署に着くと、化学課の明かりが点灯したままだった。驚いたことに職員らが居残っていた。顔見知りの眼鏡をかけた四十代は、ジョワ・ドクサンといって、指紋鑑定班の主任を務めている。

ドクサンは書類を運んできた。「きみから預かった証拠品だが、もう調べ終わったよ」

「本当に？」ヨンイルは面食らった。

「迅速にという命令が下ったのでね」

奇妙な状況だった。そこまで重きを置かれることだろうか。ヨンイルはきいた。

「指紋は検出されたのか」

「ああ。紙には複数の指紋があった。春燮集落の住民らの指紋と照合する必要があるが、そうせずとも最重要の指紋を絞りこむのはたやすかった。きみもいったとおり、本を破ったり血をふいたりする過程で、克明に残っていたからね」

「指紋データに該当者はいたか」

「いたとも。コンピュータの使用許可が下りて、手早く照合できた。指紋、血液型、DNA型、すべてでてきた」

ならいちどは逮捕された人間か。教化所や管理所送りになった被収容者は、指紋を登録されるうえ、血液とDNAの検査を受ける。ヨンイルはドクサンを見つめた。

「誰なんだ」

ドクサンは硬い顔で見かえした。黙って書類を差しだしてくる。

管理所への人物照会の回答書とわかる。ヨンイルは目を疑った。瞬時に衝撃が駆け抜ける。心臓に楔(くさび)を打ちこまれたかのようだった。

クム・ドゥジン。ヨンイルの父親の名がそこにあった。

16

まだ夜明け前だった。化学課の職員らも夜半すぎには引き揚げ、当直の数人が居残るにすぎない。だがヨンイルは帰宅せず、ひとり会議室でまった。課長と班長に電話したところ、早朝から出向くと返事があったからだ。

家に帰ったところで眠れるはずもない。椅子にじっと座っていることさえ難しかった。ヨンイルは部屋のなかをうろついた。目に映るすべてがまるで幻影だった。自分で頰を張れば、まともな視界が戻るのではないか、そんな疑いが生じるほどの現実感のなさだった。

廊下を靴音が近づいてくる。ドアが開き、制服姿のコク・サンハク課長が入室した。眠たげというより、まだ酒が抜けきらない、そんな顔だった。あとにつづくソ・ダロ班長は、いつもとさほど変わりない。ヨンイルがそう思った直後、ダロはあくびを嚙(か)み殺した。

ヨンイルは気をつけの姿勢をとったが、サンハクとダロは席をきめかねているようだった。結局、会議卓の向こう側に、ふたり並んで腰かけた。

サンハクはヨンイルに着席をうながした。ため息まじりに切りだす。「ペク家事件について被疑者が確定したとか」

ヨンイルは椅子に座ったものの、たちまち言葉に詰まった。ここ数時間、頭のなかで反復した説明を口にする。「凶器とみられる包丁から指紋は検出されませんでした。

あくまで現場で拾われた紙に残っていた指紋です。血液鑑定はこれからですが、十一年が経過しているため、おそらく正確なことは……」

ダロがさえぎった。「被害者の血と特定が困難でも、筋引き包丁には突き刺したときに生じる湾曲が認められたと、化学課からの報告にある。凶器であることは明白だ」

「クム同志」サンハクが身を乗りだした。「そもそも化学課に指紋鑑定を急がせたのは私たちだ。ほかのなにを差し置いても優先させた。結果ももちろん迅速に報告を受けてる」

「はい」ヨンイルのなかで当惑が深まった。「感謝申しあげます」

サンハクがきいた。「なにを感謝する？」

「それはもちろん、化学課に至急との指示をお与えになったことです」

「礼をいわれることじゃないな。私の事件だ」

ふと耳を疑った。ヨンイルはサンハクを見つめた。「どういう意味ですか」

「現場でも指紋を採取した。十一年前にな。ほとんどふきとってあったし、住民の指紋もまざっていて、判然としなかった。ようやく凶器が見つかったので、さっそく分析を命じた」

鈍重な響きに似た驚きがひろがっていく。ヨンイルはたずねた。「課長が担当だったんですか」

「ああ。ソ班長が補佐だった。当時は私が班長でな。あんな片田舎の事件に、指紋鑑定班を連れていくのは稀だ。強姦被害の痕跡もあったため、病院への手配も急がなきゃならなかった。平和なうちの管轄じゃ大仕事といえた」

いまだ信じがたい。ヨンイルはつぶやいた。「捜査記録の書類には、担当者名の記載がありませんでした。指紋を採取したとの記述もなく、写真の添付も見あたらず、紙一枚だけで……」

ダロが片手をあげて制した。「指紋データも写真も平安南道人民保安局のほうにある。死体の司法解剖結果もな。うちの署内には概要が残るのみだ。あくまで道人民保安局主導の捜査で、私たちは春饗集落の事件現場を担当したにすぎない。うちの管轄だからな」

サンハクは机の上に視線をおとした。手持ち無沙汰げに木目を指でなぞる。「十五年前から十年前というと、主体九二年から九七年か。クム・ドゥジンが失踪していた五年間だ。ピ・ゴンチョル委員長殺害の疑惑もあり、道人民保安局が広域に行方を追っていた。主体九六年九月、ドゥジンとみられる浮浪者が平山里にいるとの情報が入った。追跡中の監視班が望遠レンズで、浮浪者の撮影に成功した。場所は春燮集落だった。事件はその矢先に起きた」

胸騒ぎがした。あの写真の浮浪者。畦道(あぜみち)で身をかがめ稲穂に手を伸ばしていた。あれは父だったのか。わからない。背格好がまるでちがうとまでは断言できない。かなりの高齢に見えたが、あちこち逃げまわっていたのなら、あんなふうに身をやつすこともありうる。白い髪と髭(ひげ)は毛むくじゃらで、横顔もぼやけて判然としなかった。目もとも隠れていた。

ヨンイルはささやくような自分の声をきいた。「あの写真を届けさせたのは、課長だったんですか」

「道人民保安局から借りた捜査資料だ。すみやかに返却しろ」

「父は地方の無医村で、自発的な医療活動に従事してたはずです」

「事件の翌年、身柄を拘束されたあと、ドゥジンはそう供述したな。部分的には裏づけられたが、それ以外は逃亡に明け暮れた日々だった」

受けいれがたいものを感じる。ヨンイルはサンハクを見つめた。「父が絡む事件とわかってて、私に捜査の見直しを担当させたんですか」

サンハクが微妙な困惑のいろを浮かべた。

ダロは落ち着いた声を響かせた。「クム同志。捜査の見直しというが、それはどんな意味だ」

意味。命令のとおりではないのか。ヨンイルはいった。「人権の観点から、疑わしき過去の事件について再調査するよう、全保安署に通達があり……」

「まだそこか」ダロはじれったそうな顔になった。「もう少し勘が働くかと思った。同志、そんな通達はない」

めまいに似た混乱が襲ってくる。命令を下したのは課長と班長だ。

過去、保安員は被疑者の人権を無視し、まともな裁判もなく教化所送りにしてきた。社会の変化を踏まえ、水面下で捜査の見直しを進める。それが全保安員に課せられた新たな義務ではなかったのか。

ふとひとつの思考が浮かび、寒気がひろがっていった。私服捜査専門の検閲課では、規模の大きな捜査会議を除き、どんな事件の担当かを同僚にも秘密にする。一緒に行動したポドンと、直属の上司以外には、ヨンイルがなにをしているか知る者はいない。逆もまたしかりだった。ヨンイルはほかの保安員がどうしていたか、まるで知らない。

サンハクが浮かない顔でいった。「同志。たしかに世のなかは乱れてる。大陸側の国境から不穏物（ポルノ）を収録したUSBメモリーが密輸され、大量にコピーされ人民にばらまかれる。風紀の乱れにすぎないものを、新たな時代の到来と受けとる連中もいる。きみにはそんな下地があると、ピン・ブギル少佐も指摘なさったはずだな」

大物幹部が面会にきたのは、相応の事情があったからか。慄然とした思いにとらわれる。ヨンイルはきいた。「父が起こしたとおぼしき殺人事件について、私に調べさせたんですか」

ダロがあっさりとうなずいた。「先入観をあたえないよう、前もって情報を限定しておいた。最初から被疑者が父親と知れば、動揺せざるをえないだろう。思考もまともに働かん」

「なぜ私を担当にしたんですか」

「当時、春爨集落の住民らは浮浪者について固く口を閉ざし、凶器も発見できなかった。ドゥジンも拘束後、黙秘をつづけてる。だが息子のきみは保安員だ。息子なら父親の行動を直感的に理解しうる。血筋だからな」

ムン人民班長らは懲罰を恐れ、浮浪者の存在を頑として認めなかった。あのしたたかなデウィが、浮浪者の写真を見せられたぐらいで臆するはずもない。住民が一緒に写っていない以上、誰も接触していない、そんなふうに終始とぼけただろう。よってサンハクやダロは当時、ドゥジンによる殺人を立証できなかった。イ・ベオクが有力な被疑者としてひっぱられた時点で、捜査を切りあげるよう命じられたにちがいない。

だがヨンイルはここ数日、真実に迫っていった。わき目もふらなかった。ビョンソクのDNA型が精液と一致しようが、殺人と強姦を自白しようが、まるで信じなかった。いまになってわかる。浮浪者のボムギこそ犯人と確信していたからだ。ボムギにとってチョヒは命の恩人だった。ゆえにグァンホがチョヒに性的虐待をしていると知るや、報復の衝動に駆られた。ポドンは憶測がすぎるといったが、ヨンイルにはしっくりくるものがあった。自分に近い思考だからだ。父から受け継いだ思考でもある。父と同じようにチョヒに惹(ひ)かれ、ひとつの信念にとらわれていった。ヨンイルは浮浪者ボムギが父とは知らなかった。しかし彼の足跡をたどるうち、無意識のうちに自分の、そして父の感情をあてはめていた。

物置に匿(かくま)われたボムギは、心から感謝をしめし、恐縮してひれ伏したという。まずイヨプに、次いで班長夫人に、最後は班長にも受けいれられた。息子である自分も、頭(こうべ)を垂れこそしなかったが、同じ道筋をたどった。父と似た人格だからか、共通の人々から理解をしめされた。感謝ではなく賄賂(わいろ)にうったえたものの、徐々に住民らと打ち解けていったのはたしかだ。あれは父の後追いだったのか。

チョヒは初対面のころから、ヨンイルをじっと見つめてきた。妻スンヒョンの面影が重なるほど、まっすぐ物怖じしない視線だった。理由をたずねると、前に会った気がする、彼女はそんなふうにいった。チョヒがヨンイルに見てとったのは父ドゥジンの片影だった。彼女ひとりだけが、ドゥジンとしっかり向きあっていたのだろう。ほかの住民らは、そこまでドゥジンの顔を注視せずにいたため、ヨンイルとの共通項を見いだせなかった。そんなふうに考えられる。

心の内側を掻きむしられるかのようだった。ヨンイルはつぶやいた。「息子だったからといって、捜査にはたいして貢献できていません。ムン人民班長らが、ほぼ自発的に当時の偽証を認め、証拠の提供に応じただけのことです」

「いや」サンハクは首を横に振った。「容疑対象を迷いなくドゥジンに絞りこむあたり、まぎれもなく貢献しとるよ。現時点は始まりにすぎない。わかってると思うが、被疑者が父親と判明しようと、担当を外れることは不可能だ」

命令拒否が許されるのは、命令が下ったその場のみ。いったん行動を起こせば、命令を受諾したものとみなされる。

息子に父を追わせるのは既定路線か。ヨンイルは疑問を口にした。「なぜいまごろになって、ペク家事件を調べる必要があったんですか。もっと早く命じてもよかったのに」

ダロが応じた。「ドゥジンはいまだピ委員長殺害疑惑について、だんまりをきめこんでる。別口から切り崩そうと、春燮集落に何度も保安員を送った。これまで進展はなかったが、十一年目になったこともあり、被疑者の息子という切り札を投じた」

偽証による告発も、十年経てば罪に問われなくなる。イヨプやムン班長の反応は、上司らの思惑どおりか。

検閲課の保安員は互いに担当事件を秘密にしあう。ほかの保安員らが、春燮集落への捜査に駆りだされていた過去を、ヨンイルは知るよしもなかった。

まさに井の中の蛙だとヨンイルは思った。「十年を過ぎたうえでの、住民の告白に期待していたのなら、なおのこと私である必要はなかったでしょう」

「そうは思わん」ダロがいった。「住民らは、きみがなにもかも知っていると感じた。だからこそ観念して口を割った。きみが父親の行動を正しく推理できた賜物だ」

「いえ」ヨンイルは鬱積した負の感情とともにつぶやいた。「口を割らせたのは私でなく、十一年という歳月です」

サンハクが表情を険しくした。「わからないか。父の不始末、息子の始末だ」

どうにもできない呵責が胸のうちにひろがる。ドゥジンが政治犯なら、ヨンイルも敵対階層となる。妻も娘もそうだ。出身成分は受け継がれる。息子は父の誤った思想をあらため、名誉挽回に努めねばならない。それが社会的な要求だ。功績しだいで、孫の代ののちには出身成分が回復する可能性がある。

管理所に父親がいる息子は、そんな宿命を負う。いつかは課せられる義務だった。自然の摂理のようなものだ。不可避にちがいなかった。

サンハクが窓に目を向けた。「きょうは十七日、水曜だ。週明けの二十二日に最終報告書を提出しろ。むろん確定した被疑者を明記してな。クム同志。なにかいいたいことはあるか」

ろくに思考が働かない。それでも感情が口をついてでた。「不本意です」

「誰もが出身成分に基づき生きている。社会はその集合体だ。子孫をよい出身成分にするため日々精進すべきだろう」

「社会主義は平等と教わりました」ヨンイルはつぶやいた。「なぜ出身成分が取り沙汰されるんですか」

沈黙が降りてきた。ふたりの上司はそろってあからさまな嫌悪をしめした。質問に子供じみた悪あがきを感じとったのだろう。

ダロが腕組みをした。「平等ゆえに区別が必要になる。差別ではなく区別だぞ。平等な社会の一員に加えるには、適性を知らねばならん。部品を適材適所に配置するため、その仕様をあきらかにするのと同じだ。部品の製造元と形状、それが出身成分と社会成分だ」

人民学校できいたのと同じ説明が、胸のうちに虚しく反響する。世のなかは変わりつつある、そうではなかったのか。国際社会からの強い要求に抗いきれず、しだいに人権という概念に目覚めていった。夜明けが近い、そんな兆候がたしかにあった。理不尽な規制は緩和される。いきすぎた刑罰も見直される。それがこの国の明日だったはずだ。

サンハクは見透かしたようにいった。「クム同志。人権の観点から、疑わしき過去の事件について再調査するよう、全保安署に通達があった。きみにペク家事件の捜査を命じるにあたり、なぜそんな架空の理由づけをしたかわかるか」

「いえ」

「きみの性根を知りたかった。核心階層に区分されるべきかどうか疑わしい。人権ときいて、予想以上に慢心したな。反体制的な言動も多く見られた」

しばし静寂がつづいた。返事を求められている。ヨンイルは発声するしかなかった。

「はい」

「もともときみに対しては不信感があった。父親の疑惑により、いったん分駐所勤務になった身だ。うちの部署に入ってきてほしくはなかった。率直にいって、あまり関わりたくなかった」

「父から思想を継いでいると警戒したんですか」

「いいか。きみがどんな思想を持とうが、わが国は変わらない。今後取り締まりは強化され、いかがわしい通俗的な疑似文化も駆逐される。党への忠誠心に揺らぎが生じているのなら、それこそ父が反逆者だった影響とみなされる。敵対階層に区分されるぞ。悪い出身成分を代々継承させたくはないだろう」

「父は」ヨンイルは消えいりがちな声を絞りだした。「人殺しときまったわけじゃありません」

ダロが軽く鼻を鳴らしたが、笑いにまでは至らなかった。「真実をあきらかにするのはきみだ。父の不始末、息子の始末だからな」

ふたりの上司は腰を浮かせた。ヨンイルも立ちあがり、気をつけの姿勢をとった。

本当に問いかけたいことはほかにあった。捜査資料の複写の束と、チョヒが父親に強姦されたとする手紙。それらを安復集落に届けたのは何者か。

考えるまでもなかった。けっして真実を認めようとしないだろうが、答えは明白だ。

サンハクとダロのしわざだった。

捜査担当者だったふたりは、グァンホ殺害もチョヒへの強姦も、ドゥジンのしわざとにらんだ。ピ委員長殺害疑惑のある逃亡者が潜伏する集落で、凶悪事件が起きたからには、そうきめつけるのも無理はなかった。手柄を焦っていたせいもあるだろう。道人民保安局主導の捜査で業績をあげれば勲章ものだからだ。

だがベオクが被疑者とされ、ふたりは捜査を切りあげるよう命じられた。精液判定がでれば状況も変わるだろうが、ふたりはまっていられなかった。

ふたりはチョヒが強姦犯の正体を知りながら、故意に黙秘していると考えた。住民らは集落ぐるみで浮浪者について固く口を閉ざしていた。チョヒもそれに同調していると判断した。よって事実を打ち明けさせるべく、チョヒを精神的に追いこむことにした。本人にとって辛いガセをひろめれば、耐えきれなくなって真実を告白する。政治犯の摘発によく使う心理戦術だった。

けれどもドゥジンを追っている事実は極秘のため、その名をだせない。ベオクもすでに逮捕されているがゆえ、あらためてチョヒに衝撃をあたえうる犯人像ではない。それら以外で強姦犯の可能性がある者といえば、チョヒの父グァンホだった。サンハクとダロはビョンソクの存在を知らず、ほかに候補はないと考えた。

ベオクは一本道をペク家に駆けつけ、誰とも会わなかったと証言した。ならチョヒを犯したのはグァンホという説はありうる。ベオクがそれを見て逆上し、グァンホを殺したうえで、第一発見者を装った。ドゥジンという存在をあえて外せば、そのようにつじつまをあわせられる。

よってチョヒの移住先で、父親に強姦された娘というデマをひろめることにした。大量の複写は、貼り紙こそ集落で一住民を孤立させる常套手段だったからだ。サンハクとダロはそうなるよう仕向けた。デマに耐えかねたチョヒが、署に駆けこんで真犯人を告白する、それが狙いだった。

ところがチョヒは署に助けを求めてこなかった。妊娠したため雲隠れしていたとは、サンハクとダロは知るよしもなかっただろう。しかもチョヒはグァンホから日常的に性的虐待を受けていたため、デマをデマと受けとらず、ただ秘密を知られてしまったと悲嘆に暮れた。サンハクとダロが画策した精神的ダメージは、チョヒにあたえられず、自白にも結びつかなかった。

やがて精液判定の結果がグァンホでないとでた。ふたりはデマがもう意味を持たないと判断し、安復集落から手をひいた。結果がすべてを正当化する、そう思っていた貼り紙についても、責任を問われることを恐れた。ふたりは集落に近づけなくなった。

一年後ドゥジンの身柄が拘束されたとき、サンハクとダロは愕然としただろう。管理所の被収容者はDNA検査を受ける。ドゥジンの精液でなかったと知ったはずだ。すべては完全な読みちがいだった。いまや課長と班長になったふたりが、みずから再捜査に着手しなかった理由はそこにある。安復集落という失態の痕跡から遠ざかりたかったからだ。

外国人が知れば、やはり異常と思うかもしれない。しかしこれが保安署だった。結果をだすため、裏工作でもなんでもやる。

不正の証拠が握れるだろうか。複写からふたりの指紋を検出できないか。いや、紙の指紋が長持ちするとはいえ、テ班長は乾燥剤とともに保管してはいなかっただろう。たぶん指紋はもう消えている。

証拠はない。なら直接きいたほうが早い。

サンハクとダロがドアへと向かっていく。ふたりが退室する前に、ヨンイルは声をかけた。「同志コク課長」

靴音が途絶えた。ヨンイルは前方だけを眺めていた。ふたりに目を向けずにいった。「あえて署の複写機を使わなかったのは、隠蔽のためかと思いますが」

かすかにため息がきこえた。サンハクの声が耳に届く。「娘の名はミンチェだったな。もう十六か。敵対階層にしたくはないだろう」

ヨンイルの視野にはなにも映っていなかった。焦点のあわない虚空に、灰いろのぼやけた像がうごめく。それすらドアの閉じる音とともに凍りつき、二度と変化しなかった。

17

勾留担当者に渡した五百ウォンは、無駄遣いだったとわかった。机をはさんで向かいあうビョンソクの顔は、いっそう無惨に腫れあがっていた。脇腹も痛むらしい、不自然な姿勢で椅子に座っている。

ヨンイルは唖然とせざるをえなかった。「医者を呼ぶか」

「いいんです」ビョンソクはうつむいたまま応じた。「どこも悪くありません」

警備が廊下へでていき、面会室はヨンイルとビョンソクのふたりきりになった。静寂そのものが響いてくる、そんな感覚だけがあった。

「すまない」ヨンイルはため息とともにいった。

ビョンソクの顔がわずかにあがった。「なにを謝るんですか」

「ここの警備は交代制だった。ひとりに頼んだところで、ほかの奴になったらどうしようもない」

「だいじょうぶです。僕のことに小遣いを費やさなくても」

「きいてくれ」ヨンイルはビョンソクを見つめた。「グァンホを殺した人間があきらかになった」

また静かになった。ビョンソクが視線をおとした。「たしかなんですか」

「たぶんな。きみじゃないのは確定した。でもチョヒへの強姦(ごうかん)はなかった。DNA型を比較するまでもない。あれはきみだと結論づけられてる」

「僕が強姦したんです」

「ちがう。合意のうえでの性行為だ。問題はそれ以前にグァンホが死んでたことだ」

「殺したのも僕です」

「ビョンソク」ヨンイルは冷静な物言いを心がけた。「きみの気持ちはわかる。チョヒと結ばれていたと告白すれば、彼女に迷惑がかかると思ってるんだろ。動揺階層の女性が敵対階層の男性と、合意の性交渉をするのは、理にかなってないと見なされる。チョヒがより辛(つら)い立場になる。いっそ敵対階層から強姦されたことにしたほうが、まだ彼女の名誉が守られる。そう思ってるんだな」

それだけではない、ビョンソクの沈黙がそう告げている。

わかっている。ヨンイルはつづけた。「グァンホによる性的虐待が日常化していたからには、チョヒにはグァンホを恨む理由がある。精液が合意の性交渉の痕跡にすぎず、きみがグァンホを殺したんじゃないとすれば、チョヒが殺人の被疑者になってしまう」

当初はベオクの証言が疑わしいとされた。彼は教化所送りになった。だが仮に彼が無実なら、一本道で誰とも会わなかった以上、チョヒが実父を刺した可能性も浮上する。ビョンソクとチョヒの性行為の前か後か。グァンホが帰宅したのはいつか。いまだ判然としないところもあるが、まったくありえない話ではなかった。

しかしそれは、集落にいた第三者を考慮しなかった場合だ。ヨンイルはいった。

「ここで見せた写真をおぼえてるな。きみは何者か知らないといった。本当か」

「知りません」

「チョヒからなにもきいてないのか」

「きいてません。僕は強姦犯で、彼女は被害者です」

「指紋は殺人犯をあの男だとしめしてる。ボムギと名乗る浮浪者だ」

「本名なんですか」

ヨンイルは言葉を失った。一瞬、宙に放りだされたかのように、なにも考えられなくなる。また目の焦点があわなくなった。やっとのことでヨンイルはつぶやいた。

「俺の父親だ」

「冗談はやめてください」

「ああ、そうだな。冗談にしかきこえないだろう」ヨンイルは声の震えを自覚した。抑制を試みたとたん、強烈な感情がこみあげてきた。うつむき口もとをこぶしに押しつけ、かろうじて堪える。今度は身体が震えてきた。

ビョンソクがじっと見つめてきた。かすかな驚きのいろが浮かんでいる。とんでもない状況だ。ようやくそのことに気づいた。ヨンイルは自身の狼狽に抗おうと躍起になった。

ビョンソクは犯行を自白している。自白重視の取り調べにおいては致命的だ。けれども彼は犯人ではない。簡単に証明できる。真の殺害犯がほかにいる。素性も判明しているうえ、すでに管理所に収容ずみだった。

だがその男はクム・ドゥジン、ヨンイルの父だ。ドゥジンが殺人犯と確定すれば、ヨンイルは核心階層でなくなる。管理所の被収容者に殺人の事実が判明した場合、被害者が一般人であろうと、ただちに死刑が宣告されるからだ。管理所で死刑になった者の身内は、二親等まで敵対階層になる。

二親等。ヨンイル自身や妻スンヒョン、娘のミンチェまでが含まれる。敵対階層の大半は管理所送り、そうでなくとも過酷な環境の集落へと移住させられる。むろん保安員などつづけられない。スンヒョンもいっさいの商売を禁じられる。まともに糧を得られるすべはない。強制労働の生き地獄だけがまっている。

被収容者が自殺しようとも、死刑に処せられたものとみなす。そんな法律もある。たとえドゥジンが獄中で首を吊ろうと、ヨンイルら家族が敵対階層になるのは避けられない。すなわちドゥジンを殺人犯と断定した時点で、すべては終わりだ。

敵対階層のなかでも、ビョンソクはまだ恵まれていた。管理所に入らず、世話者として働いてきた。父親が仏教徒だった、それだけの理由だからだろう。しかし殺人犯となればそうもいかない。

ビョンソクを救おうとすれば、ヨンイルは自分の妻と娘を、奈落の底に突き落とすことになる。そんなことはできない。だが家族のためビョンソクの自白を受けいれるのか。ビョンソクの妻と子供はどうなる。

内なる感情がしだいにはっきりしてきた。悲痛な思いばかりが波立ってくる。ヨンイルはいった。「ビョンソク。きみが強姦と殺人を自供したとして、チョヒは本当に救われると思うか。エギョンはどうなる。敵対階層でしかも凶悪犯の妻になってしまうんだぞ。ヘミとデジンの将来は？　そこまで考えたのか」

室内の空気が張り詰めていくのを、はっきり肌身に感じる。ビョンソクが真顔で見かえした。長い前髪からのぞく目が潤みだしている。「僕が殺したんです。強姦もです」

「きみはエギョンじゃなくチョヒを選んだんだな」

ビョンソクがにわかに動揺をしめした。「ちがいます」

「デジンよりヘミのほうが可愛いか？　そうだろう。エギョンとの子より、チョヒとの子のほうが重要だ」

「そんなはずありません」

「エギョンと結婚しておきながら、八年もチョヒを見守ってきたじゃないか」

「チョヒは」ビョンソクのこわばった顔に、憂愁に似たいろが浮かびあがった。「僕のせいで苦しんだんです。敵対階層の僕は、彼女に近づくべきじゃなかった。チョヒの人生を台なしにした。安復集落でもあんな目に遭ってる。僕は一生かけても償わなきゃいけないんです」

「彼女が不幸になったのは、事件に巻きこまれたせいだ。グァンホの死は自業自得に近い。チョヒの現在の境遇は、きみの責任ではない。きみはむしろ彼女にとって心の支えになってた。いまはそれより家族を大事にするべきだろう」

「もちろん大事です。エギョンを愛してるからこそ一緒になったんです。彼女はヘミも自分の娘みたいに可愛がってくれてます。デジンが生まれたときには、かけがえのない幸せをみんなで分かちあいました。白水集落での生活は苦しいことばかりですけど、家族がいれば救われるんです」

「そう思うなら」ヨンイルは身を乗りだした。「妻子を路頭に迷わすなんてできないだろう。いや、そんな生ぬるいものじゃないはずだ。きみという働き手を失ったら、みんな餓死しちまうぞ。エギョンが自分で稼ぐのも不可能だ。殺人と強姦の罪を犯した男の妻で、しかも敵対階層だなんて、雇う奴はいない」

敵対階層の若妻は売春ですら買いたたかれる。売春宿で働く女に、栄養失調の死者がでれば、まず敵対階層とわかる。ひと握りのトウモロコシ米にありつける金すら受けとれないからだ。

ビョンソクが切実な声を響かせた。「教化所送りになっても、妻と子供たちには辛抱してもらうしかありません。出所してから全力で働きます。家族のために尽くします。でもチョヒを救うにはいましかないんです。父親に強姦されたのでないと証明されれば、安復集落の住民たちも非を認めるはずです」

それが狙いか。たしかに集落の連中は単純だ。ビョンソクがチョヒへの強姦を自白した、DNA判定でも証明された、そんな通達を額面どおり受けとるだろう。かねてグァンホがチョヒを性奴隷にしていた事実は、保安署からの発表がないため、住民らの耳に入らない。閉鎖的な集落では、ものの見方も画一的だった。チョヒを村八分にするかしないか、それだけの判断しかない。

ビョンソクが目をしばたたかせた。いつしか涙をたたえていた。「僕はあの集落の人たちを知ってます。長いこと見てきました。田舎の殺人事件ぐらいじゃ新聞にも載らない。詳しいこともわからない。だから噂ばかりひろがる。誰も否定してくれない」

当時の捜査担当者だったサンハクとダロが、悪い噂ばかりをまき散らしたうえ、その後は関わりを放棄した。テ班長が正しい情報を得られなかった理由はそこにある。チョヒ自身も反論しなかったことが、状況をさらに悪くした。

保安員は人民班の決定に口だしできない。チョヒと叔父叔母をまともな家に移すよう、ヨンイルが強要するのは不可能だった。そんな弁解が頭に浮かぶうち、自分が嫌になる。責任逃れか。サンハクやダロと変わらない。

焦慮ばかりが募りだし、ヨンイルは思わず苛立ちをビョンソクにぶつけた。「きみ自身、もっと早く申しでればよかった。さっさとDNA鑑定を受けるべきだった。少なくとも誰の精液かはっきりすれば、デマも少しは緩和された」

「いいました」ビョンソクの目は真っ赤に染まっていた。「集落にくる保安員に何度もうったえました。信訴も何通もだしました。でも相手にされなかったんです。敵対階層のいうことなんか、誰もきいちゃくれないんです」

ビョンソクは涙を恥じるかのように、しきりに手でぬぐった。ヨンイルはどうすべきかわからないまま、黙ってビョンソクの顔を見つめていた。

信訴とは道委員会が設置する意見窓口だ。広く人民の意見をきくためにある。昨今では隣人の騒音や無断駐輪の苦情にまで対処する。だが信訴の提出票にも、出身成分を書く欄がある。詐称は厳罰となるため正直に書くしかない。誰もが実情を知っている。核心階層の要望しか受けいれられない。

胸が詰まる思いだった。ビョンソクを眺めるうち、ひどくいたたまれなくなる。彼を教化所送りになどできない。だが庇った場合、ヨンイルは妻と娘を道連れに、敵対階層に墜ちる。

全身に痺れに似た感傷がひろがり、どうにも耐えられなくなった。ヨンイルは立ちあがった。「すまない。少し時間を置こう」

逃げるも同然にヨンイルは廊下へと駆けだした。抑圧していた感情を解き放とうとして、すぐに思いとどまった。ドアのすぐ外にポドンが立っていたからだった。

ポドンの険しい目に、気遣わしさがのぞいた。「だいじょうぶか」

「ああ」ヨンイルは壁にもたれかかり、深くため息をついた。「平気だ」

慎重に言葉を選ぶように、ポドンはゆっくりと語りかけてきた。「どうも腑に落ちない。たしかに同僚らの動きはわからなかったが、世間じゃ無節操な摘発は鳴りを潜めてきてる。刑罰にしたって、きちんと法令を遵守するようになってきた。市民もそれにつれて明るくなった。でも課長は取り締まりが強化されるといってる。とても信じられない」

全保安員が過去の事件の見直しに奔走している、ポドンもそう信じていた。課長の発言を、そのままポドンに伝えたのはヨンイルだった。

「悪かった」ヨンイルはつぶやいた。「希望を持たせちまったな」

「俺はきみを手伝ったにすぎない。心配なのはきみのほうだ。ああ、そうだ。いま渡しとく」

ポドンがポケットをまさぐり、なにかを差しだした。思考が鈍っているせいか、目に映ったものが判然としてくるまで時間がかかる。紙幣だった。千ウォン札と、五百ウォン札一枚。

「なんだよ」ヨンイルはきいた。

「かえす。管理所にいる父親に会うには、いくつも関門を突破しなきゃいけないだろ。少しは足しになるかと思ってな」

貸しつけた金ではない。ポドンの仕事への報酬五百ウォンと、ここで立て替えてもらったぶんの返済五百ウォン、それに利息の五百ウォン。ヨンイルは首を横に振った。

「真っ当な支払いだろ」

「少しは善人面させろ」ポドンはヨンイルのわきにまわると、ジャンパーのポケットに紙幣を押しこんできた。それっきりポドンはなにもいわず立ち去った。

ヨンイルは目を閉じ、後頭部を壁に押しつけた。むやみにこみあげる悲哀の感情に逆らう。管理所か。行くべきところはもうそこしかない。

18

人民は管理所のことを、流配所とか種派窟などと噂し敬遠する。山勢の険しい地域に建ち、住所も与えられていない。位置の表記は座標になる。北緯三九度三四分一五・九一秒、東経一二六度三分一九・六八秒。价川市内、墨方山近くの荒廃した大地に、第十四号管理所はあった。

ヨンイルは保衛省所管の施設から、トラックで案内された。幌を張った荷台のなか、警備の制服らに便乗した。長いこと悪路の揺れを体感し、ようやく車外に降り立ったとき、そこはもう高い塀に囲まれた敷地のなかだった。

想像どおりの閉塞感に、息が詰まりそうになる。教化所が天国に思えるぐらいの暗澹たる眺めだった。骸骨も同然の被収容者らが畑を耕している。倒れたまま動かなくなった人体も目につく。古木のように転がっていた。大飢饉の惨状を思い起こさせる。監視塔の数がやたら多い。見下ろす警備員の顔すら屍に思える。保衛部の管轄のはずが人民軍の制服に近かった。化学薬品や肥料か、それとも死臭か、たえず異様なにおいが鼻をつく。

粗末なバラックが並んでいたが、行き先はそちらではなかった。コンクリート製の巨大な箱としか表現のしようがない、窓のない建造物へと通される。いくつものゲートをくぐり、通路の片側に鉄格子が連なる区画に入った。やはり教化所とはちがう。陽射しが完全に遮断されているせいか、地底深く潜ったかのような錯覚にとらわれる。

独房はいずれも獣の檻じみていた。悪臭の漂う湿っぽい暗がりに、人とは信じがたい骨と皮だけの影が横たわる。ときおり呻き声を発したり、手枷足枷の鎖が音を立てたりする。それ以外は無音だった。ここで寝起きするとは想像を絶する。一分一秒たりともいたくなかった。空気を吸うだけで精神がぐらつきそうになる。

先導していた監視官の制服が足をとめ、壁のスイッチをいれた。すると独房のひとつがぼんやりと明るくなった。電球が点灯した。照明は必要に応じ、警備の人間が点けるらしい。

通路に面した側の壁は、ほぼ全面が鉄格子だった。狭い部屋のなかが見渡せる。ベッドすらなく、セメントの破片や小粒な鉄くずが床に散らばっていた。少しずつ剥げ落ちた壁材らしい。修復はまったくおこなわれていないようだ。

奥にうずくまっていた骸骨が、低く唸りながら身体を起こした。袖のすり切れたワイシャツは、本来白かったのだろうが、カビのようないろに染まっている。膝から下がちぎれたスラックスといい、骨格が薄手の布一枚をまとうだけに見えた。それが逮捕時の服装だったらしい。

手枷が重いせいか、両腕を前に垂らし、猫背になって歩いてくる。ひきずる鎖はわりと長かった。ゆっくりと鉄格子に近づいてきた。

以前に教化所で会ったイ・ベオクは、髪と髭を剃られていた。管理所にも同じ規則があるはずだが、徹底していないようだ。目の前にいる人影の頭皮には、白髪が雑草のごとくまばらに生えていた。髭も似たような感じだった。こまめな管理を怠るのは、無駄に思えるからだろう。管理所において被収容者の寿命は、長くて七年ていどとされる。早ければ二年で死ぬ。十年も生き長らえるとは、異例中の異例にちがいない。目の前にきた。ヨンイルは思わず息を呑んだ。

すっかり別人になっている、そう予測していた。本人と見分けがつかなかった場合どうする、そんな危惧もあった。

だが父の顔は、思った以上にふつうだった。たしかに衰弱し、皺だらけの皮膚は染みだらけで、頭蓋骨の形状が如実に浮かびあがっている。けれども想像していたような虚ろな目ではなかった。一見して父とわかるまなざしが、まっすぐヨンイルに向けられていた。

りりしい表情とはいいがたい。目尻が下がっていて、どこか情けなく、口もとにもしまりはない。しかしそれこそ、父の面影そのものだった。鼻のわきと顎にあるほくろも当時と変わらない。

咳ばらいがきこえた。父ではなく、わきに立つ監視官だった。ヨンイルは最後の紙幣を差しだした。監視官はそれを握りこみ、足ばやに立ち去った。

ヨンイルは鉄格子をはさんで、クム・ドゥジンと向きあった。父がふいに姿を消してから十五年。ようやく再会した。

ドゥジンはヨンイルを見つめていた。蠟人形も同然の生気のなさが際立ってくる。やがて口を開いた。思いのほか明瞭な声でドゥジンがいった。「国営農場で働いてた貧乏夫婦のせがれ、兵役帰りの若造がいてな。商人が持ってたスマートフォンを盗んだそうだ。保安員に抵抗したからって、教化刑八年がいい渡されたんだが、近所の住民らも刑が重すぎるとうったえてな」

神妙な思いとともに臨んだはずが、たちまちうんざりしてきた。一方的に喋る姿は、発声が弱々しくなったとはいえ、かつての父そのものだった。空気を読まない物言いも、いっこうに変わっていない。

息子への再会に備え、わざわざ準備しておいた話題を、ここぞとばかりに披露する。新しい入所者にでもきいたのだろう。ドゥジンは得意げにつづけた。「殴られたほうが大怪我を負ったり死んだりしてりゃ、五年以上十年以下の労働教化刑になる。だが……」

「住民は五年以下の労働鍛錬刑を求めてる」

とられたようにドゥジンはつぶやいた。「なんだ。知ってたのか」

ドゥジンが目を丸くした。瀕死にはほど遠い、生き生きとした表情だった。呆気にとられたようにドゥジンはつぶやいた。「なんだ。知ってたのか」

ひどく調子がくるう。ヨンイルもベオクに同じ話をした。時代の変化をしめす好例と信じたからだった。父にない機転と、心のどこかで自負していた。ところが父も同じ思考だと知った。自分への失望を禁じえない。

面会時間はかぎられているが、どうしてもいいたくなる。ヨンイルはその言葉を口にした。「ずいぶん元気だな」

「管理所暮らしだが、疑惑だけでぶちこまれてるせいか、ほかの連中より労働時間が短い。ふつう十六時間のところを十時間だ」

自白を引きだすため生かされているのだろう。本人もわかっているようだった。ヨンイルはため息をついてみせた。「春嬰集落の件で話がある」

「ああ」ドゥジンは両手で鉄格子をつかんだ。手枷の重みに耐えるには、その姿勢こそ楽らしい。世間話でもするような、どこかとぼけた上目づかいで告げてきた。「ここへきてたよ、けさな。人民班長の、なんといったっけ、ああ、ムン班長。それに奥さん、ギョンヒ夫人か。ほかにも集落の住民が何人か」

ヨンイルは心臓の高鳴りを自覚した。「面会したのか」

「制服が連れてきた。俺を指さして、知ってるかときいてたな。みんなよくわからないといってた。俺もあんな連中は知らん」

徐々に苛立ちがこみあげてきた。父の性格は粗放そのものだった、それを思いだした。医師としての評判など、外面のよさのなせるわざでしかない。家ではいつも気分しだいでいいかげんだった。絶えず心変わりする発言に、ヨンイルも母も振りまわされてばかりいた。

「父さん」ヨンイルは冷ややかな声を響かせた。「春燮集落に滞在したろ」

「おお」ドゥジンはわずかに顔を輝かせた。「いま父さんと呼んだか」

「主体九六年九月のことだ」

「九六年？　そりゃ妙だ。そのころは無医村で医療活動しててな」

「確認できたのは五年間のうちの数カ月だけ、そんなのはアリバイづくりでしかない。本当はあちこち逃げまわってたんだろ。調べはついてる」

「おまえが調べたのか」

「関係ないだろ。俺が調べたなら、なんだよ」

「いや。保安員として立派になったと思ってな」

いっそう腹立たしくなる。十五年ぶりの再会という気がしない。子供のころの日常の延長だった。管理所に感じていた威圧感も、いつしか失（う）せている。ヨンイルの言葉遣いは自然に荒れだした。「浮浪者みたいな身なりだったくせに、ほんとはぴんぴんしてて、畦道（あぜみち）で稲穂を盗もうとしてた。住民の目に触れ、行き倒れたふりをしたよな。ペク・チョヒって子から雑穀と水をもらったろ」

「ペク・チョヒか。そんな名前の人も面会にくるときいたな」

ふいに焦燥が募りだした。ヨンイルはきいた。「いつ？」

「金曜とかいってた。きょうは水曜か？　あさってだ」

保安署は春燮集落の住民を、面通しのためここに出向かせた。だが安復集落となると、サンハクとダロにとって声をかけにくい。分駐所の監察保安員あたりを介したせいで、チョヒのみ日程が遅れたのだろう。

ムン班長らは知らぬ存ぜぬを貫いたらしい。しかしチョヒがドゥジンと会った場合、内なる感情を隠しおおせるだろうか。

ヨンイルは鉄格子に詰め寄った。「週明けの月曜には報告書を提出しないといけない。だから急いでききにきた。チョヒの父親グァンホを殺したか」

「おい。ひさしぶりの再会だってのに、なにをいいだすんだ」

「チョヒは畦道でも折檻（せっかん）されてた。何日か班長ん家（ち）の物置にいれば、怒鳴り声や泣き声をきいたかもしれない。本当は五体満足だけに、物置を抜けだし、ペク家のようすをのぞき見た。事情を知ったうえで、グァンホがひとりきりで家にいた夕方、包丁を片手に乗りこんだ。グァンホを刺殺し逃走した」

「まったく知らん」ドゥジンは醒めた顔でいった。「おまえ、実の父を殺人犯に仕立てたいのか。敵対階層になるぞ」

「殺人を自白した人間がいる」

ドゥジンが沈黙した。目をしばたたかせ、ヨンイルに問いかけてきた。「自白?」

「キ・ビョンソクって若者だ。当時十九歳。チョヒの恋人だった。知らなかったか?」ヨンイルは父を眺めた。知らないという顔だった。思わず鼻を鳴らしたくなる。

ヨンイルはつぶやいた。「彼にも妻とふたりの子供がいる。事情は少し複雑だ。ひとりはチョヒとの子だよ」

「そのビョンソクという男の出身成分は?」

「敵対階層。管理所暮らしじゃなく、別の集落の世話者をしてた。地位や権力がなく、味方もいない」

「なるほど」ドゥジンが神妙な顔になった。「おまえが俺を犯人に仕立てたがってるのは、それが理由か」

「知りたいのは真実だ」

「おまえの妻は、一緒に敵対階層に落ちぶれてもいいといってるのか？　娘は？」

「まだ話してない。同意するわけないだろ。だから困ってるんじゃないか！」

怒鳴り声が反響した。ヨンイルは一瞬ひやりとした。監視官が戻ってくるかもしれない。固唾を呑んで時間が経過するにまかせた。靴音は近づいてこなかった。

ドゥジンは曖昧な表情ながら、穏やかな口調でささやいた。「ヨンイル。俺が管理所にぶちこまれても、おまえは保安員をクビにならなかった。上がどう考えてたかわかろうもんだ。いまこのときのためだ」

ヨンイルはうつむいた。父の主張に同意せざるをえない。

監視官は遠ざかっているものの、ここに隠しマイクがないはずがなかった。追及と説得を息子に委ね、父親の口を割らせる。それがサンハクやダロの狙いだろう。もっと上の人間が意図したことかもしれない。

ただし最初から、父親を尋問しろとヨンイルに命じるのは、課長らにとって悪手でしかない。命令拒否の権利を行使しろといわんばかりだからだ。

管理のずさんな保安署でも、むかしにくらべれば手続きの正当性が重視されるようになった。党による抜き打ち検査もある。きちんと段取りを踏まえ、筋を通していなければ、監督する立場の者が処罰されてしまう。よってヨンイルには父親のことを伏せ、ペク家事件の捜査に向かわせた。ここまでの流れが報告書に記されたとしても、不自然な点はない。自発的かつ能動的なヨンイルの捜査を、誰も疑わない。

遠くから籠もりがちな音で愛国歌がきこえてくる。屋外のスピーカーで流しているのだろうか。

するとドゥジンがつぶやいた。「いい歌だ」

神経を逆なでされた気になる。ヨンイルはドゥジンを睨んだ。「そんなに盗聴が怖いか。やっぱり卑怯者だ」

「俺のどこが卑怯だというんだ」

「母さんを見捨てたろ」

ドゥジンは言葉を失ったようすだった。打ちのめされたように下を向き、ドゥジンはぼそぼそと声を響かせた。「もう助からないことは知ってた」

「なんだって?」

「おまえも見てわかっただろう。現在の医学では快復を期待できない。みんな栄養失調と熱中症にやられてたが、ウニムの悪化ぐあいは尋常じゃなかった」

「家にきた医者は、病名すらわからないといってた」

「そこいらの町医者なら、わからなくて当然だ」

「父さんはわかってて姿を消したのか」

ヨンイルの視界に病床の母がちらついた。皮膚は乾ききった泥のようだった。人間だったことが信じられないほどだった。それにくらべて父はまだ生気がある。母がああなったのは誰のせいだ。

「見損なった」ヨンイルは吐き捨てた。「こんな情けない父親だとは思ってなかった」

「だろうな。思うに子供、特に男の子は、父親に期待しすぎる。少年のころは万能の人に見えるからな。ところが歳月を経て、いつしか父を軽蔑し始める。なんだ、こんなていどの男だったのか。いばり散らしてたのはなんだったんだ、と」

「一般論を口にしたところで、父さんの罪ほろぼしにはならない」

「許さんというのか？　もっとましな父親であってくれれば、いい人間として育ったのにと抗議したいのか。おまえ自身はどうだ。娘に責任が持てるのか。ミンチェがいずれ、ちゃんと育ててくれればよかったといったら、それを受けいれるのか」

「ミンチェは立派な大人になる。子は親の作品だろ」

「そうか。子の人生は親の絶対的な影響下にあるのか。おまえ、出身成分の支持者か」

「ピ・ゴンチョル委員長を毒殺したと疑われたよな。もし潔白なら、どうして五年も逃げまわった？」

沈黙が訪れた。ドゥジンはうつむき、床に目をおとした。

すかさずヨンイルはいった。「きょうは黙秘はなしだ。自分の息子が会いにきたんだぞ。正直に話せよ」

「俺はな」ドゥジンの視線はあがらなかった。「ピ・ゴンチョルの主治医だった。だからピ邸を訪ねてきた政治家どもの会話もよく耳にした。ゴンチョルが電話で話すのもきいた。大飢饉のころ、あいつがなにをしたか知ってるか」

「農地の新規開拓により、食糧難の緩和に貢献した」

「それは報道だ。事実はちがう。ゴンチョルは党の主体農法の忠実な下僕だった。大量の化学肥料で土壌を汚染したうえ、農薬も度を越して散布させた」

「主体農法の失敗は誰でも知ってる。土留めもない乱開発で洪水が多発して、収穫どころじゃなかった。でもゴンチョルに悪意があった証拠はあるのか」

「会話をきいただけだ。ゴンチョルは思い出話のように、しょっちゅう仲間と語りあってた。業績を捏造し、人的被害については隠蔽したことをな」

「具体例は？」

「粛川郡の一地域で、農薬の大量散布を仕切ってたのは、ある農家の男だった。そいつは熱心な党員で、指示どおり農薬を使おうとしない者を、保衛員に密告しては処罰させた。だがそのうち、過量の農薬が農作業者らの肌に付着し、有機リン剤中毒による健康被害がひろまった。問題が発覚するや、男は妻を連れて逃げだした。奴の名前も、おおまかな行方も、ゴンチョルが口にしてた」

ヨンイルは衝撃を受けた。体内の血潮が逆流するかのようだった。

春燮集落にペク家が引っ越してきてから二十二年、ムン班長がそういった。主体八四年。大飢饉が発生し、ゴンチョルが農地開発に乗りだしたのは、その前年だった。

ひょっとして農薬の大量散布を仕切った者とは、ペク・グァンホか。だとすれば家をブロック塀で囲んだのは、娘を独占したいがためばかりではなく、自分の潜伏先が発覚するのを恐れてのことか。ありえなくはない。グァンホは遺族の復讐（ふくしゅう）を警戒し、追っ手から身を隠したがっていた。

ドゥジンが顔をあげた。「ウニムは、おまえの母さんは、なぜ死んだと思う」

父の目に答えのすべてがある。ヨンイルにはそう思えた。母ウニムは二十三年前、新規開拓の農場で農作業員として働いた。

愕然（がくぜん）とした思いにとらわれる。ヨンイルはふらつき後ずさった。「母さんは農薬中毒だったのか」

「同じ症状が大勢にみられたものの、診断について伏せるよう、医師への通達があった。十年前、法医学に正確な報告が義務づけられたが、あの当時は別だ。ウニムの視力低下は、有機リン剤中毒による縮瞳。痙攣も有機塩素系農薬による影響と思われた。衰弱がひどく、もう手の打ちようはなかった」

ヨンイルは凍りついていた。ようやく理解できた。母はもう助からないと、父にはわかっていた。そのための復讐だった。父はゴンチョルを毒殺したのち、グァンホを捜しまわった。失踪していた五年間のうち、四年目に至り、ついに居場所を突きとめた。そこが春燮集落だった。

家を城塞のように塀で囲ったグァンホは、衛生班長としてよそ者を寄せつけまいとした。だが浮浪者を匿った班長らは、その事実をグァンホに伏せた。よってグァンホは、危険が喉もとまで迫っていることに気づけなかった。

父がグァンホに毒を使わなかったのは、むろん犯行をゴンチョルと結びつけられまいとしたからだろう。主治医として患者を殺すには病死を装う必要があるが、浮浪者に扮し訪ねた集落ではそのかぎりではない。

賛同できるかといえば別問題だった。ヨンイルはドゥジンを見つめた。「グァンホはたしかに許せない。だが医者がやることか。ただ恨みを晴らすためだけの殺人じゃないか」

ふいにドゥジンはとぼけた表情に戻った。「なんの話だ」

「おい」ヨンイルのなかに怒りの感情がひろがった。「いま自分の口でいったろ」

「なにもいってない。単なる世間の噂話だ」

ヨンイルは鉄格子の隙間に手をいれ、ドゥジンの胸ぐらをつかんだ。「この期におよんでふざけんな」

「おまえこそ」ドゥジンは抵抗をしめさなかった。「よく考えたらどうなんだ」

腕の筋肉が硬直した。動けなくなった。ヨンイルは父を見つめた。記憶より歳を重ねた、澄んだ侘しげなまなざしがそこにあった。

隠しマイクが会話を逐一拾う。ドゥジンがわずかでも犯行を認める発言をすれば、ヨンイルは敵対階層に墜ちる。スンヒョンもミンチェもだ。父はそうさせまいとしている。母のためすべてを擲ってきた、そう息子に告白しながらも、言葉をぎりぎりの線に留めている。

多様な思いが攪拌され、渾然一体となってこみあげてくる。取り乱す自分を抑えきれない。視野がぼやけてきた。なにもかも涙に揺らぎだしている。ヨンイルは心情を吐露した。「どうすればいいんだ。スンヒョンもミンチェも苦しめたくない。ビョンソクもだ。エギョンもヘミもデジンも」

「それが、ビョンソクって男の家族か」

「ああ。妻と子供だ。敵対階層ばかりの集落にいる。社会から疎外されてる。このうえビョンソクが殺人犯になったら、家族は生きていけない」

「ビョンソクってのは、いい奴なのか」

「もちろんだ。家族全員が」

「その子供たちはいくつだ？」

「ヘミは十歳。デジンは、まだ赤ん坊だ」

「ならいい奴かどうか、まだわからないじゃないか」

かちんとくる物言いだった。この期におよんで冗談を口にするのか。ヨンイルはつぶやいた。「なんだと」

「その一家は赤の他人だろう。もういちどきくぞ。そいつらを救うため、おまえは父親を殺人犯呼ばわりし、妻子を見殺しにするのか」

尖った刃でひと突きされたかのようだった。いや実際に、父は人を刺している。感じたのは痛みより怒りだった。突き飛ばそうとしたが、衰弱しきった父にとっては命にかかわる。ヨンイルは憤然と胸ぐらから手を放した。

「最低だな」ヨンイルは罵った。「慰めてくれるんじゃないのか」

「慰めるだと？　それはおまえが俺にすることだろう。十年間もここにいて、まだ死ねずにいるんだぞ」

「頼む。父さんを死刑にはしたくない。スンヒョンとミンチェを絶望させるのも嫌だ」

「なら話すこともないだろう。おまえの手で俺の無実を証明し、ここからだしてくれ。期待してるぞ。クム・ドゥジンは潔白、報告書にそう書け」

「それじゃビョンソクの自白が優先される。彼の家族が路頭に迷う。チョヒの心も救えなくなる」

ドゥジンは背を向けた。鎖をひきずりながら奥へと歩いた。かつて家で父が見せたのとまるで同じ歩調だった。子供への無関心、嘲笑、親ならではの思いあがった態度。父の悪い面ばかりが背中に浮きあがっている。

「答えろよ」ヨンイルは声を張った。「どうすればいいんだ」

「報告書は来週の月曜だったな」ドゥジンは壁ぎわに腰をおろした。「そのときがくれば、なるようになる」

憤怒(ふんぬ)の炎が吹き荒れ、激昂(げきこう)となって身体を突き動かした。ヨンイルは鉄格子に体当たりし、顔をねじこまんばかりにして怒鳴った。「ふざけんな！　むかしから無責任だぞ。真剣に考えもしないで、うわべだけでものをいうな。俺がどれだけ苦しんだと思ってる。こんなふうになったのはぜんぶ父さんのせいだぞ」

周りの独房がざわめきだした。精神状態が不安定な者も多いらしい、あちこちで悲鳴に似た奇声があがっていた。靴音が駆けてくる。監視官がヨンイルを羽交い締めにし、鉄格子から引き剝がした。

独房の照明が消された。暗がりのなかに父の目だけが光っている。闇に潜む野生動物のように、ヨンイルを注視しつづけていた。

どんな理由があろうと、殺人など認められるものか。父は人を殺した。自分はその息子だ。いまも父は無下に突き放そうとしている。解決の糸口が見つからない問題を知りながら、息子に手を差し伸べようとしない。

強引に後方へと遠ざけられる。このまま通路を運ばれていくのか。まだ話は終わっていない。ヨンイルは父の独房にわめいた。「卑怯だ！　父さんは卑怯だ。俺はどうにもならないところまで追いこまれた。どっちにも転べない。ぜんぶ父さんのせいだ」

ドゥジンの目はたしかにヨンイルを追っていた。怯えのいろは浮かんでいない。怖じ気づいているようすもなかった。ただどこか儚げに見えた。けれどもそれは一瞬にすぎず、管理所の陰鬱な通路だけが、ヨンイルの視野にとってかわった。

19

朝食にはまだ手をつけていなかった。眼前で妻のスンヒョンが目を真っ赤にし、涙ながらにわめいた。「敵対階層ってどういうことなの！」

家族で食卓を囲んでいたが、箸をとりあげるどころではなかった。ヨンイルはしどろもどろに応じた。「まだきまったわけじゃない」

ミンチェもうろたえだした。「なんなの？　出身成分が変わるの？　おじいさんのせいで？」

「だから」ヨンイルは娘の説得を試みた。「どうなるかは、いまの段階ではわからない」

すかさずスンヒョンが睨みつけてきた。「ほぼまちがいないっていったじゃない」

ヨンイルは言葉に詰まった。否定しきれない。きょうは十九日の金曜だ。午後にはチョヒが管理所に呼ばれ、ドゥジンと対面させられる。彼女にそ知らぬふりができるだろうか。とてもそうは思えない。もはやドゥジンが自白したも同然の事態におちいる、そんな可能性が高い。

「ねえ」スンヒョンが目を泣き腫らしながらすがりついてきた。「なんとかしてよ。偉い人に頼んで。敵対階層なんて嫌」

「まあまてよ」ヨンイルは困り果てながらいった。「とりあえずきょうの結果をみてからだ」

ふと思いついたように、スンヒョンはハンドバッグを手にとり、なかをまさぐった。輪ゴムでとめた千ウォン紙幣の束をつかみだした。「ほら、これを使って」

ヨンイルは驚いた。「どうしたんだ、そんなに」

「どうって。お店の給料でしょ。市場の売り上げもあるけど」

「今月はもう余裕がないはずだろ」

「よく売れたの。いいでしょ、そんなこと」

ミンチェがぼそりといった。「うち、お母さんがお金を稼いでるよね」

濁った空気が鼻につきだした。じわりと焦慮が生じる。理由は考えるまでもなかった。

家計の担い手は妻だ。にもかかわらず夫のせいで出身成分が変わろうとしている。娘は別の選択肢を模索するよう、妻に働きかけている。

「おい」ヨンイルはミンチェを見つめた。「なにをいいだすんだ。家族がばらばらになってもいいのか」

ミンチェはいつものように無表情だった。と思いきや、その目に涙が膨れあがった。たちまち泣き顔に変わった。しゃくりあげながらミンチェが告げてきた。「だってしようがないでしょ。お母さんも新しい家庭を持てばいい。そっちのほうがいいって、ふだんから思ってたでしょ」

意味が理解できず、ただ当惑するしかない。ヨンイルはスンヒョンに視線を移した。スンヒョンがどこか切羽詰まったような面持ちでうつむいた。

耳もとで揺れるイヤリングが気になる。ネックレスもより派手になっていた。ヨンイルはつぶやいた。「職場には連れがいるといったな。外にでかけるときにも一緒だと」

「なにいってるの」スンヒョンが血走った目を向けてきた。「化粧品店なんだから、従業員は女ばかりよ」

追及しようとして、ためらいが言葉を濁す。なぜ心が咎めるのだろう。

チョヒだ。一瞬でも妻の面影を感じた。惹(ひ)かれてはいないと断言できるのか。わからない。だが自制心は働いている。背徳感をおぼえるほどでもない。あくまで職務だ。たしかになるべく会おうとする気持ちは生じる。しかしそれは不幸せな彼女の境遇に同情してのことだ。

ふたりきりで草むらに並んで座り、言葉を交わした。あのようすを妻が見たらどう思っただろう。仕事だ。そう自分にいいきかせようとも、身の上話をした事実に変わりはない。打ち解けて父について喋(しゃべ)った。母の死も明かした。あんな会話は最近、妻とはなかった。

スンヒョンが紙幣の束を押しつけてきた。「なんでもいいから、これを使って」

猛然と不快感にとらわれる。ヨンイルは苛立(いらだ)ちを募らせた。「そんな金はいらない」

「へんに疑うのはよしてよ」

そうしたい。妻が否定する以上は受けいれたいと思う。けれどもいったん乱れた心が片付かない。世帯主のくせに稼いでいない負い目もある。ヨンイルは首を横に振った。「いらないってんだよ」

「とにかく持っていって」

じれったくなり、ヨンイルは札束をつかむと、床板の上に投げつけた。輪ゴムから外れた紙幣がばらけて散った。

ふいに気まずさが漂う。スンヒョンがあわてたようすで紙幣をかき集める、その動作がヨンイルの神経を逆なでした。いまにかぎっていえば自分のほうが悪い、なのに腹立たしさを抑えきれない。

ヨンイルは立ちあがって吐き捨てた。「誰か知らないが、よその男からもらった金なんかいるか！」

食卓を離れようとした。そのときミンチェが嗚咽とともにささやいた。ご飯は。

「いらない」ヨンイルはいった。食べないのかときかれた、そう思ったからだった。しかし微妙な空気が蔓延した。ミンチェは箸をとらず、ただ辛そうな顔でうつむいている。

年長者が箸を手にとらなければ、ほかの者は食べられない。娘はその不満をうったえただけだった。決まりの悪さに、いっそう頭に血が上る。ヨンイルは自分の箸と匙をつかみとり、食卓に叩きつけた。これで食えるようになっただろう、あからさまに態度でしめしながら、隣りの部屋へと向かった。

狭い書斎はヨンイルの自室がわりだった。机の引き出しを開け物色する。なにか売れないのか。金に換えられないか。

筆記具のなかから、一枚の写真が取りだされた。手がとまった。思わず息を呑む。ここにあったのか。

赤いネクタイ。九歳のころの写真だ。両親と三人、楼閣を支える丸柱の前に立っている。安州市の百祥楼、少年団に入った祝いの小旅行だった。父はまだ若い。髪も黒々としている。母とともに微笑を浮かべていた。ヨンイルは思い出のとおり、気恥ずかしそうな顔で縮こまっている。

母は死んだ。農薬の大量散布のせいだった。若き父を眺めることに躊躇がない。反感が生じない。復讐心が理解できる気がしてきた。だがどのていどだろう。いまスンヒョンを失ったら、自分も同じ行動にでるだろうか。

しばしもの思いにふけった。玄関の扉が開閉する音が耳に届いた。

ふと我にかえり、ヨンイルは呼びかけた。「スンヒョン」

返事はなかった。静寂だけがかえってくる。次いで娘の名を呼んだ。「ミンチェ」

やはりなんの応答もない。ヨンイルは写真をポケットにいれ、書斎をでた。

食卓には誰もいなかった。スンヒョンのハンドバッグも、ミンチェの通学カバンも消えている。もちろん紙幣は一枚も残っていない。しかし食事はまったく手つかずだった。ヨンイルの箸と匙以外、位置が変わっていない。ふたりとも食べずにでかけたようだ。

空虚さが寂寥へと変わっていく。怒鳴って突き放した、そのままになってしまった。玄関へと向かいかけて、その足がとまる。どこの誰かもわからない話し声がきこえた。何人か駅に向かっている。いま外に飛びだしたとして、妻や娘の後ろ姿が見えたとしても、泡を食って追いかけるわけにいかない。人目に触れてしまう。気にしている場合か。いや気にする。どうせ自分はつまらない見栄にこだわる、ちっぽけな男でしかない。

妻に愛人がいる、そんなふうにきめつけたのはひどくないか。だがスンヒョンもはっきり否定しなかった。ミンチェはむしろなんらかの現実を、父に受けいれさせたがっているように思えた。新しい関係を認めろ、いさぎよく身を退け。そううったえていたのだろうか。汚い。妻と娘で結託している。あの金はなんだ。どうやってあんな大金を稼げる。どうせまともな収入ではない。それで夫を見下すのか。

スンヒョンと結婚した七年後、父ドゥジンが管理所送りになった。疑惑を持たれ失踪した、そんな経緯は、保安署が公表していなかった。やがてヨンイルの父が管理所にいると知り、スンヒョンは目を剝いた。向こうの両親までできて大騒ぎになった。出身成分が核心階層のままとわかり、混乱はようやくおさまった。

核心階層といっても、ぎりぎりの崖っぷちに踏みとどまっている、そんな危うい状況にはちがいなかった。いま均衡が崩れようとしている。ところがスンヒョンはもう乗り替えの船を確保しているようだ。沈みゆく船には、とっくに見切りをつけていたというのか。ミンチェまで新たな船に便乗しようとしている。血もつながっていない、どこの馬の骨ともわからない男のもとへいくのに、なんのためらいもしめさない。

考えすぎか。そこまでの変化には至らずにすむのか。だがさっきの娘の言葉はなんだ。妻の態度もまるで解せない。

食卓を見下ろす。雑穀、白菜キムチ、大根の千切りの和え物、野菜スープ。貧しい朝食。狭い部屋だ。家具類をところ狭しと並べても、入りきらない物が雑然と床にあふれる。長屋の一室。こんな生活しか妻子に提供できなかった。核心階層なのに長屋暮らしだ。隣りから笑い声がきこえる。なにがおかしい。ひょっとして聞き耳を立てていたのか。いや関係ないかもしれない。とはいえ朝っぱらから愉快に思うことなどあるだろうか。

沈黙していると屈辱にうちひしがれそうだった。気づいたときには、食卓を蹴っていた。食器と食べ物が辺りに散乱する。騒音が隣りの笑い声を掻き消す。その後の反応もききたくなかった。ヨンイルは雄叫びをあげ、防犯用のバットを握り、箪笥めがけて水平に振った。やわな簞笥は一撃で壊れ、引き出しが斜めになって滑り落ちてきた。衣類が床にあふれだす。

いちいち服をたたんでしまっておく、それ自体が無能な夫への嫌味に思える。働きにでて、家事もやって、立派な妻か。男も外でつくっていれば世話はない。なおも憤りがおさまらなかった。ヨンイルはバットを振りまわし、目にした物を次々と破壊していった。壁の額縁、棚の盾や土産物、布団簞笥の扉。なにもかも粉々にし、破片を飛散させねば気がすまなかった。

「ふざけろ」ヨンイルは怒鳴った。「ふざけろ！」

暴れながら頭の片隅でぼんやりと思う。こんなに辛く苦しい立場になるのなら、現実なんて知るべきではなかった。

少年団に入った九歳のころ、すでにませていた。子供が群れをなし行進したところで、なんの役にも立たない。もし戦争が起きたら無力も同然、大人の足手まといでしかない。なのに行事できめられたとおりの団体行動を披露すると、それだけで大人たちは笑顔になる。特に高齢者らは嬉しそうだ。単純だ。自分はそこまで単純ではない、ずっとそう思っていた。

同級生は総じて幼稚に思えた。子供っぽくない自分は、同級生より達観している。

成長が早い、そう自負し誇りにしていた。父に押しつけられた価値観だった。というより、父がそういう人間だった。人民班のとりきめからテノリまで、周りのあらゆるものごとを批判し、無駄で無意味だと揶揄しまくった。よく考えてみると父親には友達がいなかった。母親ひとりが味方した。母は父のつまらないうんちくの披露につきあって、感心するふりをしていた。ヨンィルも母を見習い、そうやって父のご機嫌をとるすべをおぼえた。

たしかに父は職業上、世の欠点をより多く目にする立場にあった。けれどもそれで父が偉いという話にはならない。事実として医者の社会的地位は低い。他者を批判することで、相対的に自分が賢い気になっている。あんなものは自己愛のゆがんだ姿にほかならない。

本領発揮は大人になってからだと思っていた。ところが大人になってみても、同世代とのずれは解消されなかった。他人よりすぐれた人間にもなりえていない。達観しているとの思いあがりが、絶えず摩擦や軋轢を生む。医者と衝突し、上司とも対立する。ほかの誰より、父の小物っぷりが腹立たしく思える。

こんなことになるなら、周りと同じく、ただ無邪気な子供時代を送ればよかった。なにも考えず友達とすごせばよかった。テノリに集う同級生らを軽蔑しながら、ひとりで本を読むような生き方を選ばなければよかった。その延長上に、大人になってからも世間に馴染めない、孤独な将来がまっていたのだから。

子供時代からやり直したい。あんな父の影響なんか受けず、十歳なら十歳なりに、十五歳なら十五歳なりに、みなと足並みをそろえたい。世のなかを広く知らない奴は馬鹿だ、そんなふうにいっていた父こそが井の中の蛙だった。

スンヒョンと仲睦まじく暮らすには、ごくふつうの夫であるべきだった。ミンチェから愛されるため、ごくふつうの父でありたかった。自分は社会的評価より中身がずっとすぐれている、そんなふうに虚勢を張って、常識のあれこれを批判すべきではなかった。一緒に笑える家族、そんな日々を遠ざけた。無邪気なんて無知と同じ、幼稚のきわみ、その考え方がまちがっていた。疑心暗鬼にならず、周りを敵視せず、自分を特別視せず、ただ協調性のある人間に育ちたかった。

現実の世界にはたしかに、汚い裏側もある。だが知ったところでどうにもできない。個人の力には限界がある。なら知りたくなかった。周りと同じくなにも気にせず、行事や遊びに参加できる自分になりたかった。そういう場に呼ばれる人間でありたかった。欠席しても誰にも気づかれない除け者ではなく。

息が切れてきた。手近な物はもう破壊し尽くした。まだ台所がある。ヨンイルはバットで食器棚をはたき落とした。皿をつかんでは壁に叩きつけて割る。

突然、人影が踏みこんできた。ポドンだった。騒音が外まで達していたらしい。ポドンは血相を変え制止にかかった。「やめろ、クム同志。おい、ヨンイル。落ち着け」

憤怒(ふんぬ)の炎に油を注がれたようだった。ヨンイルはなおも叫びながら暴れつづけた。天井を見あげる。電球をバットで粉砕した。次いで欄間額もたたき落とす。そして……。

ヨンイルは凍りついた。壁の高い位置に掲げられた、大元帥おふた方の肖像。輝くような笑顔。

ポドンの声が刺々(とげとげ)しい響きを帯びた。「やめとけ。それを壊したら、さすがに俺も保衛員に報告しなきゃならん」

バットを持つ手が震えた。臆(おく)する自分が急に情けなくなる。ヨンイルはポドンに向き直った。

「同志」ヨンイルは泣きそうになるのを必死で堪(こら)えた。「俺はな、人民学校できかされるような、理想の親がほしかった。自慢話をせず、子供の成長をすなおに喜んでくれて、ささいな失敗を責めない、そんな親のもとで育ちたかった。俺が親と向きあおうとしてきたのは、そういう情にあふれた親子関係が築きたかったからだ。親そのものが好きなわけじゃなかった。なのに親は、息子がなついてきてる、勝手にそう思いこんでた」

「そんなのわからないじゃないか」ポドンが眉をひそめた。「案外、情はあったのかも」

「ああ。父はそういうだろうよ。無自覚だ。子を傷つけてきたことに気づいてない。でも社会制度にははっきり表われる。出身成分は嘘をつかない」

「クム同志。なにがあったんだ」

「スンヒョンが家をでていこうとしてる。ミンチェもだ」

「まさか。だが」ポドンは室内を見まわした。「おい。裁判所が離婚を認めちまうぞ。こんなに家のなかが荒れてたんじゃな」

ヨンイルは慄然とした。そうかもしれない。めったなことで離婚は成立しないといっても、妻子が命の危険を感じたと主張すれば、部屋の現状が有力な物証になってしまう。出身成分が変わるか否かに関係なく、これだけで離婚裁判の争点となりうる。

バットを放りだし、その場に膝をついた。割れた食器の破片を手でかき集める。たちまち痛みが走った。てのひらに血が滲んでいる。

ポドンもしゃがんで片付けを手伝いだした。「同志。いまなにを望んでる？」

「べつに。ただききたかっただけだ」

「望みか」ヨンイルは床に手を伸ばした。スープまみれの白菜キムチを、ひと切れずつつまみあげた。「平穏な日々だ。体制がすべてをきめるこの国で、俺は変化を求めてた。社会にも変わってほしいと思っていたが、自分もなにかになりたかった。波瀾万丈な人生、他人とはちがう人生」

「きみは充分、人とちがってるよ。並の保安員よりずっと知識もある。だから頭も働くし捜査も進む。推理ってやつには、すなおに感心したよ。俺よりずっと立派だ」

「推理か。ぜんぶまちがってくれてたらと思うよ」

「なんでそんなことをいう」

「人とちがってるなんて、酷なだけだ。保安員の功績もすべてではない。評価され特別視されることで、友達のできない自分をおぎなおうとしたって無理がある。平穏な毎日は幸せだ。ちゃんと楽しみにしてることがあって、よき友達がいて、他人を蔑まない。友達の成功を喜んであげられる。すべてを受けいれられる。そんな自分だったらな」

「なぜきく？」

体制への疑問など持ちたくない。世を訝らない人間でありたい。そうであればどんなに楽なことか。きっと人並みに、よけいな心配などせず、あどけなく暮らせただろう。だがもう現実を知ってしまった。社会の欠陥ばかりが目につく。負の知識が頭から離れない。いっそ忘れてしまいたい。もっと世間の人々同様に、めでたく生きたい。他愛のない人生を送りたい。自分を幸せにできるのは、自分であると確信したい。

ふいに閃光が走った。ポドンは上半身を起こし、スマートフォンのカメラ機能を用い、室内を撮影している。

ヨンイルは面食らった。「おい、なにする。やめろよ」

「いいから。箪笥の修理とか必要だろ。業者に相談してやる」

「そうか。でもなぜ部屋じゅう撮る？」

「まかせとけって」

腑に落ちなかったが、いまは詮索する気力もなかった。ヨンイルはつぶやいた。

「恩に着る」

「同志」ポドンはスマートフォンをしまいこんだ。四つん這いになり、箸で大根ひと切れを床からつまみあげた。「さっき連絡が入ってな。俺はそれを伝えにきた」

「なんだ？」

「俺は同行できないが、管理所へ急いだほうがいい」

ふいに疑惧の念にとらわれる。ヨンイルはきいた。「なにがあった？」

「いけばわかる」ポドンは箸でつまんだ大根を、縁の欠けた器に放りこんだ。「俺にいわせるな」

20

遺体安置所は、第十四号管理所のなかでも比較的新しい設備のようだ。建造自体が最近とおぼしき別棟の内部だという。

案内を買ってでた制服は、監視官とはちがう。初めて見る顔だった。年齢はヨンイルより若く三十代、肩当てが少尉の称号をしめす。国家保衛省から出向しているらしい。

少尉はモク・オンイと名乗った。ヨンイルを通路へと導きながら、オンイが説明した。もともと管理所に遺体安置所は必要とされなかった。管理所は教化所とちがい、被収容者は入所時に死んだも同然だ。絶命したら焼却炉に運んで終わりだった。だが十年前の新法制定により、法医学について正確な報告が義務づけられるようになった。死因がはっきりしない場合、検視は避けて通れない。そのため遺体安置所が整備された。経費の無駄遣いだ、あきらかに不満な口ぶりで、オンイはそういった。

鉄製のドアをくぐると、寒々としたコンクリート壁の部屋に入った。外の気温もかなり低いが、さらに冷やしてある。番号の入った遺体収納庫の扉が縦横に並ぶ。しかしそこに用はなかった。ヨンイルの目は、部屋の真んなかにあるベッドに釘(くぎ)づけになった。

横たわる身体は、異様なほど細く、小さく見えた。ミイラそっくりだ、そう思った。胸もとをはだけられた薄汚いワイシャツと、膝(ひざ)から下がちぎれたスラックス、まだ記憶に新しい服装だった。次いでその顔が父親だとわかった。

クム・ドゥジンの遺体。両目を閉じ、口は顎(あご)の重みのせいか半開きになっている。眠りにおちたような表情ながら、呼吸は途絶えていた。微妙な痙攣(けいれん)もない。

ふしぎな感慨だとヨンイルは思った。たしかに父だというのに、まるで物のようだった。まだあの独房に行けば、そちらに父がいる気さえしてくる。生きて、かろうじて動いていた父はもういない。そう意識しても、なお受容しがたい。ヨンイルは黙って父の顔を眺めた。

室内に水いろの無菌服を着た男がいる。帽子とマスクを身につけていたが、目もとから中年とわかる。ヨン・ガンシク医師、オンイがそう紹介した。

ガンシクはここでの仕事に慣れているらしい。クリップボード片手に淡々といった。

「検視はすんだ。死につながる外傷なし」

ヨンイルはつぶやいた。「ほんとに？」

沈黙があった。オンイがきいた。「なぜ疑う」

「服を着たままです」

するとガンシクは気を悪くしたようすもなく、遺体に歩み寄った。「見るか？」

そういってガンシクはワイシャツをつかみ、無造作にひっぱりあげた。遺体は荷ほどきされたように、ベッドの上で横方向に転がった。ワイシャツはあちこちが裂け、ぼろ布も同然だった。骨と皮だけの父が、うつぶせの状態になり、背中があらわになった。腕はまだ袖のなかに隠れていたが、ガンシクはそこもずらし、皺だらけの皮膚を隅々までしめそうとした。スラックスのほうも、広範囲に破れているせいで、あたかも腰巻きのようだった。いや、必要に応じてガンシクが破ったのだろう。服を脱がさずとも、細部にわたり点検できるとわかった。

骸骨のような遺体は、おかしなポーズで横たわっている。ヨンイルはいった。「もうだいじょうぶです」

ガンシクが身を退いた。遺体を仰向けに戻そうともしない。ヨンイルは歩み寄って、父の腕をつかんだ。そこだけひっぱると壊れてしまいそうだった。肩に手をあて、そっと上を向かせる。

父の死んだ顔が眼前にあった。ヨンイルはただそれを見つめた。若干の息苦しさをおぼえる。

「死因は」ガンシクが告げてきた。「病死。循環器系の疾患だな。急性の」

オンイが不服そうにつぶやいた。「監視官がふしぎがってた。十年もいるわりには元気だったのに」

「突然死に至ったから急性だ」ガンシクはクリップボードをカバンにおさめた。「もういいかな？」

「ええ」オンイがうなずいた。「夜分ご足労さまでした」

おやすみ。ガンシクはそういって、さっさとドアをでていった。

ついこのあいだ、鉄格子の向こうにいた。両脚で立ち、わりと複雑なことを喋っていた。そんな父がいま死んでいる。ヨンイルは遺体の顔から目を離せずにいた。大飢饉のころ、道端に転がる死体をいくつも見た。保安員になってからは、死体もすっかり目に馴染んだ。父はそれらとちがっていた。ひとつしかない、そう思えた。

「おめでとう」オンイがいった。

鈍りがちな知覚が、その言葉の意味をわかろうとした。よく理解できない、ヨンイルは疑問を感じた。自然に顔があがった。「なんですか」

「祝福したんだよ」オンイが無表情に見つめてきた。「むかしなら監視官が自殺と報告してる。見せしめにしたほうが効果的だからな。暗黙の了解だった。でもいまは、法医学の報告に正確を期さなきゃならない。法整備がなされて嘘はつけない」

「それがなにか」

「急性の循環器系疾患だ。ピ・ゴンチョル委員長と同じじゃないか」

熱湯の霧がわずかずつ胃のなかを焼くようだった。ヨンイルはまた父の顔を見た。眠ったまま固まった顔を、長いこと眺めた。

「でも」ヨンイルはささやいた。「管理所に毒を持ちこめるわけがない」

「靴や歯ブラシ、石鹸（せっけん）ぐらいは自宅の私物が届けられる。ネズミ一匹ぶんの餌ぐらいなら隠せるっていうじゃないか」

動悸（どうき）が耳鳴りのように反響して迫りくる。それが父の死の真実なのか。

父をめぐる疑惑といえば、酢酸タリウムによるゴンチョル毒殺だった。微量ずつ薬に混ぜ摂取させれば、重金属として体内に蓄積させ、循環器系の障害を引き起こせる。もとは錠剤ひと粒ていどの大きさの塊ですむ。

独房の床には、剝離した壁材とおぼしき破片が散らばっていた。錆びた鉄骨が折れたのか、極小の鉄くずもあった。酢酸タリウムを持ちこめさえすれば、床に置いてあっても目につかない。

ふいの感傷が胸に押し寄せる。ヨンイルは息の詰まるような衝撃をおぼえていた。管理所の被収容者が死刑に処せられた場合、二親等までの身内が敵対階層になる。自殺しても死刑に処せられたのと同じあつかいとされる、管理所法がそう定めている。だが父は病死だ。病死した以上、死刑は執行されない。獄中の病死を死刑とみなす法律はない。敵対階層の条件となるのは死刑の執行であって、宣告ではない。

おめでとうとオンイはいった。皮肉にちがいない。しかしその意味するところを知ったとき、ヨンイルは悲哀をともなう感銘に見舞われていた。

本当に病死だったかもしれない。いや、真実はもうわかっている。

心の痛みに思わずうずくまる。ヨンイルはベッドのわきにひざまずいた。

「ああ」オンイがつぶやいた。「いちおう親子だったたな。別れぐらいいえばいい」

オンイはドアに向かいかけた。ヨンイルはあわててポケットをまさぐった。多少の金は背広や靴を売って、なんとか用立ててあった。数枚の紙幣をつかみだしたが、いちばん上は子供のころの写真だった。百祥楼の前、両親とともに写っている。五百ウォン札だけ引き抜くのが難しかった。なんとか果たし、オンイの背に紙幣を差し伸べた。

気配を察したのか、オンイが足をとめ振りかえった。ところがその目は、かすかな驚きのいろを浮かべていた。賄賂など期待もしていなかったらしい。

するとオンイは鼻で笑った。彼が初めて見せた笑いだった。「いいって」

それだけ告げると、紙幣を受けとることもなく、オンイはドアの向こうに消えていった。

ヨンイルは父とふたりきりになった。いや、本当はちがう。亡骸とはよくいったものだ、そう思った。父はもうここにはいない。

独房できいた父の言葉が脳裏をよぎる。報告書は来週の月曜だったな。そのときがくれば、なるようになる。父はそんなふうにいった。いまになって意味がわかった。あれは父の遺言だった。

最終報告書に真実を書こう。グァンホ殺害の犯人が父だったと明記しよう。出身成分に影響がないとはいいきれない。だが敵対階層にならずにすむ可能性がでてきた。いや法に準ずればならない。少なくとも抗弁はできる。

独房に隠しマイクがあっても、父はゴンチョルが引き起こした農薬中毒について、告発をためらわなかった。そこだけは明言した。十一年前の不祥事には、保安省の幹部らも厳正な目を向けるかもしれない。そういう時代になってきている。信訴も存在する。なら復讐心にも酌量の余地はありうる。父によるグァンホ殺しは、政治犯でなく通常の刑事事件となる。通常の刑事事件で処罰された者の家族は、動揺階層にされる。けれども死者となった父は処罰されない。

ゴンチョルを毒殺した証拠は依然として存在しない。病死のままだった。そこでも父はやはり政治犯ではない。

すべてを冷静に、客観的にとらえれば、出身成分が変わる根拠がない。動揺階層となる二十七分類、敵対階層に区分される十一分類、いずれの条件にも当てはまらない。復讐に端を発した犯行ではあるものの、ドゥジンは実際、チョヒを性的虐待から救った。そこも考慮されるだろう。

ヨンイルも妻スンヒョンも、娘のミンチェも、出身成分は変わらない。きっとそうなる。ビョンソクも無実となり釈放される。エギョンもヘミもデジンも、殺人犯の家族ではない。ベオクの潔白も証明される。

なるようになる。あの言葉を口にしたとき、もう父は決意を固めていたのだろう。いつでも死ねた。なのに十年ものあいだ、管理所で生きつづけた。疑惑が払拭される日をまっていたのか。いや管理所の被収容者は、まず二度と外にでられない。ではなぜ父は生きたのか。

ものいわぬ父をふたたび眺めた。いまにも目を開き、父が語りかけてきそうだった。会いにくるのがわかっていた、そんなふうに告げてくる気がした。

永遠の別離になるというのに、怒りしか向けられなかった。自責の念が波状に湧きおこった。いつしか瞼を焼くような熱い涙が滲みだし、頬を流れおちた。悲嘆に暮れて涙を流すだけの、身勝手な自分を痛感する。泣いて憐憫の情に浸りきり、己れの心のみを浄化し、辛い記憶が薄らいでいくにまかせる。なんと無責任なのだろう。それにくらべ、父がどれだけ立派だったことか。

やっとわかった。自分を突き動かしてきたものは、下世話な欲求などではない。チョヒに心惹かれたわけでも、ビョンソクらへの哀れみに支えられたわけでもなかった。人権を追い求めている。父からその信念を受け継いだ。こんなに誇らしいことはほかにない。

ヨンイルはゆっくりと立ちあがった。家族三人の写真を、父の胸に載せ、その上に両手を置かせた。

寂しさのなかに喜びの感情が交ざりあう。いまは安らかな眠りを妨げたくない。ヨンイルは静かにドアへ歩きだした。希望はつながれた。すべて父のおかげだった。

21

十月二十六日、金曜。最終報告書を提出後、初めての週末を迎えた。ヨンイルはコク・サンハク課長に連れられ、道人民保安局からきた幹部との面会に向かった。

検閲課の大部屋をでるとき、隣の机のポドンだけが見送った。しっかりな、ポドンはそういった。ヨンイルは気もそぞろに、ああ、とひとこと応じた。廊下を歩きながらも、ネクタイの結び目ばかりが気になった。スーツをまとう機会はめったにない。

制服のサンハクはいつもと変わらないようすで歩を進める。横顔からはなにも読みとれない。最終報告書にどんな感想を持ったのだろう。いまのところ無反応だった。すでに報告書は道人民保安局に渡っていた。課長ばかりか署長の段階でも、問題なしとされた公算が大きい。

ここに勤務して長いが、これまで足を踏みいれたことのない区画に通された。白壁の長い廊下の曲がり角、制服の警備が立つ。サンハクが近づくと、警備がきびきびした動作でドアを開けた。

来賓用の部屋かと思ったが、ちがっていた。それなりに広かったが、取調室や会議室以上に殺風景で、内装といえば大元帥おふた方の肖像ぐらいだった。窓から午後の陽光が差しこんでいる。ぽつんと置かれた事務机だけは重厚で年季が入っていた。

警備が何人かいる。室内にたたずむ濃紺の制服、五十代の浅黒い面立ちは見覚えがあった。管理官のピン・ブギル少佐だった。机についた人物を眺めながら、意外なことに談笑していた。サンハクが制帽を脱ぎ、わきに携えてかしこまる。向き直ったブギルの顔には、まだ笑いが留まっていた。もう時間か、そんなふうにいいたげな余韻を残し、ブギルは無表情になった。サンハクに敬礼してから、ヨンイルを一瞥する。ブギルは机のほうに歩きだした。「コク・サンハク同志とクム・ヨンイル同志がきました」

机の向こう、明るい窓を背に、革張り椅子におさまった制服がいた。制服のいろはやはり濃紺で、道人民保安局の幹部とわかる。ブギルの上司にあたる理事官がくるときいていた。肩当ての称号は中佐。幹部といえど、ほっそりとやせた小柄な身体つきだが、さほどめずらしくはない。

だがヨンイルは立ちすくむしかなかった。制服を着ているのはペク・チョヒだった。長い髪を後ろでまとめてはいるが、色白の小顔は集落で見たままだ。特に化粧もしていない。ただ微笑はなかった。戸惑いがちに目を泳がせたりもしない。手もとの書類を整頓し始める。上着が大きすぎ、不自然な扮装にも思えてくる。けれども部屋に漂う厳粛な雰囲気が、その違和感を制圧した。

家にいて、テレビでも眺めているかのようだった。それぐらい視野にあるものが信じられなかった。課長と並んで机の前に立つ。サンハクの顔に驚きのいろはなかった。周囲にも特にヨンイルの反応を気にするようすもない。淀みなく流れる時間に、自分ひとりだけが放りこまれたかに思えてくる。

ブギルが机の傍らに立った。「クム同志。理事官のミョ・インジャ中佐だ」

チョヒを紹介したとわかった。ぼんやりと認識した。敬礼するのも忘れ、ヨンイルはインジャと呼ばれた女を眺めた。

インジャは仏頂面のままいった。「最終報告書に目を通した。実父クム・ドゥジンが殺人犯であると断定した、そうとらえてまちがいないな?」

ぞんざいで高圧的な物言いだが、声はチョヒと変わらなかった。自分でも頼りないと感じる言葉が、ヨンイルの口をついてでた。「初対面じゃないですよね」

発言の直後、わずかでも空気が和むのを期待した。だがそうはならなかった。インジャは顔をあげず、書面を読み進めながら応じた。「からかって楽しむつもりはない。

人間というのは本来、多様な環境に適応できる生き物だからな。飢餓に見舞われてもただちに錯乱するわけではない。クム同志も理性的に状況を受けいれられると思うが」

ブギルは両手を後ろにまわし立っている。あきらかに年下の上司に、特に不満げな態度もしめさず、かといってへりくだっているわけでもない。ごく自然な職場の人間関係だ、そう主張するような淡泊さだけがあった。

インジャがようやく視線をあげた。「質問は許そう。理解が追いつかないところもあるだろうから」

理解が追いつかないところもあるだろうから。そのわずかに崩れた語尾に、やっと人間らしい響きが感じとれた。チョヒは、いやインジャは椅子の背に身をあずけた。ヨンイルの発言をまっている。両手でボールペンをもてあそぶ。しぐさがそういう女性の生存を物語った。夢や幻ではない。もう受けいれざるをえない。前から知っていたペク・チョヒは、ミョ・インジャ中佐だった。

幹部なら捜査班あがりの経歴の持ち主かもしれない。政治犯を摘発するため、潜入捜査も得意とする。他人になりすます演技の指導まで受ける。その本領が発揮された場だったのか。しかし誰を捜査対象としてのことだろう。

目鼻立ちは同じでも、記憶にきざまれたチョヒとはちがう。純粋無垢を絵に描いたような、控えめなしぐさ。濁りのない透明な涙をたたえた誠実な瞳。それらはもうない。潤いのいっさいが蒸発し、気化してしまったかのようだ。いまは乾いた表情だけがあった。

ヨンイルは小さな声を絞りだした。「チョヒという女性はいなかったんですか」

「いた」インジャが事務的に応じた。

サンハクが前方を向いたまま、じれったそうにいった。「キ・ビョンソクの妻なら会っただろう。病院の前で」

「彼女は」ヨンイルは茫然とつぶやいた。「エギョンという名だったかと」

ブギルが告げてきた。「動揺階層の女が敵対階層の男に嫁いだら、姓も名も変える。家系の恥だからな」

なお理解は難しかった。どこからたずねればいいか見当もつかない。ヨンイルはブギルにきいた。「ヘミは誰の子ですか」

「娘か？　ビョンソクとエギョンの子だ。デジンも出産したな。どちらも両親の実の子で、姉弟になる。もっともヘミを身籠もったころは、まだ結婚前でチョヒという名だったが」

混乱ばかりにとらわれる。ヨンイルは過呼吸におちいりかけていた。うまく息が吐けない、そう自覚した。

部分的には呑みこめつつある。ムン班長ら春燮集落の住民は、十一年前の事件について証言はしても、現在のチョヒには会っていなかった。チョヒがほかの集落へ移住後、顔をあわせたようすはない。管理所におけるドゥジンへの面通しも、チョヒひとりだけが日程をずらされた。ムン班長ら住民は、チョヒが別人だと気づきようがない。署の捜査資料にも、写真の添付がいっさいなかった。そのためヨンイルもチョヒの顔を知らずにいた。

だがいまだ思考がついていかない。ヨンイルはいった。「ビョンソクの証言と食いちがいがあります。彼は、あのう、同志ミョ中佐をチョヒと見なしてました。チョヒとエギョンが別々にいて、ヘミはチョヒとの子で、赤ん坊のデジンについてはチョヒにも知らせてないと」

サンハクが唸った。「クム同志はビョンソクの家庭を確認していないだろう。双雲里は管轄外だからな。敵対階層ばかりの集落は混沌としている。八年前にペク・チョヒがビョンソクとの子を妊娠、それを機にふたりは結婚した」

「八年？」ヨンイルはサンハクを見つめた。「ヘミは十歳かと」

インジャが椅子に腰かけたままいった。「クム同志。常識で考えてほしい。わたしがチョヒを装い、安復集落にいたからには、一緒にいたビョンソクもきめられた役割を演じていた」

意識が遠のきかける、そんな感覚があった。白い霧に覆われた脳のなかに、安復集落のようすが浮かんだ。ビョンソクは朝鮮芸術映画撮影所で見習いとして働いた。彼も元俳優志望だった。

取調室で涙を恥じるように手でぬぐった。あの実直な青年の姿も虚像でしかなかったのか。

「十一年前」インジャがつづけた。「強姦の被害に遭ったチョヒは安復集落に移住したが、あんな小屋には住んではいなかった。叔父叔母のもと、ごくふつうの家で暮らした。ほどなく世話者のビョンソクと知りあい、彼が敵対階層なのは承知のうえで恋仲になった。妊娠を機に結婚し、エギョンと変名し白水集落に移った」

野菜市場で知りあったというのも作り話か。ヨンイルはつぶやいた。「でもあの小屋は、書類の複写が大量に貼ってあって、集落内で隔離されていました。テ班長も複写の束と手紙を受けとり、父親による強姦を知って、チョヒを除け者にしたと」

「住民の生活手帳に、そんな記録があったか？」

ない。チョヒについては、移住してきた記録だけだ。生活総和でしめしあわせて、誰も発言しなかったのだろう、そう信じた。テ班長がそうにおわせたからだった。

インジャがボールペンを机の上に投げだした。「小屋に貼ってあった書類が新しかったのには気づいたな？　最近貼ったからだ」

「はい。でも繰りかえし貼り直したかと」

「クム同志。チョヒの叔父と叔母の名は？」

声を失った。突然吹きつけた冷気に、全身がすくみあがった。なんの考えも浮かばない。住民の生活手帳に、苗字ぐらいは書いてあった気がする。しかしおぼえていない。チョヒについての記述ばかり探していた。

ヨンイルはあわてて弁明した。「当時の捜査資料が紙一枚しかなく、記述も概要だけで、叔父叔母の名も見あたりませんでした」

「会っただろう」インジャが苛立たしげにいった。「それも複数回。小屋のなかにいるふたりを見たな？　きけばよかった。保安員なら名前ぐらい把握すべきだ。本当に叔母が歩行困難かどうかも含めて」

事実はちがうといわんばかりだった。ヨンイルはつぶやくしかなかった。「はい」

インジャが見つめてきた。「クム同志は本来、イ・ベオクにかけられた容疑について吟味するはずだった。ところがチョヒに会って以降、彼は関心外か。チョヒのことばかり気にしながら、叔父叔母の素性すら知らない。それが保安員の捜査といえるか。カン・ポドン同志の報告にもある。クム同志はチョヒにばかり心を惹かれ、客観性を失っていると」

チョヒ以外の何者でもない女が、道人民保安局の制服姿で、険しい態度で詰問してくる。チョヒに惚れていただけだろう、執拗にそう責める。ヨンイルは激しく取り乱しながら、それでも必死で否定した。「ちがいます」

「どうちがう」チョヒ、いやインジャがいっそう冷ややかなまなざしになった。「わたしが思うに、カン同志の報告どおりだ。クム同志は妻とのあいだに摩擦を生じていた。チョヒを救済したい欲求の裏側に、不幸な被害者女性であれば自分を頼ってくれるとの下心が存在した」

不幸な被害者女性。そう強く印象づけるため、あの小屋に住んでいるふりをしたというのか。本当に理由はそれだけか。

「いいえ」ヨンイルは声を張りあげた。「求めていたのは人権です。父から受け継ぎました。新しい時代に人権こそ必要と思ったのです」

沈黙がひろがった。インジャが疑わしげな目つきを向けてきた。「人権？」

「父は身をもって教えてくれました。グァンホ殺害は重犯罪ですが、母のための復讐でもありました。問題は主体農法それ自体でなく、農薬中毒という過失でした。社会主義の平等理念はあくまで正しいと思いますが、個々の人権は無視できません。社会とは人権の集合体ではないですか」

「最終報告書にもそうある。よく練ったいいまわしだな。だが人権を強調しようとも、正当性をうったえるには裏づけが乏しくないか。クム同志。復讐といったが、具体的な殺人の動機は？」

「道内の主体農法における過失として、農薬の大量散布による大量中毒死があったことは、事実として調べがついています。ピ・ゴンチョル委員長の指示があったことも確認ずみです」

「ピ委員長は病死だろう」

「はい。あの、病死です」

「いまはグァンホ殺害について質問している。動機はなんだ」

「母が働いていた地域で、グァンホは農薬散布をとり仕切り、拒否した者について密告していました」

「その根拠は？　ドゥジンがそういったというだけだな？」

うろたえざるをえない。ヨンイルは混乱のなかで主張した。「父は命を投げだしてでも……」

「命を投げだした？　やはり病死でないというのか」

「いえ。その、農薬については今後の捜査で証明していきます」

「言葉の意味がわかってるのか。最終報告書だ」

「父はグァンホによるチョヒへの、あのう、十一年前の本物のチョヒですが、性的虐待を見すごせませんでした。グァンホ殺害の動機には、そんな側面もあります」

「根拠は？」

「時間をいただければ、春燮集落の住民に証言させます。ムン班長らはドゥジンを物置に匿(かくま)いました。凶器も保管していました」

「先日、ムン班長ら住民一同を管理所に向かわせ、ドゥジンと対面させた。だがドゥジンを前に、こんな男は知らないと証言したとか」

「それはドゥジンを守るためです」

インジャがブギルに目を向けた。ブギルは無表情にインジャを見かえした。次いでインジャはサンハクを眺めた。サンハクがかすかにため息をついた。

静寂のなか、インジャが声を響かせた。「クム同志。常識で考えろといったな。五百ウォンの賄賂で口を割るような連中に、わたしたちが前もって一万ウォンを渡していたら?」

ヨンイルは動転せざるをえなかった。強力な気圧に全身が萎縮していく。

真っ先に頭に浮かんだのは、デウィが床下からとりだしたビニール袋だった。凶器が保管してあった。乾燥剤をしこんだ秘密の収納。指紋が長期にわたり持続する紙類も一緒に入っていた。都合がよすぎる。

イヨプが声をかけてきて、班長夫人のギョンヒが同意をしめし、ムン・デウィ班長が過去を明かした。それが春燮集落での情報収集のすべてだった。安復集落のいきさつを知ったのも、テ・ヨデ班長の自白に基づいている。厳密にはあとふたりの証言者がいた。チョヒとビョンソクだ。だがチョヒはインジャだった。ビョンソクもインジャの指示に従っていた。

というより捜査資料に基づき、ヨンイルが会った全員に、道人民保安局が先まわりし手を打っていた。あのずさんな捜査資料自体、課長と班長が作ったものだ。

ふとヨンイルはサンハクの横顔を見た。サンハクは居心地悪そうにたたずんでいる。複写の束とともに置き手紙をし、チョヒを孤立に追いやった。そんなできごとはなかった。意図的に上司への不信を煽ったのか。なんのためだ。

ヨンイルはじれったさを噛みしめた。「なぜこんなことをしたんですか」

インジャがいった。「クム同志。息子なら知ってるだろうが、父ドゥジンには反体制的な言動が見受けられた。人権なるものを説きたがるのもそのひとつだった。ピ・ゴンチョル委員長の不審死ののち、主治医だったドゥジンは姿を消した。逃亡の五年間、判明している容疑にかぎっても、これだけある」

机の上から書類を一枚とりあげ、インジャが差しだしてきた。

ヨンイルはそれを受けとった。一覧を眺めるうち、紙を持つ手が震えだした。最後を除き、ほかは既視感がある。

主体九二年十一月二十八日、薬田里にて自転車窃盗。同年十二月十八日、雲井里の民家物置にて雪駄窃盗。主体九三年四月六日、興五里の畑にてトウモロコシの種窃盗。同年五月十八日、興五里の別集落にて食用犬窃盗、一キロ離れた山林で焼かれた犬の骨発見。同年九月七日、金豊里にて農家が収穫後の松茸、籠一杯ぶん窃盗。主体九四年六月十九日、南陽労働者区の路上にてカバンのひったくり、現金被害額八千二百ウォン。主体九五年三月二十日、七里の民家にて空き巣、食糧窃盗。同年八月十八日、蛇山里の民家に押しこみ強盗、壺ふたつと野菜、米など奪取。主体九六年四月三日、新豊里にて婦女暴行、被害者が携帯していた農具奪取。同年七月二十六日、薬田里にて強姦、金品強奪。同年九月十八日、平山里にて殺人、強姦、窃盗。

あのクルマのダッシュボードにあったメモと同一だ。どうして父の容疑ばかりを記したメモが、あんなところにあったのか。

ブギルがつぶやいた。「粛川郡で同一人物とみられる浮浪者風の男が、五年間にそれだけの事件を起こせば、目をつけられて当然だ。見てのとおり、最初は自転車泥棒ていどだったが、犯行がだんだんエスカレートしていった。警戒を強化していたところ、春燮集落でそれらしき男を発見した。だが保安員を派遣する前にペク家事件は起きた」

インジャが硬い顔でつづけた。「クム同志。父ドゥジンは医師として広く世間を知る立場にあった。それゆえ体制に批判的な思想が育った。たしかに主体農法における大量中毒死は悲劇だった。妻が助からないと知り、復讐心を抱いたのかもしれない。ピ委員長は病死とされているが、とにかく主治医のドゥジンは姿を消した。問題はそこからだ」

サンハクが顔をしかめ、ヨンイルにささやいてきた。「書類をおかえししろ」

犯行の一覧がまだヨンイルの手にあった。ヨンイルは震える手で書類を机の上に戻した。

それを引き寄せると、インジャがいった。「復讐で満足など得られない。逃亡生活が長引くうち虚無感が押し寄せる。食いつなぐため窃盗を始める。極度の緊張に孤独、空腹、睡眠不足。倫理観が失せ、犯行が大胆になり凶暴化していく。やがて食欲ばかりか性欲の充足にも、なりふりかまわぬようになる」

ヨンイルはインジャを見つめた。「ペク家で強姦事件は起きてません。父の動機は、最終報告書にあるとおりです。グァンホ殺害にはれっきとした理由があります」

「五年を経て身柄を拘束されたドゥジンは、そのような供述をした。グァンホはピ委員長の手先で、危険な農薬散布を意図的に推進したと。だがそんな事実はない」

膝が震え、いまにもくずおれそうだった。ヨンイルは思わずつぶやいた。「ない?」

「グァンホは農地開拓になど関わっていない。主体九六年九月十八日。日没後イ・ベオクが帰宅。ベオクはペク家から悲鳴と物音をきいた。駆けつけてみるとグァンホは刺殺され、娘チョヒは強姦されていた。一本道でほかに人影もなかったため、ベオクが最有力の被疑者とされ、教化所送りになった。だがドゥジンも前日の昼間、畦道をうろつく姿を撮影されており、被疑者とみなされた。以上が事実のすべてだ。チョヒが浮浪者を助けたり、ムン班長らが匿ったりした事実はない」

浮浪者とのふれあいはムン班長らの虚言だった。やはり意味がわからない。なぜ金を与えてまで、ヨンイルを作り話で翻弄したのか。

インジャが説明を続行した。「事件の一年後、ドゥジンを逮捕した。当初はなにも知らないの一点張りだった。春燮集落で撮った写真を見せても黙秘した。しかしいまから二年前、証拠品の紙から指紋が検出できた。まさに動かぬ証拠だったが、それを突きつけると、ドゥジンは農薬の話をしだした。グァンホは春燮集落に移住する前から工場勤めの経験しかなく、ドゥジンの弁明はまるで信憑性に欠けていた。けれどもわたしたちとしては、ピ委員長毒殺疑惑について、事実をたしかめることが重要だった。だから処刑しなかった。自白をうながすため管理所で生かしておいた」

「まってください」ヨンイルは泡を食っていった。「二年前に紙から指紋を検出した？」

サンハクが応じた。「犯人が血をぬぐうため破った本のページだ。当時われわれが回収したが、アミノ酸検出法ではなにもでなかった。一昨年ようやくアルゴンレーザー法が導入され検出できた。紙は証拠品として署に保管してあった。きみが見たとおりだ」

ヨンイルはサンハクを見かえした。「それをなぜわざわざムン班長に預けたんですか。物置に隠してあったように装い、私に受けとらせた。法医学の報告は正確を期さねばならないと法で定められてます。指紋鑑定班のジョワ・ドクサン主任は、いまさら紙から指紋が検出されたふりをしたんですか」

「いや。単に再度鑑定させただけだ。凶器のほうの指紋はもともとなかったが、紙には残っていた。当時の担当はジョワ主任ではない。ジョワは今回、きみの要請に従ったにすぎない。法医学の報告に嘘があったわけではない。ビョンソクのＤＮＡ鑑定と、十一年前の精液判定結果の照合も、きちんと正しくおこなわれた」

ブギルが口をはさんだ。「ただし十一年前の精液判定結果は事実とちがう。法医学の報告に正確を期すとの法律は、十年前に施行された。それ以前のことだからな」

ヨンイルは驚いた。「ビョンソクの精液ではなかったんですか」

インジャは表情を変えなかった。「いっただろう。チョヒがビョンソクと出会ったのは、移住先の安復集落。事件当時、チョヒはまだビョンソクと知りあってもいなかった。犯人は嘱託医だったから、凶器に指紋も残さなかったし、強姦はしても膣内射精しなかった。外にだしたうえ、破った本のページ、十枚ほどでぬぐい持ち去った」

紛失したページがそうだったのか。ヨンイルは首を横に振った。「強姦も父のせいだというんですか。そんな馬鹿な」

「ドゥジンは嘱託医だけに、逃亡中も署内の動きに通じている可能性もあった。だから精液が検出されたとの偽情報を残しておくことにした。チョヒと協議のすえ、ほどなく恋仲になったビョンソクの精液を提供してもらった。成分に不自然さがないよう、性交後チョヒの膣内から採取してな。むろん本当は彼の犯行でないことを、道人民保安局は把握ずみだった」

政治犯を追う捜査班は、証拠を極秘に保管するため、地域署にはダミーの証拠品を預けたりする。その一環だった。例によって欺瞞だらけだ。

十一年前、この国の紙質からは、指紋の検出はまず不可能だった。先進的な技術もなかった。だからドゥジンも油断し、血をふいた紙を現場に残した。二年前になり指紋を検出でき、捜査班はドゥジンを問い詰めた。

まだ納得できない。ヨンイルはインジャにいった。「精液がダミーとわかっていたのに、ビョンソクに自白させた。チョヒは、いえ同志ミョ中佐は、父親による強姦だといった。いったいなにが目的ですか」

インジャの顔にはなんの感情も表われていなかった。「クム同志、感謝している。重要な課題のひとつ、ベオクの証言における矛盾に説明をつけてくれた。たしかに犯行がベオクの帰宅前であれば筋が通る。いちど気を失ったチョヒが目を覚まし、父親の死体を見て悲鳴をあげ、また卒倒した」

「私がそういったあと、ムン班長のもとを訪ねたら、彼はそれを裏づけるような証言をした。同志ミョ中佐の差し金でしょう。なんのためにそうしたんですか。私に確信を深めさせたところで意味ないでしょう」

「クム・ヨンイル同志には、事実を追うと同時に、事実から遠ざかってもらう必要があった」

「よくわかりませんが」

「殺人も強姦もドゥジンの単独犯だった。署の捜査資料からは消しておいたが、ドゥジンはペク家から金と食糧を根こそぎ持ち去っている。家主を殺し、娘を強姦したうえでだ」

捜査資料の書面が頭に浮かんだ。朝鮮文學全集十巻のうち第七巻だけが紛失、その下に二行ほど黒塗りの箇所があった。ほかにも盗まれた物がありそうだったが、やはり財産が奪われていたというのか。

父ドゥジンはただの犯罪者だった。グァンホもただの被害者だった。ブロック塀も追っ手から逃れるために築いたわけではなかった。まちがった情報に基づいた推理は、当然まちがっている。

だがすべて父の凶行とは受けいれがたい。

「ありえない」ヨンイルはうわずった声を響かせた。「農地開拓と無関係だったとしても、グァンホは当初の説明どおり、問題のあった男でしょう。妻を稲穂泥棒として密告し、ブロック塀で家ごと隔離された」

　インジャがいった。「妻ウンギョはたしかに稲穂を盗み、グァンホもブロック塀を築いたが、夫婦の共犯ではなかった。ウンギョの単独犯だったと娘チョヒも証言している。首吊りはそれを恥じてのことだ」

「ベオクはグァンホを嫌な男だと証言しました」

「よく話をきいたか。ベオク自身も認めているが、チョヒに手をだそうとして、父親のグァンホに警戒された。住民らも生活総和で、ベオクは問題児だったといっている。ふだんから素行不良で、被疑者とされるだけの謂れもあった」

「でもベオク以外の住民も、グァンホが娘を虐待してると証言しました。ムン班長やイヨプが」

「さっき話したとおりだ。わたしたちがそういわせた」

「事実無根の証言で、故人の名誉を貶める嘘をつかせたんですか」

「クム同志にだけはな」

「なぜそんなことをするんです」

「すべてドゥジンの主張のままだ。ドゥジンは、グァンホが娘に性的虐待をしているといった。チョヒの強姦被害は、グァンホのしわざだと主張した。畦道で折檻を見かけたから、助けるため家に踏みこんだともいった。ドゥジンがそんな嘘をついた理由はあきらかだった。彼はわたしたちの罠に掛からず、精液が検出されていないと踏んでいた。毛髪一本さえ残さず現場から持ち去る徹底ぶりだ。証拠がない以上、どうあっても自白しないつもりだった」

理解の霧が少しずつ周りにたちこめ、水分が体内に浸透してくる。冷ややかでやるせなかった。息子に捜査させれば、父親に似た思考をたどる。そこに真相が浮かびあがる可能性がある。それが第一の策略だった。第二の策略は、父親の偽証どおりのことを、息子に事実と信じさせることにあった。被害者のほうが悪党だったと思いこませた。

そのうえで管理所での面会のときを迎える。息子は父の正義を信じきっている。父のほうも、自分を信じてくれる息子になら、心を許す。

ヨンイルはつぶやいた。「管理所暮らしで、ここ十年間は井の中の蛙。そんな父親は、息子をだましおおせているものと、都合よく解釈してる。そこに希望どおり、父親に信頼を寄せる息子が現れる。会話のなかから自白が拾える公算が強まる」

インジャがうなずいた。「息子なら理解してくれる、ドゥジンは獄中さかんにそう主張した。だから希望どおりの面会をあたえてやった」

「本物のチョヒは、強姦犯の顔を見ていなかったんですか」

かすかな憂愁のいろが、初めてインジャの顔に浮かんだ。「暗くて顔はよくわからなかったが、知らない男だったといった。ドゥジンの写真を見せたが、やはり犯人を記憶していないようだった。だからなんとしてもドゥジンの自白が必要だった」

「彼女は、本物のチョヒは、エギョンは」ヨンイルは何度かいいなおした。「私に会ったとき、真実を知ってたんですか。夫のビョンソクは被疑者でなく、道人民保安局に協力してるだけだと」

「知らなかった。だがビョンソクの連行に際し、誰に対しても口をきくなとエギョンに釘を刺しておいた。クム同志に、彼女自身と子供の名だけは伝えてしまったが」

あの涙は本物だった。せめてもの慰めだとヨンイルは思った。みぞれのなかにたたずむ母と、寄り添う娘。母の胸に抱かれた赤ん坊。同じ場所と時間に戻ったかのように感じられた。

インジャの顔から、また感情が消え失せていった。「思惑どおり、ドゥジンは息子を前に、ピ委員長への批判を展開した」

「でも」ヨンイルはつぶやいた。「思うような自白は得られなかったでしょう。春燮集落の事件について、父は巧みに言及を避けてた」

「クム・ヨンイル同志もな」インジャの目が鋭く尖(とが)りだした。「わたしたちの目的はもうひとつあった」

予想はついていた。だが覚悟はまだだった。ヨンイルのなかに不安の暗雲が垂れこめていった。「私ですね」

「政治犯疑惑のある父親に対し、息子がどう反応するか知りたかった。クム同志が父親と足並みをそろえるのか、あるいは対立するか、それだけではない。クム同志はなにを優先するのか。自分自身か。自分の家族か。父親か。ビョンソクおよびその妻子か。チョヒか」

子供が癇癪(かんしゃく)を起こすときのように、どうにもできない怒りと悲しみが同時にこみあげてきた。ヨンイルは震える声でいった。「答えのでない問題でした」

「そう思うか」

「どんな道を選ぼうと、誰かが不幸になるなんて耐えられません」

「同志。忠誠を誓うべきは最高指導者、党と国家だろう」

発言を迷った。だが抑えきれない感情が口をついてでた。「私と同じ立場だったら、誰も答えをだせないと思います」

父が命とひきかえに、たった一本の逃げ道を用意してくれた。それによって出身成分を悪化させる心配なく、真実を報告できた。ピ・ゴンチョル委員長の死は、永遠の謎になった。父が墓場まで持っていった。万事解決した。

ふと釈然としない気分になった。

インジャの指摘によれば、父は人格者ではない。ゴンチョル暗殺時はともかく、その後の逃亡生活はすさんでいた。ペク家事件はそのきわみだった。父は息子をだましていた。正しくもない人間が、息子のため自己犠牲を選ぶだろうか。

察したかのようにインジャが告げてきた。「クム同志。父親が病死を装った服毒自殺で、息子を救ってくれたと、本気で信じているのか」

さらなる寒気が襲った。あの遺体安置所より気温が低く思えた。身体の震えがとまらない。ヨンイルはかろうじて応じた。「意味がわかりかねます」

「わたしたちとしては、充分な実証実験の結果が得られた。酢酸タリウムを少量ずつ、食べ物に混ぜて与えるとどうなるか。成人の致死量は一グラム。さほど細分化せず、わずか二日ですんだ。検視の結果はきいたな? 循環器系の急性疾患。ピ委員長とまったく同じだ」

落雷に打たれたも同然の衝撃が、ヨンイルの全身を貫いた。自殺ではなかったのか。あれは父の犯行を裏づけるための人体実験だったというのか。

それだけではない。息子がその死をどうとらえるかの分析、そうにちがいなかった。ブギルが醒めきった表情でいった。「推理という独善的思考法には、己れの願望を正当化しようとする、無意識の力学が働く。私たちはそれを見た。クム同志は父親の死を崇高な犠牲ととらえた。人権にめざめたとの自覚もあるようだが、思いこみにすぎない。グァンホを悪人と結論づけ、父親を擁護し、被害者女性に若き日の妻を重ね、弱者への同情心をそれらの免罪符にした。人権を主張すれば、集団の規制や倫理から外れ、利己的な振る舞いも免責されるとも考えがちだ。父親の思想に似ている。きわめて危険だ」

サンハクも冷淡につぶやいた。「人体実験で毒殺が実証された以上、裁判所もドゥジンを政治犯と認める。と同時に死刑も正当に執行されたものとみなす。事後承認の判例があるからな」

恐怖が全身を包みこんだ。ヨンイルは狼狽とともに声を発した。「まってください。政治犯として死刑執行だなんて。困ります」

「どうなるのを望んでいた？」サンハクが投げやりにいった。「内心、父親が自殺したと思ってたんだろう。管理所での自殺は死刑執行とみなされる、法がそう定めてるぞ。どっちにしても出身成分は敵対階層になる」

今度こそ本当に過呼吸が襲ってきた。ヨンイルは苦しくなってむせた。激しく咳きこんだ。意識が朦朧とする。脳が酸素を欠乏し、感覚も麻痺しだしたかのようだ。

ブギルがいった。「息子にも父の影響が如実に見られる。敵対階層が妥当だろう」

必死で首を横に振った。涙が滲んで視界をぼやけさせる。ヨンイルはかすれた声を絞りだした。「スンヒョンと、娘の、ミンチェの将来が」

サンハクが鼻を鳴らした。「離婚は裁判が原則だが、よほどの理由があれば認められる。殺人未遂、死に至る性病、夫に起因する出身成分の悪化。妻子は三番目に該当するだろう。離婚により妻子は二親等から外れることが可能になる。必要があれば、こっちから手続きの書類を家に送っておくぞ」

怒髪天を衝くとはこのことだった。ヨンイルはサンハクの胸ぐらをつかみ、こぶしで頬を殴った。「この野郎！　上司面しておきながら、なんてくずだ」

打撃の手ごたえをはっきり感じた。サンハクは悲鳴をあげ逃れようとした。ヨンイルはサンハクに抱きつき、さらに横腹めがけ殴りつけた。室内は騒然となった。警備の制服が駆けつけた。警棒を振るっている。ヨンイルは激痛にのけぞった。背をしたたかに殴打された。立っていられなくなり、その場に膝をついた。

ここからだしてくれ、期待してるぞ、父はそういった。あれが父の本音か。ただそれだけの男でしかなかったのか。

深い谷底へ果てしなく落下していく。もがこうとも制止できない。両手を伸ばすことさえ不可能だった。腕や脚の血管が収縮しつづける。こぶしと背中の痛みは消えなかった。ヨンイルは嘔吐の衝動に駆られた。

スンヒョンもミンチェも遠ざかっていき、孤独だけがまつ。敵対階層に墜ちるのは自分ひとりか。

ヨンイルは嘆いた。「司法が公正を重んじるようになったんじゃなかったのか。判断に慎重を期すよう、体制が変化すると信じてた」

ブギルがつぶやいた。「クム同志。これがその変化だ。公正を重視し、慎重に判断すべく、時間をかけ念いりに工作した。同志ミョ中佐がみずから捜査に臨み、真実の確認にあたった。おまえひとりのためにだ」

永遠に覚めない悪夢にとらわれたように思える。だがこれは現実だ。いくら探しても否定しうる根拠が見つからない。

物音がした。ヨンイルはびくっとして顔をあげた。

警備がとり囲んでいる。サンハクは横腹をさすりながら、顔をしかめ立っていた。ブギルは位置を変えていない。みな一様に沈黙しつづける。

インジャひとりが席を離れていた。ゆっくりと机を迂回し、ヨンイルに歩み寄ってくる。やはり制服の上着もスカートも、身体よりわずかに大きい。もともと細身だったのだろうが、おそらくチョヒになるうち、さらにやせたのだろう。

ひざまずくヨンイルの前で、インジャが姿勢を低くし、目の高さをあわせた。

「同志」インジャが小声できいた。「生まれと育ちはちがう」

なんのことかわからない。ヨンイルはきいた。「どういう意味ですか」

「そう怖がるな」インジャは外見に似合わず老練な態度をしめしていた。落ち着いた物言いで告げてきた。「出身成分に影響をあたえるのは、生まれでなく育ちだ。実際わたしたちのあいだでも意見が分かれた。同志コク課長は遺伝の影響こそ恐ろしいといった。ドゥジンの人格が血とともに受け継がれるのを心配したようだ。どう思う？」

「不条理な考えです」ヨンイルは思いのままをつぶやいた。「不当です」

「わたしと同志ピン少佐の判断は、同志コク課長とは異なる。子育てこそが親に似てくる理由だ。カン・ポドン同志の報告によれば、クム同志にも、子は親の作品という認識があったのだな？」

「政治犯になる教育は受けてません」

「わかってる。直接的な教育ではない。親がのぞかせる負の思考や習慣を、子は無意識のうちに継承してしまう。これは不可避だと思う。よって出身成分がある」

間近で見るインジャの顔は、やはりチョヒだった。ヨンイルにとってはチョヒでしかなかった。隔離された小屋住まいという、悲劇の日々は架空だった、そんな真相に屈折した安堵をおぼえる。本物のチョヒだったエギョンの身は案じなくていいのか。いや彼女にはビョンソクがいる。それよりいま油断してはならない。インジャが話していることは、人民保安省幹部の発言以外のなにものでもない。出身成分を受けいれさせようとしている。

無力を痛感しながらもヨンイルは抗弁した。「わが国は対外的に、出身成分は存在しないと主張しています。出身成分の区分は、人間性による区分ではありません。党と国家への忠誠に、条件づけがあって、それだけを基準に評価されてしまう。やはり不本意です」

サンハクが厳しくいった。「クム同志。体制批判になるぞ」

するとインジャが片手をあげ、サンハクを制した。「よせ。発言を控えろ。同志コク課長の意見は傾聴に値しない」

「なんですって」サンハクは目を剝いた。

インジャは身体を起こし、机の上からさっきの書類を手にとった。「同志コク課長は、クム・ヨンイル同志が遺伝的に父と共通の思考をしめすと主張した。これらもペク家事件と同一人物の犯行とみなすはず、そういったな。だがクム同志は捜査の過程で、これらが父ドゥジンの犯行とは、想像すらしなかった。犯行日時とドゥジンの失踪期間が結びつかないままだった。同志コク課長、あてが外れたな」

ヨンイルはサンハクを見上げた。苦々しげな表情が浮かんでいる。

あのクルマにメモ用紙をしこんだのはサンハクか。露骨な手段でヨンイルに情報の下地を提供し、有利な実証実験結果を導きだそうとしたようだ。

ブギルが軽蔑に似たまなざしをサンハクに向けた。「チョヒが非力な叔父叔母と、隔離された小屋に住んでいれば、息子も父親と同じ性衝動を抑えきれなくなる。そんな実証実験も提案したな」

サンハクがうろたえだした。「私は断言したわけではなく……」

腸が煮えくりかえるようだった。ヨンイルが睨みつけると、サンハクは視界から外れたがるように後ずさった。

インジャが書類を机の上に戻した。「クム同志とふたりきりで話したい」

にわかに緊張がひろがった。ブギルが顔いろを変えた。「感心しませんな。警備ぐらいは置いておくべきでしょう」

「いや。ふたりきりだ。廊下に待機せず、ドアから遠ざかれ。聞き耳を立てるな」

不服そうな反応が見てとれた。しかしブギルは率先して戸口に向かいだした。サンハクがさも納得いかない顔でつづく。兵たちも当惑をしめしたが、最終的に退室していった。ドアが閉じ、集団の靴音が小さくなっていく。

背中の痛みが、なおも鈍重に尾をひいた。ヨンイルはようやく立ちあがった。

インジャは机の前に寄りかかり、床を眺めながらいった。「妻のスンヒョンは、すでに離婚に向け動いている。裁判の準備に入ったようだ」

すさんだ寂しさが爪を立て、胸をひっかく気がした。ヨンイルはささやいた。「覚悟はしてました」

「カン・ポドン同志が、証拠の写真を提出した。家庭内で理不尽な暴力を振るったそうだな」

やはり。思わずため息が漏れる。ポドンは密告者に徹したか。けれども彼を責められない。この国に生きる者として宿命に従った、それだけのことだ。

皮肉な話だった。ヨンイルはつぶやいた。「イ・ベオクと同じですね。ひとりきりになる。敵対階層に墜ちても、誰も巻き添えにしない。妻子に迷惑もかからない」

インジャは無言でうつむいていた。やがて沈黙を破った。「わたしに手をださなかった理由は？」

ヨンイルはインジャに目を向けた。「なんのことですか」

「わたしをチョヒと信じていた以上、好きにできたはずだ」

戸惑いが生じる。ヨンイルは慎重に言葉を選んだ。「あんなちっぽけな小屋で、叔父叔母夫婦も一緒にいるのに、そんなことは」

「保安員ならなんとでもなる。人ばらいするにせよ、わたしをどこかに連れていくにせよ、自由自在だろう。性被害者の女に、よこしまな考えを抱かない保安員など稀(まれ)だ」

「それは偏見です。正直、考えもしませんでした」

「本当か？」インジャは視線を逸(そ)らしたままだった。「わたしに魅力を感じなかったという意味か」

「ちがいます。いいえ」困惑がいっそう募りだす。ヨンイルは言葉に詰まりながらも、思いのままを伝えようとした。「あなたには惹かれていました。境遇を気の毒だと思う、それ以上の感情がありました。でも仕事です。捜査に徹するのが義務でした」

「職務を崇高なものととらえていたというのか」

「ええ。必要でした。自分の人生が意味を持つためにも」ふと虚しさが頭をもたげてくる。ヨンイルは苦笑したい気分になった。もっとも笑いまでは生じなかった。「結果的に、私の一連の行動は、捜査とは呼べないものでしたが」

「いや。あれは捜査だった。地域署の保安員による、ありふれた殺人事件の捜査だ。通常なら、結果に疑問すら抱かなかっただろう。父親の献身を信じ、彼のおかげで最終報告書を提出できた、そう信じたまま終わったはずだ。保安員の認識などそんなものでしかない。本来は夢から目覚めさせないまま捨て置くのが常だが、今回にかぎり真実を伝えた。それだけのちがいだ」

また不穏な空気が漂いだした。すべてを統制しているのは国家との主張か。ヨンイルはインジャを見つめた。「私たちが経験しているのは、国のつくりだした幻想ですか」

「いいえて妙だ。人民の仕事も生活も、政府の管理下にある。人民には自律性があると錯覚させつづける。じつは政府が用意した箱庭のなかで飼育するのみだ。個人の目標も、達成までの過程も、すべて国が一種の幻想を抱かせつつ制御する。幻想ゆえ、失敗してもやり直しがきく。人民は本物の人生など送れない」

「この世に生きることは、夢を見ているのと同じですか。ここではそうかもしれません。人民は悪い夢ばかり見させられています。でも外国ではちがうでしょう」

「外国というが、どこの話だ」

「南朝鮮や、日本です」

「そうか？　どこも民主制といいながら、うわべだけ平等を謳う階級社会だ。人民班に相当する最小単位の自治体は、どの国の集落にもある。社会の調和が第一、乱す者は軽蔑され疎外され、悪質なら逮捕される。みな規律を守って細々と生き、わが身の不満をかこちながら老いていく。ただ生きるため働く。出勤時間厳守、勝手に休めない。薄給。動けなくなったら家族にも邪魔者あつかいされる」

「日本は」ヨンイルはつぶやいた。「もっと豊かです」

「金持ちがいるからか。わが国もそうなってきてる。商売がうまければ裕福になる。規制や妨害を逃れるのも商才だ。運が悪ければつかまる。そこも日本と同じだ。商売がへたか、不運ならずっと貧乏暮らし。脱税はどこでも重大な犯罪になる」

「犯罪自体が少なく、治安もいいはずです」

「どの国にも犯罪者がいる。体制への反発により、自分が何者かになれるという、漠然たる思いを抱えて犯行に走る。それが最初のきっかけだ」

「食べる物には困らないときます」

「食うだけ食ってから走りこみをしてやせようとしてる。こんな非効率なことはない」

「でも出身成分はわが国だけです」

「ちがう。出身の階層により、結婚相手も、学歴も、仕事も、生活水準も、だいたいきまる。日本でもだ」

「核心階層でないと平壌には住めません」

「東京も土地代が高く家が買えない」

「まともな病院があるのは平壌だけです。しっかりした治療を受けられ、長生きできるのも平壌市民だけです」

「日本も同じだ。低所得の高齢者は安い診療しか受けられず、寿命に実質的な制限がかけられている」

ヨンイルは反発した。「言論の自由が日本にはあります」

「ない」インジャがきっぱりと断言した。「テノリで党や班長の悪口をいうぐらい、わが国でも許されてる。日本や南朝鮮でも容認されるのはそのていどだ。公衆の面前で声をあげれば遠まわしに弾圧される」

「わが国は男尊女卑です。母は生きているあいだ苦労しました。あのう、同志ミョ中佐は例外ですが、男尊女卑なんです」

「子供が虐げられてます」

「外国もそうだ」

「なぜそういいきれるんですか」ヨンイルは思わず声を荒らげた。「すべて本当だといえるんですか！」

ふいにインジャは言葉を切った。一瞬、戸惑ったかのように目を泳がせる。やがて机の向こうへとまわった。なにかスイッチを操作した。

隠しマイクをオンにしたのか。いや、いままで録音していなかったとは信じがたい。オフにしたのかもしれない。

インジャが近づいてきた。見上げるまなざしはチョヒそのものに思える。瞬きをした。ささやくような声でインジャが告げてきた。「クム同志。このままでは独り身になったうえ、敵対階層にされる。でもあなたには未来を生きてほしい」

心拍が徐々に速まっていく。ヨンイルはきいた。「どういう意味ですか」

「鴨緑江の中州に渡る船がある」

抑制しきれないほどの動揺が、胸のうちにひろがっていく。鴨緑江は大陸との国境を流れる川だった。ヨンイルは首を横に振った。「党と国家、最高指導者に忠誠を誓います」

「そんな話はいい。もう誰にもきかれてない」インジャの面持ちは、いまやすっかりチョヒに戻っていた。切実な目が見つめてくる。喋り方も穏やかになった。「鴨緑江の中州から先は、引き潮のときを見計らえば、歩いて渡河できる。注意すべきは国境警備兵のみ。遼寧省丹東市から高速道を使わず、バスで七時間、瀋陽市に逃れればいい。自由朝鮮が手助けしてくれる」

ふいに足もとがぐらつく、そんな感覚に襲われた。自由朝鮮とは、在米南朝鮮人二世が中心となり結成された、国外に拠点を持つ反体制派のはずだ。

またも欺かれようとしている。ヨンイルは思わず身を退かせた。「党の方針に逆らう気はありません」

「きいて」インジャはすがりつくように距離を詰めてきた。「あなたの指摘どおり、この国では女性が虐げられている。人権は皆無に等しい。正しいことを信じるのなら、脱出して窮状をうったえてほしい。外からでなければ、この国は変えられない」

吸いこまれそうな瞳に、また心が揺らぎだすのを自覚する。けれども鵜呑みにできるはずもない。ヨンイルは語気を強め拒絶した。「おっしゃることが理解できません」

「誓っていう。いまわたしは本心を口にしてる。若い女は軍に書類整理の名目で送りこまれるが、実態は男どもの性欲処理係だ。わたしも組織では性上納を強要されてきた。人権意識がいまだ希薄なせいで、性的暴行は犯罪とみなされていない。一般家庭に生まれた女性は、被害に遭っても運命と信じてしまう」

「党と国家、最高指導者に忠誠を誓います」

インジャの目が潤みだした。「わたしがこの任務に就いたのは、なによりペク・チョヒの強姦被害をあきらかにしたかったからだ。でもその過程でわかったことがある。クム・ヨンイル同志は父親とちがう。道を踏み外したりしない」

「父は反体制派のうえ、逃亡中に凶悪犯と化しました。私はその息子であり、敵対階層とされるのはやむをえません」

「自分ではそう思っていないだろう!」

ヨンイルは言葉を失った。いつ以来のことだったか。インジャの真摯な目の輝きを間近に見ている。

もうだまされはしない。だがもし欺瞞でなかったらどうする。彼女が偽らざる思いを打ち明けているとしたら。

そんなふうに感じながらも、自分に嫌気がさしてくる。またこの女に心を奪われたのか。判断を迷ったあげく、国家に都合良く誘導されるのがおちだ。自由朝鮮の世話になると宣言したら、今度こそ弁解できない。己れの愚かさを痛感しながら、処刑の憂き目に遭うだろう。

そこまで考えながら、ふと別の思いが脳裏をよぎった。

彼女を信じたとして、いまさらなんの不利益があるのか。家族を失った。敵対階層に墜ちた。念いりな裏づけ捜査により、クム・ヨンイルは危険思想の持ち主と証明ずみだ。おそらく死刑か、それに等しい管理所暮らしがまっている。

このように生まれてしまった。なるようにしかならない。ならそれでいいのではないか。人として信念を曲げてまで、なんのために生き延びようとするのだろう。目の前にいる女性を救いたいと思った。国の体制こそまちがっていると信じた。自分にとってどうしようもなく正しいことだ。ほかの生き方など選べない。

決断にはもうひとつ理由がある。ふとその事実に気づかされた。

インジャもそのことを告げようとしていたらしい。口ごもりながらつぶやいた。

「あなたには娘がいる」

ヨンイルはうなずかざるをえなかった。「ミンチェの今後に関わってくる問題か」

ミンチェがほかの男の家族になろうと、ヨンイルの娘であることに変わりはない。彼女の将来を思えばこそ、この国に性奴隷の風習など蔓延(はびこ)らせておけない。たとえもう娘に会えないとしても、不幸にだけはさせたくない。

妻のスンヒョンもそうだ。再婚するにせよ、それが弱みになって、暴力を振るわれてしまうかもしれない。家族を幸せにできなかった責任は、世帯主だった自分にある。せめてこれからのふたりの、平穏な暮らしのために尽力したい。

いつしか恐怖心は薄らぎ、半ば消えつつあると感じた。ヨンイルはチョヒとの対話と同じく、あえてぞんざいにきいた。「いつから俺をそんなふうに思った?」

インジャは痛切な面持ちのまま応じた。「あなたに会ううちにわかった。外国人のように女性を尊重してくれる。性被害の苦しみに共感してくれる人だと」

「俺をだまして、敵対階層に貶めたのにか」

「それしかなかった。これであなたの身柄は、わたしが直接的に管理することになる。勾留(こうりゅう)先もわたしが手配できる。今夜逃がす」インジャがメモ用紙をとりだし、ヨンイルの手に握らせてきた。「どのように抜けだし、誰と接触すべきか、ここに書いてある」

メモ用紙を眺めた。細かい字がびっしりと書き連ねてあった。だからといって真実とはかぎらない。偽装に途方もない手間をかけるのが、この国の管理体制だと思い知った。

けれどもいまは、信じる道を選びたい。愚行かもしれないが、それ以外にない。初めてチョヒに、いやチョヒを演じるインジャに会ったとき、こんな衝動に駆られた。人はやはり変われない。これが自分だ。たとえ悔やむことになっても、そこまでを含め自分の人生だ。

とはいえ落胆を禁じえない。ヨンイルはつぶやいた。「単なる片田舎の殺人事件の捜査。そう思ってた」

「そのとおり。単なる片田舎の殺人事件の捜査」インジャが見つめてきた。「これこそわが国における、単なる片田舎の殺人事件の捜査だ。地域署の捜査の実態だ。保安員には事実を探るすべがない。ツールもノウハウもあたえられない。真相とされるものは、すべて国がつくりだし押しつける。保安員は疑いすら持たず、なにもかも現実として受けとらざるをえない」

「労働の目的も過程も達成も、大なり小なり、政府の欺瞞による幻想でしかないのか。

真実を追求するはずの保安員の職務でさえも」

「でもあなたはもう真実を知った。幻想の殻を破り抜けだした。だからわたしの思いを託したい」

暗く不自由な日々さえも、わずかに感じた光明も、国家の生みだした幻想の集合体だったというのか。覚めない悪夢にとらわれつづける、それが人民の一生らしい。いまも目覚めたという保証はなかった。どうせ死ぬまで猜疑心は捨てられない。ある意味、人生それ自体が、ふたしかな幻と同じだ。夢と現実の境界など、見定めようとするだけ無駄に思えてくる。

ヨンイルはメモ用紙をポケットにねじこんだ。「このまま黙って部屋をでたとして、ピン少佐が会話を勘ぐったりしないか」

インジャがヨンイルをじっと見つめた。顔を近づけてくると、そっと唇を重ねた。彼女にとって不慣れな行為かもしれない。かすかな震えと、乱れがちな息づかいがあった。それでも感触は柔らかく、ほのかな体温が伝達する。荒くれた心までが、嘘のように静まっていく。

やがてインジャはわずかに身を退かせた。目に大粒の涙が膨れあがっている。喉を詰まらせながら、静かに嗚咽を漏らした。

今度こそ真実の涙と信じたい。インジャもヨンイルと同じ境遇だった。永遠なる囚われの身。そんな立場において、支配体制を変えようとしている。命懸けの覚悟だろう。もう後には退けない、インジャのまなざしがそううったえている。

チョヒだったころを想起させる穏やかな表情が、しだいにミョ・インジャ中佐の顔に溶けて消えていく。机の向こうへとまわり、スイッチをいれた。インジャは声を張った。「申し開きは充分だ。それが本心だというのなら、しっかり忠誠を誓え」

言葉とは裏腹に、チョヒの視線は机におちた。

ふたりの対話は、ヨンイルへの断罪をもってしめくくられる、そんな必要があった。処罰の軽減を求めるべく、ヨンイルは必死の声を響かせねばならない。そうでなければ疑いの目を向けられてしまう。

ヨンイルはまくしたてた。「偉大なる大元帥様が思慮なさり、偉大なる大元帥様がお尽くしになり、偉大なる大元帥様が毅然と統治なさる、まぶしく栄光に輝く我らが国家、朝鮮労働党の一員として、いついかなるときも、どこにどのようにあろうと、偉大なる大元帥様のお教えに従い、最善策を考え行動し、主体思想の偉業を代々受け継ぎ、社会主義祖国の後継者として、強く生きることを栄えある朝鮮労働党員として、ここに命をもって固く決意します」

　インジャは辛(つら)そうにうつむいている。顔をあげずにいった。「反復」

「偉大なる大元帥様が思慮なさり、偉大なる大元帥様がお尽くしになり、偉大なる大元帥様が毅然と統治なさる、まぶしく栄光に輝く我らが国家、朝鮮労働党の一員として、いついかなるときも、どこにどのようにあろうと、偉大なる大元帥様のお教えに従い、最善策を考え行動し、主体思想の偉業を代々受け継ぎ、社会主義祖国の後継者として、強っ……」

「言葉に詰まるのは忠誠心が足りないからだ。最初から」

「偉大なる大元帥様が思慮なさり、偉大なる大元帥様がお尽くしになり、偉大なる大元帥様が毅然と統治なさる、まぶしく栄光に輝く我らが国家、朝鮮労働党の一員として、いついかなるときも、どこにどのようにあろうと、偉大なる大元帥様のお教えに従い、最善策を考え行動し、主体思想の偉業を代々受け継ぎ、社会主義祖国の後継者として、強く生きることを栄えある朝鮮労働党員として、ここに命をもって固く決意します」

22

深夜、長いことトラックの荷台に揺られた。雑多な積荷の奥で、ヨンイルはひとり身体を横たえていた。

わずかな光すらない、真の闇だけが包みこむ。一睡もできなかった。ときおり検問に差しかかるたび、全身に緊張が走る。けれども警備兵が荷台を調べることは皆無だった。トラックは難なく検問を通過した。むろん賄賂(わいろ)がものをいっているのだろう。すさんだ気分が胸のうちにひろがる。自由に近づいている気がしない。これも国家の欺瞞(ぎまん)が生んだ幻想でないとはかぎらない。トラックは鴨緑江をめざさず、同じところを周回しているだけ、そうではないとどうしていえる。検問の声も物音も偽装かもしれない。

だがいまとなっては、さほど恐れることもなかった。この国において自分は、すでに死者も同然だった。現況はさしずめ黄泉(よみ)の国への旅立ちだろう。夢と現実の境界は、いよいよ曖昧(あいまい)になってきた。

ひとつだけ確実なことがある。すべてに別離を告げるときがきた。生まれ育った故郷だけではない。保安員としての日々とも、家族とも。どちらもすでに失われた過去にすぎないが。

スンヒョンの浮気は事実だったのだろうか。いまとなってはたしかめようもない。

ヨンイルと一緒にいるよりは幸せを感じられたのか。罪悪感ばかりが募る。娘のミンチェともども不幸にしてしまった。ヨンイルが姿を消すことで、ふたりが逮捕されたりはしまいか。インジャのメモには、そうならないよう手を打つとあった。具体的な手段についての記述はない。いまはインジャを信用するしかなかった。情けない話だ。妻子を置いて逃げだすとは。あるいは不慮の死と呼ぶべきか。家長が突然他界した、そんな状況にこそ近いのかもしれない。やはりこの旅路は、冥途に赴く道すがらか。

ほどなくトラックの振動がおさまりだした。徐行しているらしい。やがて停車した。幌がめくりあがり、外気が吹きこんでくる。男の声が低く呼びかけた。「着いたぞ」

身体の痛みを堪えながら、ヨンイルは起きあがった。手を貸してくれたのは、ハンチング帽に口髭の中年男だった。留置施設を抜けだした直後、裏の駐車場で出会った。彼はナムと名乗った。それ以上の説明はない。ヨンイルもたずねなかった。ナムはもうひとりの協力者、パクという若者とともに、トラックをここまで走らせてきた。

車外に降り立つ。手荷物はなかった。なにも持たないよう指示されたからだった。湿った風を頬に感じる。夜空には月も星もない。厚い雲が覆い尽くしているようだ。それでも暗がりには、いまやすっかり目が慣れている。辺りにひとけはない。わずかな川面（かわも）のきらめきを見てとった。砂利を踏みしめ歩くうち、欺瞞への憂慮は軽減されていった。空気感と、わずかに視認できる地形のシルエットが、現在地をつまびらかにする。たしかに鴨緑江だ。ここは平安北道（ピョンアンブクド）の平野部、水豊ダムから距離を置いた一角にちがいない。

集落らしきものは見あたらず、川辺に船着き場もない。ただしもう一台のトラックが停車していた。そちらの運転席と助手席にも、それぞれ男の顔がある。水上には大きめの手漕（てこ）ぎボートが係留中だった。パクが支柱に駆け寄り、ロープをほどきにかかる。

川の対岸ははるかに遠く、霞（かすみ）がかかっていた。中州や川中島は黒点のごとく、そこかしこに浮いている。ここから見えるのは、わが国の領土ばかりだった。しかしその向こう、浅瀬を歩いていけば、大陸に達するという。

それこそ幻想に等しく思える。ぼんやりとたたずむうち、人影が近づいてきた。

「お父さん」ミンチェの声が呼びかけた。

ヨンイルは驚いた。目を凝らすと、娘の姿があった。毛布にくるまりながら立っている。寄り添うのはスンヒョンだった。やはり毛布を羽織っていた。暗闇のなかでも、その感慨に満ちた表情は見てとれた。

しばらくは声にならなかった。ヨンイルはやっとのことでつぶやいた。「どうしてここに」

ナムが駆け寄ってきた。「連れてきたんだよ。ミョ・インジャ中佐の指示どおりだ」

「中佐の指示？」ヨンイルはスンヒョンを見つめた。「彼女に会ったのか」

「いえ」スンヒョンが静かにいった。「でも手紙は受けとったの。先週からずっと、生活費の足しにって、お金も同封してあって」

「先週のいつごろからだ」

「あなたの同僚がうちを訪ねて、ふたりででかけたでしょ。その少しあとから」

虚を衝かれたかのようだった。ヨンイルは愕然とせざるをえなかった。「あの金は……」

ミンチェが声を震わせた。「お父さんは誤解してる。お母さんは浮気なんかしてない」

ヨンイルはつぶやいた。「スンヒョン。手紙にはなんて書いてあった？」

「今後あなたが苦境に立たされるって」スンヒョンは目に涙を湛えていた。「だから人民保安省の幹部として支えるって。あなたには知らせないでほしいとも」

インジャは初めてヨンイルに会った日から、こうなることを予期していたというのか。ヨンイルはスンヒョンにきいた。「これからどこに行くのか知ってるのか」

スンヒョンがうなずいた。「自由がまってるんでしょ」

「両親には知らせたのか。親戚には？」

「ずっと疎遠よ。あなたのお父さんが管理所にいるとわかってから、誰もうちに寄りつかなくなった。両親もわたしと距離を置こうとしてきた。ずっと孤独だったけど、あなたには知らせなかった。苦しめたくなかったから」

そうだったのか。スンヒョンはずっと悩んでいたにちがいない。

「すまない」ヨンイルはいった。「信じてあげられなくて」

「わたしも」スンヒョンの瞼に深い哀愁がこもっていた。「敵対階層になるときいて、あなたに辛くあたった。傷ついているのはあなたなのに」

「国を離れることになって、俺を恨んでいないか」

「ちっとも」スンヒョンが穏やかに応じた。「中佐からの手紙で理解できた。あなたは正しいと思う道を歩んできた。立場が悪くなっても、それはあなたのせいじゃなかった」

ミンチェも涙ながらに微笑した。「南か日本に住めるのなら、嬉しくてしようがない。ここじゃ死んでるも同然だったもん」

衝動に逆らえず、ヨンイルはふたりを抱き寄せた。声を押し殺して泣くふたりとともに、ヨンイルも胸にこみあげてくるものを感じていた。予期せぬ希望にめぐりあった。こんなに喜ばしいことはない。ふたりを国に残すのを心苦しく思っていた。その憂鬱をひきずることはなくなった。

ナムがうながしてきた。「急いでくれ。ボートをだす」

ヨンイルは妻子とともに歩きだした。川辺に着くや、冷たい水に靴ごと足を浸す。水面はほどなく膝まで達した。ボートの上からパクが手を差し伸べてきた。ミンチェを最初に乗りこませた。次いでスンヒョンを送りこみ、ヨンイルも乗りこんだ。

そのときクルマのエンジン音が接近してきた。ヘッドライトは灯していないものの、小ぶりな車両とわかる。男の顔が運転席のサイドウィンドウからのぞいた。

「おーい」男が怒鳴った。「まってくれ。ナム。緊急の伝達事項だ」

ナムが苦い顔になり、川辺へと駆け戻った。停車したクルマから男が降り立つ。男はナムにささやくと、なにかを手渡した。

やがて男はふたたびクルマに乗りこみ、あわただしく発進させた。二台のトラックとともに川辺をあとにする。

水飛沫をあげながら、ナムが駆け寄ってきた。船体を外から押す。推進力が生じると、パクは船尾に立ち、櫂で漕ぎだした。ボートの縁につかまっていたナムが、船内に転がりこんだ。

みな無言だった。静寂のなか、パクの漕ぐ櫂が、一定の間をおいて船体をきしませる。波は穏やかだった。航行に支障はない。川岸はしだいに遠ざかっていった。

いくらか時間がすぎた。ヨンイルははっとした。

さっきまでいた川沿いに、赤と青の光が幾重にも波打っていた。保安署の巡察車にちがいない。十数台、いやそれ以上が集結しつつある。停車した車両から続々と人影が降り立った。男たちの怒鳴りあう声が風に吹かれ、かすかに耳に届く。

ヨンイルは息を呑んだ。「なにがあったんだ」

しばし沈黙があった。ナムがためらいがちに応じた。「ミョ・インジャ中佐が逮捕された」

「なんだって」

「さっきの男は、それを伝えにきた。中佐がひそかに手配したトラックの行き先も、ほどなく発覚する運命にあった。俺たちはぎりぎり難を逃れた」ナムはため息をつき、封筒を差しだしてきた。「これを。あなた宛てだ」

受けとるのに躊躇の念が生じる。ヨンイルは震える指先に、かろうじて封筒を保持した。

ナムがいった。「姿勢を低くしてくれ。マッチの火が川辺から見えるとまずい」

ヨンイルはいわれたとおりうずくまった。封筒を開封し、便箋(びんせん)をとりだす。ナムが目の前でマッチを擦った。

おぼろに浮かびあがった便箋に、インジャの綴(つづ)ったていねいな字が並んでいた。

クム・ヨンイル同志

昼間は高圧的な物言いをしてしまい、申しわけなく思っています。職務中のわたしは、あのような口の利き方しか選べないのです。

欺瞞ばかりのわたしを、あなたは心底毛嫌いしていることでしょう。やむをえないことです。でもわたしにとっては、すべてが嘘という気分ではありませんでした。むしろあるがままの姿に戻ったようなものです。

わたしは貧しい農村の出身で、五歳のとき、当時の社会保安部で幹部を務めていた養父にひきとられました。それがどういう意味を持つか、説明するまでもないでしょう。

十一歳になったころ、わたしは養父から性交渉を強要されました。養父の親戚に貸しだされたこともあります。ほとんどが社会保安部や、そのほかの機関で要職にある人たちでした。短期間で出世できたのは、性上納あってのことです。

でも養父の死後、わたしに疑惑の目を向ける幹部が増えました。実際わたしは、反体制派に力を貸してきました。国外における自由朝鮮の活動も支援しました。

ペク・チョヒになりすましたのは、自分で潜入捜査を望んだからではありません。適任だと上層部から申し渡されました。性上納のみを頼りに出世した女性幹部には、強姦被害に遭ったチョヒの心境が理解できるだろう、ある幹部はそんなふうにいいました。反体制派と疑われるあなたに会わせることで、わたしの本心も浮かびあがってくる、上層部はそう判断したようです。

あなたを欺くのは心苦しいかぎりでした。でも会ったその日から、あなたにすべてを託せると確信しました。と同時に、あなたの今後が危ういことも悟りました。奥様と娘さんのためにも、生活を支援しつつ、急ぎ脱出の手筈を整えるべきと考えました。

わたしの身勝手な判断に、あなたは憤慨しているかもしれません。本当にごめんなさい。実際、越境には危険が伴います。でもあなたとご家族が、このまま国に留まるよりは希望が開ける、そう信じておこなったことです。

あなたが奥様や娘さんとともに、南朝鮮あるいは日本で幸せに暮らす姿が、目に浮かんできます。自由を手にしてからでかまいません、どうかわたしたちのため、ほんの少しでも力を貸してください。この国に住む女性のため、いえすべての人民が権利を勝ちとれるよう支えてほしいのです。

南朝鮮でも、日本でも、この国とはまた異なる幻想に翻弄されるかもしれません。昼間あなたに伝えたとおりです。でもあなたならきっと真実をみいだせる、そう確信しています。あなたはもう悪夢から解放され、現実のなかを生きているのですから。

この手紙は、わたしに万が一のことがあった場合、あなたに届くようになっています。むろんあなたがすでに出国してしまったのなら、そのかぎりではありません。もし受けとった場合、読後ただちに破り捨ててください。絶対に復元できないぐらい細断してほしいのです。それがあなたの身を守ることにもなります。

あなたのしめしてくれたやさしさを忘れません。一緒に並んで座り、語りあったあの日のことも。あなたはわたしにとって紳士でした。奇妙に思えたかもしれませんが、出会った男性は性交渉を強要してくるものと、半ばきめつけていました。あなたはちがいました。それだけで本当に嬉しかったのです。

できればこの手紙があなたの目に触れず、ふたたび会える日がくるのを祈っています。でもたとえ会えなかったとしても、お互いをよき思い出としましょう。どうか道中お気をつけて。

ミョ・インジャ

マッチの火が燃え尽きる寸前、なんとか読み終えた。最後のほうは不明瞭だった。光が衰えたせいばかりではない、視野がぼやけている。絶えず滲んでくる涙をどうにもできない。

ヨンイルは便箋を破いた。できるだけ細かくちぎった。ほどなく風が吹いた。手もとから紙吹雪が川面に散っていく。

ナムが双眼鏡をボートの針路に向けた。「中州が近い。じきに到着する。その先は歩きだ。だが……」

「なんだ」ヨンイルはきいた。

「川の向こう岸にいくつも光が見える。国境警備兵が警戒を強めてるな。こっちの人民保安省から連絡があったのかもしれん。どうする？」

ヨンイルは妻子に目を向けた。スンヒョンは黙って見つめかえした。ミンチェも同様だった。

「かまわない」ヨンイルはつぶやいた。自分でも驚くほど、あっさりとした物言いが口を衝いてでた。「このまま進もう」

輝きに乏しい鈍感な川面だった。風が途絶えると、さざ波ひとつ立たない静寂がひろがる。疲弊しきったかのように黙りこむ。ところがいまになり、波紋がそこかしこに生じた。たちまち無数に増殖していき、一帯を埋め尽くす。雨が降りだした。ボートのなかを水滴がしきりに洗う。辺りに靄がひろがった。好機にも危機にもなりうる靄。人生はこんなものだろう、ヨンイルはそう思った。いまだ幻想のなかかもしれない。

解説

宇田川拓也（ときわ書房本店）

朝鮮民主主義人民共和国。いわゆる「北朝鮮」というと、国際的に孤立した国、世襲による独裁体制、ミサイル開発や発射実験などを繰り返す挑発行為、粛清・処刑の横行、思想・言論・報道の自由のない人権を蔑ろにした圧政、食料や生活物資の不足による国民の深刻な飢餓など、国名にある〝民主主義〟〝共和国〟といったワードからはほど遠い印象が強い。実情がはっきり見えない不透明さもまた、そうしたイメージを際立たせている理由のひとつだ。

ところがこの北朝鮮を大きく扱った韓国ドラマ『愛の不時着』が、二〇一九年の自国での放映開始に続き、Netflixで世界的に配信されるや海を越えて評判を呼び、日本でもブームとして報道番組で取り上げられるほどの大ヒットとなった。

韓国の財閥令嬢がパラグライダーで飛行中、竜巻によって軍事境界線を越えてしまい、北朝鮮に不時着。そこで朝鮮人民軍の若き将校に助けられ、運命的な恋に落ちていく物語は、脱北者への取材を重ねたことや脱北経験を持つ作家が脚本に参加していることで、これまでにない等身大の北朝鮮生活者のリアルを描き出したと評価する向きも多い。しかしいっぽうで、北朝鮮の美化を懸念する厳しい声も上がっており、このドラマを観ただけで彼の国の日常を理解した気になるのは、やはり尚早に過ぎるだろう。

となると当然気になるのは、そこで描かれなかったどうにも美化しようのない、北朝鮮のいまだ見えざるリアルとはどのようなものか——である。松岡圭祐『出身成分』は、こちらも脱北者による数々の証言をもとに執筆されており、そうした疑問にひとつの答えを示してくれる一冊である。しかも、目を疑うようなリアルに迫る実録的な側面だけでなく、凡百のミステリ作品がすっかり霞(かす)んでしまうようなサスペンスフルかつ強烈なサプライズを備えた内容にもなっている。

人民保安省保安署員のクム・ヨンイルは、全保安署に通達された疑わしき過去の事例の洗い直しを進めるべく、价川(ケチヨン)市にある教化所（強制収容所）へ向かう。北朝鮮では通常考えられるような犯罪者の取り締まりや逮捕といった手続きはない。人民保安省か国家保衛省による強制連行、そして名ばかりの裁判を受け、教化所か管理所へ収容される。

ヨンイルが今回担当するのは、十一年前にこの地で起きた殺人と強姦事件についてだ。

当時四十五歳の男性ペク・グァンホの家から騒音と女性の悲鳴が聞こえ、近所の住人イ・ベオクが駆けつけると、グァンホは刺殺され、床に倒れていた十七歳の娘チョヒは強姦されていたことが判明する。残された体液を調べたところ、父グァンホ、第一発見者のベオク、どちらのものでもなかったが、周囲の状況や証言からベオクが容疑者として扱われ、そのまま現在に至っていた。

ベオクとの接見後、ヨンイルは同僚のカン・ポドンとともに強姦の被害者であるチョヒを訪ねる。老いて弱った叔父夫婦と住む、その物置然とした小屋を見たヨンイルは当惑を募らせる。壁に無数の紙が貼られており、なんとそれは十一年前の事件についての捜査資料をコピーしたものだった。保安署から持ち出せるはずのない文書がなぜ?

チョヒに話を聞くと、強姦されたことで除け者にされ、ひどい差別を受けていることがわかり、ヨンイルは憤りを覚える。するとチョヒは事件について「わたしに乱暴したのは父です」という言葉と父親からの日常的な虐待があったことを告白する。だとすると、体液の検査になにか不備があったのか？　ではグァンホを殺害したのは一体誰なのか？

　本作は偏った体制下での犯罪捜査の困難を描いている点で、民警の主任捜査官を主人公に雪のゴーリキー公園で見つかった三人の無惨な射殺死体の真相に迫るマーティン・クルーズ・スミス『ゴーリキー・パーク』（一九八一年）、厳格さゆえに殺人者の存在を認めないスターリン体制下で国家保安省の捜査官が子供たちばかりを狙う連続殺人鬼を追うトム・ロブ・スミス『チャイルド44』（二〇〇八年）といった傑作と並べられるべき作品といえる。

　こうした物語の舞台が二十世紀のロシアから現代の北朝鮮へと移り変わった点も興味深いが、それはひとまず措くとして、捜査の過程で詳らかにされる、保安署の仕事や記録管理の杜撰さ、庶民の間に拡がる非常識を〝非常識〟とも思わない悪しき習慣、死と隣り合わせといっても過言ではない過酷な貧しさには言葉を失うしかない（家族の窮状を察した少女が指輪に見立てた空き缶のプルタブをヨンイルに差し出し、見よう見まねで賄賂を渡そうとする痛々しさなど涙を禁じ得ない）。そしてなかでも衝撃的なのが、極端な身分差別の源であり、タイトルにもなっている北朝鮮の階層制度「出身成分」だ。「核心階層」「動揺階層」「敵対階層」の三種があり、ヨンイルが属する一番上に位置する「核心階層」は、都市部に住むことが許されたいわゆる特権階級。

それに続く「動揺階層」は、国民のおよそ半分が属する中間層で、大多数が地方住まいで許可がなければ平壌に入ることもできない。そして最下層の「敵対階層」は、国への反抗の可能性が高いと見做されたひとびとが属し、特別な監視のもと、進学や昇進といった資格さえも剝奪される。この区分けが家系の三代前まで遡り、ひとりひとりに下されるのだ。もちろんこれらの階層は終生変わらないわけではなく、なにか違反行為や疑いが掛けられれば個人だけでなく家族もろとも降格される恐れもある。なんとも無慈悲なシステムが国民を縛り付けているのだ。

ヨンイルは過去の事件の捜査の先で、この「出身成分」ゆえの、どちらを選んでも誰かを奈落に突き落とすことになる大きな難題に直面する。だが、本作はその答えを描くだけの物語では終わらない。後半のある箇所で、読者は大げさではなく特大の驚きを覚えることになる。ヨンイルが「家にいて、テレビでも眺めているかのようだった。それぐらい視野にあるものが信じられなかった」と述懐するほどの、足元の地面が崩れるような感覚。しかもその驚きに続き、北朝鮮に生きるひとびとを取り巻く状況が日本人にとっても決して遠い世界の話ではないことが鋭く告げられ、他人事だと距離を置くことを許してはくれない。巻頭に掲げられた「貴方が北朝鮮に生まれていたら、この物語は貴方の人生である」という一文の意味するところを嚙み締めずにはいられなくなる。

著者は本作に先駆け、現在は「クラシックシリーズ」と銘打たれた完全版で読める〈千里眼〉シリーズのひとつ『千里眼の瞳』で、いち早く北朝鮮に着目し、拉致問題や工作活動を取り上げている。そのラストシーンは、彼の国と世界が目指すべき希望を映し、強い意志をもって国のなかから現状を変えようとするひとがいることを打ち出したもので、筆者は本作に登場するある人物にその姿を重ねた。

いまこの瞬間も、権力の欺瞞が作り出した幻想の殻を破り、あるべき正しさを信じて抗い、闘うひとびとがいる。並ぶ者のない稀代のエンタテインメント作家——松岡圭祐が精魂を込めて紡いだ『出身成分』は、そうした尊い存在を明らかにするとともに、覚悟を胸に正しき道を行く「貴方の人生」を鼓舞する物語として読み継がれていくことだろう。

本書は、二〇一九年六月に小社より刊行された
単行本を加筆修正のうえ、文庫化したものです。

出身成分

松岡圭祐

令和4年 1月25日　初版発行

発行者●堀内大示

発行●株式会社KADOKAWA
〒102-8177　東京都千代田区富士見2-13-3
電話　0570-002-301（ナビダイヤル）

角川文庫 23006

印刷所●株式会社暁印刷
製本所●本間製本株式会社

表紙画●和田三造

●お問い合わせ
https://www.kadokawa.co.jp/（「お問い合わせ」へお進みください）
※内容によっては、お答えできない場合があります。
※サポートは日本国内のみとさせていただきます。
※Japanese text only

ISBN 978-4-04-112295-2　C0193

◇◇◇

角川文庫発刊に際して

角川源義

第二次世界大戦の敗北は、軍事力の敗北であった以上に、私たちの若い文化力の敗退であった。私たちの文化が戦争に対して如何に無力であり、単なるあだ花に過ぎなかったかを、私たちは身を以て体験し痛感した。西洋近代文化の摂取にとって、明治以後八十年の歳月は決して短かすぎたとは言えない。にもかかわらず、近代文化の伝統を確立し、自由な批判と柔軟な良識に富む文化層として自らを形成することに私たちは失敗して来た。そしてこれは、各層への文化の普及滲透を任務とする出版人の責任でもあった。

一九四五年以来、私たちは再び振出しに戻り、第一歩から踏み出すことを余儀なくされた。これは大きな不幸ではあるが、反面、これまでの混沌・未熟・歪曲の中にあった我が国の文化に秩序と確たる基礎を齎らすためには絶好の機会でもある。角川書店は、このような祖国の文化的危機にあたり、微力をも顧みず再建の礎石たるべき抱負と決意とをもって出発したが、ここに創立以来の念願を果すべく角川文庫を発刊する。これまで刊行されたあらゆる全集叢書文庫類の長所と短所とを検討し、古今東西の不朽の典籍を、良心的編集のもとに、廉価に、そして書架にふさわしい美本として、多くのひとびとに提供しようとする。しかし私たちは徒らに百科全書的な知識のジレッタントを作ることを目的とせず、あくまで祖国の文化に秩序と再建への道を示し、この文庫を角川書店の栄ある事業として、今後永久に継続発展せしめ、学芸と教養との殿堂として大成せんことを期したい。多くの読書子の愛情ある忠言と支持とによって、この希望と抱負とを完遂せしめられんことを願う。

一九四九年五月三日

松岡圭祐

écriture(エクリチュール)新人作家・杉浦李奈の推論 Ⅲ

クローズド・サークル

2022年2月22日発売予定

発売日は予告なく変更されることがあります。

角川文庫ベストセラー

角川文庫ベストセラー

角川文庫ベストセラー

千里眼
キネシクス・アイ（上）（下）　松岡圭祐

突如、暴風とゲリラ豪雨に襲われる能登半島。災害はノン＝クオリアが放った降雨弾が原因だった!! 無人ステルス機に立ち向かう美由紀だが、なぜかすべての行動を読まれてしまう……美由紀、絶体絶命の危機!!

万能鑑定士Qの事件簿 0　松岡圭祐

舞台は2009年。匿名ストリートアーティスト・バンクシーと漢委奴国王印の謎を解くため、凜田莉子がもういちど帰ってきた! シリーズ10周年記念、完全新作。人の死なないミステリ、ここに極まれり!

万能鑑定士Qの事件簿（全12巻）　松岡圭祐

23歳、凜田莉子の事務所の看板に刻まれるのは「万能鑑定士Q」。喜怒哀楽を伴う記憶術で広範囲な知識を有す莉子は、瞬時に万物の真価・真贋・真相を見破る! 日本を変える頭脳派新ヒロイン誕生!!

万能鑑定士Qの推理劇 Ⅰ　松岡圭祐

天然少女だった凜田莉子は、その感受性を役立てるすべを知り、わずか5年で驚異の頭脳派に成長する。次々と難事件を解決する莉子に謎の招待状が……面白くて知恵がつく、人の死なないミステリの決定版。

万能鑑定士Qの推理劇 Ⅱ　松岡圭祐

ホームズの未発表原稿と『不思議の国のアリス』史上初の和訳本。2つの古書が莉子に「万能鑑定士Q」閉店を決意させる。オークションハウスに転職した莉子が2冊の秘密に出会った時、過去最大の衝撃が襲う!!

角川文庫ベストセラー

万能鑑定士Qの推理劇 Ⅲ　松岡圭祐

「あなたの過去を帳消しにします」。全国の腕利き贋作師に届いた、謎のツアー招待状。凜田莉子に更生を約束した錦織英樹も参加を決める。不可解な旅程に潜む巧妙なる罠を、莉子は暴けるのか⁉

万能鑑定士Qの推理劇 Ⅳ　松岡圭祐

「万能鑑定士Q」に不審者が侵入した。変わり果てた事務所には、かつて東京23区を覆った〝因縁のシール〟が何百何千も貼られていた！　公私ともに凜田莉子を激震が襲う中、小笠原悠斗は彼女を守れるのか⁉

万能鑑定士Qの探偵譚　松岡圭祐

波照間に戻った凜田莉子と小笠原悠斗を待ち受ける新たな事件。悠斗への想いと自らの進む道を確かめるため、莉子は再び「万能鑑定士Q」として事件に立ち向かい、羽ばたくことができるのか？

万能鑑定士Qの謎解き　松岡圭祐

幾多の人の死なないミステリに挑んできた凜田莉子。彼女が直面した最大の謎は大陸からの複製品の山だった。しかもその製造元、首謀者は不明。仏像、陶器、絵画にまつわる新たな不可解を莉子は解明できるか。

特等添乗員αの難事件 Ⅰ　松岡圭祐

掟破りの推理法で真相を解明する水平思考に天性の才を発揮する浅倉絢奈。中卒だった彼女は如何にして閃きの小悪魔と化したのか？　鑑定家の凜田莉子、『週刊角川』の小笠原らとともに挑む知の冒険、開幕‼

角川文庫ベストセラー

特等添乗員αの難事件 II　松岡圭祐

水平思考―ラテラル・シンキングの申し子、浅倉絢奈。今日も旅先でのトラブルを華麗に解決していたが……聡明な絢奈の唯一の弱点が明らかに！　香港へのツアー同行を前に輝きを取り戻せるか？

特等添乗員αの難事件 III　松岡圭祐

凜田莉子と双璧をなす閃きの小悪魔こと浅倉絢奈。水平思考の申し子は恋も仕事も順風満帆……のはずが今度は壱条家に大スキャンダルが発生!!〝世間〟すべてが敵となった恋人の危機を絢奈は救えるか？

特等添乗員αの難事件 IV　松岡圭祐

ラテラル・シンキングで0円旅行を徹底する謎の韓国人美女、ミン・ミヨン。同じ思考を持つ添乗員の絢奈が挑むものの、新居探しに恋のライバル登場に大わらわ。ハワイを舞台に絢奈はアリバイを崩せるか？

特等添乗員αの難事件 V　松岡圭祐

〝閃きの小悪魔〟と観光業界に名を馳せる浅倉絢奈に1人のニートが恋をした。男は有力ヤクザが手を結ぶ一大シンジケート、そのトップの御曹司だった!!　金と暴力の罠を、職場で孤立した絢奈は破れるか？

特等添乗員αの難事件 VI　松岡圭祐

閃きのヒロイン、浅倉絢奈が訪れたのは韓国ソウル。到着早々に思いもよらぬ事態に見舞われる。ラテラル・シンキングを武器に、今回も難局を乗り越えられるか!?　この巻からでも楽しめるシリーズ第6弾！